ALDATAN KADINLAR

Mehmet Coşkundeniz

Aldatan Kadınlar

Yazar: **Mehmet Coşkundeniz**

mcdeniz@posta.com.tr

© Mehmet Coşkundeniz / Neden Kitap

Genel Yayın Yönetmeni: Tanıl Yaşar
Editör: Sema Dülger
İç Tasarım: Adem Şenel
Kapak Tasarım: Volkan Topkaya
Baskı-Cilt: Kilim Matbaası

3. Baskı Cep Boy / Ağustos 2009

Yayıncı Sertifika No: 11389
ISBN 978-975-254-310-2

Kilim Matbaası: Litros Yolu Fatih Sanayi Sitesi
K.2 Davutpaşa / İstanbul Tel:0212 612 95 59

YAYINCI
NEDEN KİTAP
www.nedenkitap.com
info@nedenkitap.com

GENEL DAĞITIM
GNG Dağıtım Pazarlama Hizmetleri
Turgutreis Mah. Giyimkent Sitesi B. 106/23 Esenler/İSTANBUL
Tel: 0212 438 47 70 (pbx) Fax: 0212 438 47 73

ALDATAN KADINLAR

Mehmet Coşkundeniz

Neden ve Nasıl Aldattılar...
Hepsi Gerçek Öyküler

Neden?

İÇİNDEKİLER

Önsöz 7

İçimdeki Şeytana Boyun Eğdim 11
Berbat Bir Evlilik ve Aşk 21
Şımarık ve Meraklı Kız 31
Yüzünü Bile Görmeden 40
İki Ortağın Arasında 49
Eşim Bana Ayak Uyduramadı 58
Bir Umut'tur Yaşatan İnsanı 67
Aşk Tek Kişilik Tangodur 76
Herkes Herkesi Aldatıyor 84
Aldatılma Korkusu 93
Sohbet Sanal, Aldatma Gerçek 102
Aşka Âşık Bir Kadın 110
Aşkı Değil Oğlumu Seçtim 118
Yalanlar ve İhanet 129
Türkiye-Amerika Aşk Hattı 137
Kocam Beni Kaybetti 147
İhanet Çemberi 154
Aşk, Dayak ve İhanet 164

Aldatmanın Ağır Bedeli 172
Çokeşlilikten Vazgeçmem 182
Alkol, Uyuşturucu ve İhanet 191
Evliliğim Aşklarımı Bitirdi 201
Boşanmanın Ağır Yükü.. 211
İhanet, Hayatımın Bir Parçası 218
İhanetin Sorumlusu Ailemdir.................................... 226
Hayatımı O Ev Değiştirdi 236
Yalanlarla Dolu Dünya... 243
Aslında Kendimi Aldattım... 253
Aşkımdı, Eniştem Oldu 261
Aldatmadan Duramayan Kadın 271
Düğünümde Bile Yanımdaydı.................................. 279
İhanetten Sonra Şantaj.. 288

Önsöz

"Aldatan Kadınlar Anlatıyor" yazı dizisini hazırlamaya karar verdiğim zaman elimde sadece 8 tane öykü vardı. Bu öyküler benim tanıdığım kadınların yaşadıkları gerçeklerdi. Hatta itiraf ediyorum, öykülerden birindeki aldatılan erkek de bendim. Aslında, bu 8 öyküdeki kadınları tek bir karakterde toplayıp bir roman haline dönüştürme düşüncem vardı. Ancak daha sonra bu öykülere hiçbir kurgu katmadan, olduğu gibi yayınlamaya karar verdim. Yazı dizisinin başladığı gün, "Ben de aldattım, ben de anlatmak istiyorum" diyen e-mailler almaya başladım. Öykülerini yayınlamaya karar verdiğim herkesle irtibat kurdum. Öykülerinin gerçek olup olmadığını test ettim. Ancak ondan sonra yayınladım. Bu kitapta okuyacağınız öykülerin hepsi gerçektir. Hatta, eksiği var, fazlası yoktur. Çünkü ben öykülerdeki cüretkarlığı fazla bulduğum için bazı bölümlerini atmak zorunda kaldım.

Erkekler nasıl aldatıyorsa, kadınlar da öyle aldatıyor. Kadınların aldatması erkeklerinki gibi basit olmuyor. İnce ince düşünülmüş, planlanmış ve ancak ondan sonra hayata geçirilmiş oluyor. Çünkü kadın, sadece seks için aldatmıyor. Genellikle ilgi ve aşk arayışı kadını aldatmaya itiyor. Elbette, aldatmayı alışkanlık haline getirmiş, bir yaşam biçimi olarak benimsemiş kadınlar da var. Bu kitapta onların öykülerini de bulacaksınız.

Bu öyküler, Türkiye'de bir ilki gerçekleştirdi. Tabu olarak görülen kadınların aldatması, ilk kez bu kadar açık ve net şekilde ortaya konuldu. Kadınlar ilk kez bu sırlarını ortaya döktü. Benim yazı dizimden sonra kadınların aldatmasını televizyonlar açık oturumlarda ele aldı, dergiler kapak yaptı. Erkeklerse bu öykülerden ders alacakları yerde bana tehdit dolu, küfür dolu mesajlar gönderdiler. Kadınların ve erkeklerin tepkilerini kitabın sonunda bulabilirsiniz. Kadınlar bu öykülerde haykırıyordu aslında. Aldatma çoğu zaman bağıra bağıra geliyordu. Öyküleri okuyanlar, kadınların neden aldattıkları hakkında fikir sahibi oldu. Ders çıkaranlar çıkardı. Çıkarmayanlar için yapılabilecek bir şey yok.

Psikiyatr Dr. Nihat Kaya erkek aldatmasıyla, kadın aldatması arasındaki farkı şöyle ortaya koyuyor: "Erkeklerin aldatması üzerine epey araştırma ve spekülasyon yapılmaktadır. Kadınların aldatması biraz gizli kalmaktadır. Çünkü, kadınlar erkekler gibi bunu bir övünme veya skor meselesi haline getirmez. Erkekler "ne kadar erkek" olduklarını beraber oldukları kadın sayısının çokluğuyla ölçer. Kadınlar, istisnalar hariç tek bir erkeğe bağlanır. Onların skor derdi yoktur. Onlar duygu, sevgi, aşk sonra da seks arar. Erkekler çoğunlukla eşlerinin kendilerini aldatabileceklerini düşünmez. Hayallerine dahi gelmez. Kendilerini garantide hissederler. Kalbi boşalan, sevgisi, saygısı azalan ve alyansını çıkaran bir kadın, tehlikeli bir bombadır..."

Dr. Nihat Kaya'nın deyimiyle, birer bombaya dönüşen kadınların aldatma öykülerini okuyacaksınız bu kitapta. Hangi bahaneyle olursa olsun, aldatmak, asla savunulacak bir olgu değil. Ancak insanın olduğu her yerde, kötü olan her şeyi bulmak da mümkün. Umarım bu kitaptaki öyküler, hepinizin kadınlar, erkekler ve ilişkiler üzerine bir kez daha düşünmenizi sağlar. Sevgilerimle...

Mehmet Coşkundeniz

İçimdeki Şeytana Boyun Eğdim

Adı: Berrin...
Yaşı: 37...
Yaşadığı kent: Adana...
Medeni hali: Evli, iki çocuk annesi...
Mesleği: Giyim mağazası sahibi...

Berrin önce nişanlısı Hasan'ı, Murat'la aldattı. Daha sonra Murat'la nişanlandı. Murat'ı da nişanlıyken Ayhan ile aldattı. Ayhan bir başkasıyla evliydi. Ayhan'dan hamile kaldı ama Murat'la evlendi. Murat uzun süre o çocuğu kendisinin sandı. Ayhan'la ilişkileri devam etti. Murat'ı evliyken de aldattı. Daha sonra boşandılar. Ayhan'ı da Nihat ile aldattı. Şimdi Nihat'la evli. Söylediğine göre, artık aldatmıyor.

İstanbul'un kabadayılarıyla ünlü Kadırga semtinde 1969'da doğdum. Beş çocuklu bir ailenin en büyük evladıyım. Epey yaşlı bir baba ve okuma-yazma dahi bilmeyen bir anne yetiştirdi hepimizi. Buna yetiştirme denirse tabii... Çocukluğum, Kadırga'nın kavga eksik olmayan sokaklarında ve fakirlik içinde geçti. O semtten nefret ediyordum. Nefret ettiğim başka şeyler de vardı tabii. Babamın çok içmesi gibi. İçip içip annemi cinsel ilişkiye zorlaması... Küçücük bir evde tüm sesler duyuluyordu. O sesleri duydukça annemin, babamın altında acı çektiğini düşünüyordum. Bu nedenle büyüdüğüm zaman da seks bana hep can yakıcı bir şeymiş gibi geldi. İlk eşimle evliliğimiz boyunca birkaç sevişme dışında hep yüzeysel bir şekilde birlikte oldum. Ama eşim o kadar sabırlıydı ki, bir tek gün olsun bundan şikâyet etmedi. O, dünyanın en iyi kocasıydı bana göre. Ona yaptıklarımı başkasına yapsaydım beni mutlaka öldürürdü.

Gözüm yükseklerdeydi

Kız meslek lisesinin biçki-dikiş bölümünde okuyordum. Ailem beni iyi bir kız olarak yetiştirmek istiyordu. Yani biçki-dikiş-yemek bilen, kocasına bağlı, evinin hanımı vs. vs. Benim gözümse yükseklerdeydi. O liseyi bitirdiğimde hiçbir şey olmayacağımı biliyordum. Ama açıkçası ne yapacağımı da çok iyi bilmiyordum. Güzel bir genç kızdım. Vücudum dikkat çekiciydi. Mahalledeki erkekler laf atardı ama ben hep uzak dururdum. Lise son sınıfa kadar erkeklerle hiçbir ilişkim olmadı. Lisenin bitmesine yakın sene sonu defilesi vardı. Hepimiz, kendi diktiğimiz kıyafetleri podyumda sergileyecektik. Okulun konferans salonundaki defileyi izlemeye gazeteciler de gelmişti. Kuliste heyecanla sıramızın gelmesini bekliyorduk. Bu sırada muhabirlerden biri kulise girip hepimizin ismini sordu. Yakışıklı bir çocuktu. Benimle herkesten daha fazla ilgilendi. Bana kartını verdi ve gitti. Adı Hasan'dı. 17 yaşındaydım ve hayatımda ilk kez bir erkekten bu kadar etkilenmiştim. Ertesi gün gazetede haberimizi görünce teşekkür etmek için aradım. Beni gazeteye davet etti. Gazete ortamını hep merak ediyordum. Ama daha çok onu merak ediyordum. O gün gazeteye gittim. Beni çok iyi karşıladı. Defilede çektiği ve gazetede yayınlanmayan fotoğrafları verdi. Telefonumu istedi. Gazeteden çıktığımda kalbim küt küt atıyordu. Âşık olduğumu sanıyordum. Bunun aşk olmadığını, sadece bulunduğum ortamdan kurtulmak için birine sarılma ihtiyacı olduğunu çok sonra anlayacaktım.

Askerdeyken aldattım

Kısa süre sonra Hasan'la çıkmaya başladık. Hasan üniversiteyi yeni bitirmişti. Askere gidecekti. Askere gitmeden önce nişan takmak istiyordu. Gelip beni ailemden istediler. Nişan takıldı. Daha 18 yaşındaydım ve evlilik yolundaydım. Aslında böylesi işime geliyordu. Ailemden, Kadırga'dan ve fakirlikten kurtulacaktım. Hasan askere gitmeden önce beni bir halkla ilişkiler şirketinde işe yerleştirmişti. Hasan'ı askere yolladıktan sonra tamamen işimle ilgileniyordum. İşi öğrenmeyi, bir an önce para kazanmayı istiyordum. Şirkette benim gibi stajyer olan biri daha vardı. Adı Murat'tı. Yakışıklı, zeki ve çok espriliydi. İyi arkadaş olmuştuk. İş dışındaki saatlerde de arkadaşça görüşüyorduk. Bir süre sonra Murat'la neredeyse gece-gündüz birlikte vakit geçirmeye başladık. Murat yalnız yaşıyordu. Ben, "Kız arkadaşımda kalacağım" diye ailemden izin alıyor, Murat'ta kalıyordum. Aramızda hiçbir şey yoktu. Buna rağmen her anımı onunla geçirmek istediğimi fark etmiştim. Bu arada Hasan, yedek subay maaşıyla, askerlik yaptığı yerde, evimiz için eşyalar alıyor, askerlik biter bitmez evlenme planları yapıyordu. Bir gün olan oldu... Murat'ın evinde epey içtikten sonra birbirimizi öpüşürken bulduk. Daha ileri gitmedik ama Hasan'ı aldatmıştım. Daha da ilginci hiçbir şekilde vicdan azabı duymuyordum. Murat'a âşık olmuştum. Hasan umurumda bile değildi. Ayrılmalıydım ama nasıl? Benim bir şey yapmama gerek kalmadı. Murat'la sürekli birlikte olmam Hasan'ın kulağına gitmişti. Birliğinden izin alıp İstanbul'a geldi ve ipler koptu. Şiddetli bir tartışmadan sonra Hasan'dan ayrıldım. Artık Murat'la birlikte olmamızın önünde engel kalmamıştı.

Yine para meselesi

Murat'la bir yıl sonra nişanlandık. Mutluydum. Tek sorunumuz fazla paramızın olmamasıydı. İkimiz de maaşlı çalışıyorduk ve paramız ancak yaşamamıza yetiyordu. Evlilik için köşeye para atamıyorduk. Bu sırada ben iş değiştirdim. Başka bir halkla ilişkiler şirketinde daha iyi imkânlarla işe başladım. Biraz olsun rahatlamıştık. Nişanlılığımızın birinci yılı bitmişti. Murat da çalıştığı şirkette bir üst kademeye geçmiş ve maaşı yükselmişti. Her şey yolunda gidiyordu. Taa ki içimdeki şeytan bir kez daha uyanana kadar... Yeni işyerimdeki müdürüm Ayhan bana karşı fazla ilgiliydi. Sürekli odasına çağırıyor, iş veriyor, verdiği işi takip ediyor, kısacası beni görmek için bahaneler yaratıyordu. Öğle yemeklerinde yanıma oturup sohbet ediyordu. Nişanlı olduğumu ve evlilik hazırlığı yaptığımı biliyordu. Her seferinde nişanlımın nasıl olduğunu ve bir ihtiyacımızın olup olmadığını soruyordu. Ayhan evliydi, iki çocuk babasıydı. Yakışıklı değildi ama kendine has bir çekiciliği vardı. Akşamları beni nişanlımın evine arabayla bırakmaya başladı. Aklım karmakarışıktı. Murat'ı seviyordum ama Ayhan'ın gücünden ve parasından etkileniyordum. Bir gün Ayhan beni arabada öptü. Ben de karşılık verdim. Yine aynı şey olmuştu. Bu kez ilkinden farklı olarak vicdan azabı duyuyordum. Ama Ayhan'dan vazgeçemiyordum. Aslında Murat'tan da vazgeçemiyordum. Ben bunları yaşarken Murat, zar zor biriktirdiği parayla bir ev kiralamış ve bana sürpriz yapmıştı. Beni kiraladığı eve götürdü ve hayallerini anlatmaya başladı. Onu dinlerken ağlıyordum. O, hayatını bana adamışken ben onu aldatıyordum. Murat bana "Neyin var?" dediğinde "Evliliğe hazır değilim" deyiverdim birden... Murat afalladı, ne diyeceğini şaşırdı. Yüzüme baktı, parmağındaki alyansı çıkardı, mutfaktaki tezgâhın üzerine koydu ve evden çıkıp gitti. İçimi garip bir sevinç kapladı... Biraz önce ağlayan ben değildim sanki. Evet, Murat'tan kurtulduğuma seviniyordum. Nasıl biriydim ben? Ne yapıyordum? Bir fahişe gibi davranıyordum. Ama umurumda değildi...

Yeni bir ilişkiye başladım

Evden çıktım ve Ayhan'a koştum. Murat'la ayrıldığımızı söyledim. Ayhan bana sarıldı ve "Artık hiç ayrılmayacağız" dedi... Ayhan'a âşık olmadığımı biliyordum. Ama işyerindeki gücü ve parası beni etkiliyordu.

Eşinden boşanacağını, benimle evleneceğini söylüyordu. O zaman 20 yaşındaydım. Ayhan benden 20 yaş büyüktü. Bana bir ev tutup içini dayadı döşedi. O evde kalıyordum artık. Ayhan, haftanın bazı geceleri bana gelip kalıyordu. Seksten korktuğum için nişanlımla yüzeysel sevişmekten daha ileri gitmemiştik. Ancak Ayhan'a kendimi borçlu hissediyordum. Bir gece onun oldum. Artık her geldiğinde sevişiyorduk. Ayhan'ın parası sayesinde özlediğim hayata kavuşmuştum. İçimdeki vicdan azabı ise geçmemişti bu kez. Tamam, Murat'tan kurtulduğuma sevinmiştim ama ona yaptıklarım için kendimi affedemiyordum. Bu yüzden de Murat'la irtibatımı koparmıyordum. Arada bir arıyor, hatırını soruyordum. Murat'sa her zamanki kibarlığıyla cevap veriyor, telefonu kapatırken "Mutluluğun daim olsun" diyordu. Bu cümle her seferinde içime oturuyordu. Sonunda Murat'ı ziyaret etmeye karar verdim. Bu arada Ayhan öyle kıskançtı ki bana nefes aldırmıyordu. Hele hele Murat'tan bahsetmeme hiç dayanamıyordu. Ona haber vermeden bir gece Murat'ın evine gittim. Aklım sıra Murat'a sürpriz yapacaktım. Kapıyı çaldım, Murat açtı. Beni görünce yüzündeki ifade dondu. İçeriden bir kadın sesi geldi, "Murat gelen kim?" diye... Kız arkadaşı evdeydi Murat'ın. Kıskandım, deli oldum. Benim Murat'ım benden başkasıyla olamazdı, olmamalıydı. Ben başkasıyla birlikte olsam da o benden başkasını sevmemeliydi. Bu bencil düşüncelerle içeri girdim. Oysa Murat'ı düşünüyor olsaydım, içeri girmeden gitmem gerekirdi. Ben sadece kendimi düşünüyordum.

Salona oturdum ve kızın gelmesini bekledim. Murat bizi tanıştırdı ve arka odalardan birine gitti. Kız arkadaşı da peşinden... İçeride ne konuştular bilmiyorum ama kısa süre sonra Murat salona döndü ve bana "Neden geldin?" diye sordu. Bencilliğim en üst seviyedeydi. "Sana geldim" dedim. "Emin misin?" diye sordu Murat. Sadece baktım ona. "Peki" dedi ve kız arkadaşıyla konuşmaya içeri gitti. Kısa süre sonra da kız arkadaşını evden gönderdi. Tanrım ne yapıyordum ben? Murat'ı belki de ciddi bir beraberlik yaşayacağı kızdan ayırmıştım. Ayhan, Murat'la olduğumu duyarsa beni öldürebilirdi. Beynim durmuştu. O geceyi Murat'la geçirdim. İlk kez seviştik. Sabah uyandığımda kendimde değildim. Ne yapacağımı hiç bilmiyordum. İşe gittim. Ayhan işyerinin kapısında, arabanın içinde beni bekliyordu. Korkuyordum ama bir yandan da "Ne olacaksa olsun" diyordum. Ayhan kesin terk ederdi beni. Ben de Murat'a dönerdim. Hiç de düşündüğüm gibi olmadı. Ayhan arabadan indi ve hiçbir şey söylemeden sarıldı bana. Şaşırdım, afalladım. "Murat'ta olduğunu biliyorum ve bu konuda konuşmak istemiyorum. Her şeye yeniden başlayacağız" dedi. Basiretim bağlanmıştı. Benim akşam için Murat'a sözüm vardı. Ama gidemedim. Yeniden Ayhan'a döndüm. Murat'ı Ayhan'la, Ayhan'ı da Murat'la aldatmıştım. Tam bir şeytandım ben...

İki kişiyi idare ediyordum

O andan sonra fırsat buldukça Murat'ın yanına gittim. Beni her seferinde kabul etti. Bir akşam Murat'la, bir akşam Ayhan'la birlikte oluyordum. Kendimi olayın akışına bırakmıştım. İnceldiği yerden kopar diye düşünüyordum. Ama bir yandan da yakışıklı ve esprili Murat'ı, zengin ve güçlü Ayhan'ı aynı anda idare ediyordum. Bu durumdan mutluydum aslında. İkisi birbirini tamamlıyordu. Bir gün işler karıştı... Hamileydim... Karnımdaki çocuğun babası Ayhan'dı ama onunla evlenmem imkânsızdı. Murat'a "Ayhan'la yatmıyorum" demiştim ve bana inanmıştı. Çünkü Murat her şeye inanmaya hazırdı. Telefon ettim Murat'a "Bir çocuğumuz olacak" dedim... Buluştuk ve evlenmeye karar verdik. Murat'ı bir maceranın içine sürüklüyordum. İşten ayrıldım ve bir ay içinde evlendik. 6 ay sonra bebeğim doğdu. Babasının aynısıydı. Murat'ın anlamamasına imkân yoktu. Galiba onun da basireti bağlanmıştı. Ya da anlamıştı da bunu bana hissettirmiyordu. Ayhan'a izimi kaybettirmiştim. Evliliğimiz devam ediyordu. Bu sırada Murat işsiz kaldı. Bense bebeğime baktıkça hem Murat'a hem de Ayhan'a haksızlık ettiğimi düşünüyordum. Ayhan'ın baba olduğunu bilmesi gerektiği fikrine kapılmıştım. Aradım Ayhan'ı ve durumu söyledim. Şimdi işler daha da karışmıştı. Ayhan çocuğunu istiyordu. Bir gün Murat'a her şeyi anlattım. Yüzüme baktı ve "Bana bunu da yaptın demek..." deyip çıktı evden. Bu arada ben de bebeğimi alıp babasına götürdüm. Ayhan boşanmamı istiyordu. Evet, bir kez daha Ayhan'ın etkisi altındaydım. Ertesi gün bir kez daha buluştuk Ayhan'la. Seviştik... Murat'ı nişanlıyken aldatmıştım. Şimdi de evliyken aldatıyordum.

Murat eve döndü. Artık aynı evde iki yabancı gibiydik. 6 ay sonra Murat bir başka şehirde iş bulduğunu, gideceğini söyledi. "Gitme" deme şansım yoktu... Zaten Ayhan'la ilişkim de devam ediyordu. Murat giderken bana "Evi boşalt" demişti. Ayhan bana bir ev daha tuttu. Resmi olarak evliydim ama o evde Ayhan'la birlikte yaşıyordum. Daha doğrusu Ayhan'ın gelebildiği geceler birlikte oluyorduk. Çünkü Ayhan da hâlâ evliydi... Murat'la kısa süre sonra boşandık. Artık Ayhan'la evlenebilirdik. Tabii önce onun boşanması gerekiyordu. Bu fikir önceleri bana çok cazip geliyordu. Ama sonraları Ayhan'la evlenmek istemediğimi anladım. Ben Ayhan'ı değil, parasını ve gücünü istiyordum. Bunu anlamıştım. Aramızdaki ilişki de artık sadece seks ilişkisiydi. Ayhan haftada birkaç gün geliyor, benimle sevişiyor, sabah da kalkıp gidiyordu. İşte tam bu sıralarda Murat'ın eski işyerinden arkadaşı olan Nihat'la görüşmeye başladık. Nihat, bir süre Murat'la birlikte çalışmış daha sonra memleketi Adana'ya dönmüştü. Müteahhitti, babasının işlerini devralmış yürütüyordu. Adana'nın sayılı zenginlerindendi. İstanbul'a her geldiğinde beni arıyor, görüşüyorduk. Paraya ve güce olan düşkünlüğüm bir kez daha kendini göstermişti. Nihat'la ilişkimiz ilerledi. Birlikte olmaya başladık. Ayhan'ı, Nihat'la aldatmaya başlamıştım. Ayhan, Nihat'la ilişkimi öğrendi. Bana silah çekti. O an beni öldürseydi, hiç canım yanmazdı biliyorum. Öldürmedi, çekti gitti. Nihat'la evlendik. Bana Adana'da bir giyim mağazası açtı. Onu işletiyorum. Bir de çocuğumuz oldu. Şu anda mutluyum.

Nihat'a âşık olmadım ama iyi bir insan. En büyük haksızlığı Murat'a yaptığımı düşünüyorum. Bu vicdan azabı beni hiç terk etmeyecek. Nihat'ı aldatır mıyım bilmiyorum. Ancak artık bu tür oyunları çevirecek enerjim yok. Bir de sanırım istediğim şeylere sahibim. İçimdeki şeytanı doyurdum galiba...

Berbat Bir Evlilik ve Aşk...

Adı: Meral...
Yaşı: 30...
Yaşadığı kent: İstanbul...
Medeni hali: Boşanmış, bir çocuk annesi...
Mesleği: Bankacılık ve finans...

Meral, görücü usulüyle 20 yaşında evlendi. Kocası Doğan'ı hiç sevmedi. Eşine ait işyerinde çalışırken tanıştığı Kaan'a âşık oldu. Eşini aldatmaya başladı. Boşandı. Kaan'la ilişkisi bir süre daha devam etti. Özgür olmak istiyordu. Kaan'ı da terk etti. Pişman oldu ama iş işten geçti.

1976'da Üsküdar'da doğdum. Öğretmen bir baba ve ev hanımı bir annenin iki çocuğundan biriyim. Bir erkek kardeşim var. Çocukluğum annemin baskısı altında geçti. Babam aydın biriydi, bizi sıkmazdı. Annemse tam tersi... Küçücük bir çocukken bile bana erkeklerin ne kadar tehlikeli olduklarını anlatırdı. Bu yüzden uzak durdum erkeklerden. Liseyi bitirmiştim ama hiç erkek arkadaşım olmamıştı. Üniversiteyi kazanamamış, evde oturuyordum. Tek sosyal faaliyetim ehliyet kursuydu. Boylu posluydum, alımlıydım. Erkeklerin dikkatini çekecek bir güzelliğim vardı. Ama annem beni öyle korkutmuştu ki, bırakın flört etmeyi, erkeklerle tek kelime dahi konuşmuyordum. Kurstaki en yakın arkadaşım Ayşen'di. Ayşen erkekler konusunda benden kat kat daha cesaretliydi. Elbise değiştirir gibi erkek arkadaş değiştiriyordu. Aramızda konuşurken "Merak etme, hiçbiriyle yatmıyorum. Sadece öpüşüp koklaşıyorum. Kendimi kocama saklıyorum" derdi. Bunu nasıl yapabildiğine şaşardım. Benim için bir erkeğin elini tutmak bile tabuydu. Ayşen de bana şaşırıyordu. "Yaşın 20 oldu, erkek nedir bilmiyorsun, ne olacak senin bu halin? Sonunda seni ben başgöz edeceğim" deyip duruyordu. Dediğini de yaptı...

Bizi arkadaşım Ayşen tanıştırdı. Bir süredir uzaktan akrabası olan Doğan'dan bahsediyordu. Doğan 30 yaşındaydı ve artık evlenmek istiyordu. Helal süt emmiş, namuslu bir kız arıyordu. Ayşen'e göre ben Doğan için biçilmiş kaftandım. Doğan, inşaat mühendisiydi ama ticaretle uğraşıyordu. Elektronik aletler satan bir mağazaları vardı. Babası, Doğan ve ağabeyi Serdar o mağazanın geliriyle geçiniyordu. Ayşen o akşam bana telefon edip "Yarın güzel giyin, makyajını da yap. Doğan'ı kursa getireceğim" dedi. O gece heyecandan uyuyamadım. Sabah giyindim, makyajımı yaptım ve sürücü kursunun yolunu tuttum. Ders saatlerinin nasıl geçtiğini bilmiyorum. Kurs bitti ve biz Ayşen'le aşağıdaki kafeteryaya indik. Ayşen, bir masada tek başına oturan birinin yanına götürdü beni. Hayal kırıklığına uğramıştım. Karşımda, saçları dökülmüş, kara kuru bir erkek duruyordu. Bozuntuya vermedim. Doğan açık sözlü biriydi. Hayatını, neler yaptığını anlattı. Bir saat kadar oturduktan sonra kalktık. Ayşen'le birlikte ayrıldık Doğan'ın yanından. Ayşen bana hemen Doğan hakkındaki düşüncelerimi sordu. Sonuçta onlar akrabaydı. Beğenmediğimi söylemedim Ayşen'e. "Bilmiyorum, bakalım" dedim sadece. Eve döndükten birkaç saat sonra Ayşen telefon etti. Doğan'ın beni çok beğendiğini, bir daha görüşmek istediğini, niyetinin ciddi olduğunu söylüyordu. Şaşırmıştım. Doğan'a değil ama bir erkekle bir şeyler yaşama fikrinin büyüsüne kaptırmıştım kendimi. Kabul ettim ve ertesi gün bir kez daha görüştük Doğan'la. Doğan konuyu hiç dolaştırmadan evliliğe getirdi. "Birbirimizi belki tanımıyoruz ama görücü usulü evlenenlerin evliliği daha uzun süreli oluyor" dedi.

Doğan birçok genç kızın istediği gibi bir kocaydı. Belki yakışıklı değildi ama iyi bir işi, evi, arabası vardı. Doğan'ın teklifini kabul ettim. Birkaç gün sonra ailesi beni istemeye geldi. Kayınvalidemi ve kayınpederimi ilk kez o gün gördüm. Çok suratsızlardı. Aslında bu insanlarla geçinemeyeceğimin sinyalini o gün almıştım ama üzerinde durmamıştım. O gece nişan takıldı. 2 ay içinde de evlenecektik.

Annemin dırdırı bitmişti

Rahatlamıştım, nişanlımla istediğim zaman evden çıkabiliyordum. Annemin dırdırları sona ermişti. Mutlu olup olmadığımı hiç düşünmüyordum. Hayatımda tanıdığım ilk erkekle bir evlilik macerasına giriyordum. Nişanlımla, ufak tefek dokunuşlar, öpüşmeler dışında aramızda bir şey geçmedi. Bir gün, Ayşen'in evine oturmaya gittik. Saat geç olmuştu. Ben annemi arayıp Ayşen'de kalacağımı söyledim. İzin verdi. Doğan da bizimle kaldı. Hayatımda ilk kez geceyi bir erkekle geçirdim. Gece birlikte olduk. Artık kız değildim. Sabah eve döndüğümde kendimi çok farklı hissediyordum. Erkeklerle hayatım boyunca el ele tutuşmuş bile değilken, daha ilk kez yalnız kaldığım bir erkeğe kendimi teslim edebilmiştim. Meğer ne kadar kolaymış... Ne olduğunu anlamamıştım aslında. Doğan üzerime çıkmış, beş dakika sonra da inmişti. Birkaç kez göğüslerimi okşamış, sonra da nefes nefese kalmıştı. Bu muydu seks dedikleri şey? Bütün evliliğimiz boyunca ben bunu mu yaşayacaktım? Evlilik hazırlıkları son hız devam ediyordu. Kayınvalidem ise bana kök söktürüyordu. Her şeye karışıyor, karşı çıkınca da azarlıyordu. Bir ara nişanı atmaya niyetlendim. Anneme de söyledim bunu. Annem "İstiyorsan at. Nasıl olsa daha kız oğlan kızsın. Allah'a şükür seni namuslu yetiştirdik" deyince donup kaldım. Kız değildim ki ben... Kim alırdı beni Doğan'dan başka? Ya ayrıldığım zaman Doğan gerçeği aileme söylerse ne yapardım? Evlenmekten başka çarem yoktu artık... Evlendik. Düğün gecesi kayınvalidem, bana takılan bilezikleri, cumhuriyet altınlarını, paraları topladı. "Bunlar bizim hakkımız" dedi. Hüngür hüngür ağlıyordum. Bunu Doğan'a söylediğimde "Annem haklı" cevabını aldım. Yıkılmıştım. Düğünden sonra evimize gittik ve ben kadınlık görevimi yerine getirdim. Evlendikten çok kısa bir süre sonra Doğan'la iletişimimiz koptu. İşten geliyor, yemeğini yiyor ve televizyona dalıyordu. Sevişmek istediği zaman salonun ışıklarını kapıyor, "Kalk yatıyoruz" diyordu. Yatağa gidiyor, onun şehvetini doyuruyor, sonra kalkıp sabaha kadar oturuyordum. Kıskanç olduğu için gündüzleri bir yere gitmeme izin vermiyordu. Bütün gün evdeydim. Doğan'la da doğru dürüst konuşmadığımız için delirmek üzereydim. "Çalışmak istiyorum" dedim Doğan'a... Küçümsedi beni, "Ne iş yapabilirsin ki?" dedi. Bozuldum ama belli etmedim. Çalışma fikrini kabul ettirene kadar susmalıydım. Nihayet Doğan mağazalarının bir şubesini açacaklarını, başına beni koyacaklarını söyledi. Mutluluktan uçuyordum. Artık evde tıkılıp kalmayacak, insan içine çıkabilecektim...

Hamileliğim işleri bozdu

Ne yazık ki sevincim fazla uzun sürmedi. Dikkatsizliğim sonucu hamile kalmıştım. Çocuğu aldıramazdım, çünkü inancım buna elvermiyordu. Ben bir bebeğin katili olamazdım. "Belki çocuğumuz olursa durum değişir, Doğan benimle daha fazla ilgilenir" diye düşünmeye başlamıştım. Doğan'a hamile olduğumu söyleyince sevindi ve tabii ki işe başlamama izin vermedi. Hamilelik dönemimi kolay atlattım. Nur topu gibi bir kızımız oldu. Sema koyduk adını. Doğan'da ise hiçbir değişiklik yoktu. Normal doğum yapmıştım. Loğusa iken enfeksiyon kaptım. Doktor "En az 3 ay cinsel ilişki yasak" dedi. Doğan bunu bile dinlemedi... Yine altına aldı beni, hoyratça kullandı. Kendimden, vücudumdan nefret ediyordum. Beni hayata bağlayan tek şey kızımdı. Kızım artık 1 yaşına gelmişti. Ben çalışma konusunu nasıl açsam, diye düşünürken Doğan hiç beklemediğim bir şey söyledi. Mağazalarının yeni şubesinin başına koydukları adam bunları soyup kaçmıştı. Güvenebilecekleri birini arıyorlardı. Doğan bana teklif etti, "Çocuğa annen bakar gündüzleri" dedi. Kabul ettim. Birkaç gün sonra işe başlamıştım. İşi öğrenmem 1 hafta sürdü. Kasayı tutuyordum, vakit buldukça da müşterilerle ilgileniyordum. Müşterimken sevgilim olan Kaan'ı işe başladığımın ikinci haftasında tanıdım. Bizden aldığı bir elektronik alet bozuk çıkmış, değiştirmek için gelmişti. Ben ilgilendim. Yakışıklı, düzgün, kibar, iyi eğitimli bir mimardı. Bir inşaat firmasında maaşlı olarak çalışıyordu. Bozuk çıkan cihazı değiştirmemiz biraz uzun sürdü. Üretici firmaya cihazı gönderip inceletmemiz gerekiyordu. Kaan, mağazaya yakın oturduğundan hemen her gün uğruyor ve üretici firmadan bir haber olup olmadığını soruyordu. Derken cep telefonlarımızı verdik birbirimize. Yüz yüze görüşemediğimiz saatlerde de telefonla aramaya başlamıştı. Etkilenmiştim Kaan'dan. Evli olduğumu biliyor ama aldırmıyordu. Kaan'a evliliğimde mutlu olmadığımı söylemeye başlamıştım. "Bırak" diyordu Kaan, "İnsan hayata bir kez geliyor, kendini mutsuzluğa mahkûm etme..." Haklıydı ama benim cesaretim yoktu ki... Boşanıp da ne yapacaktım? Beş parasız ortada kalırdım. Annem beni eve kabul etmezdi, biliyorum. Ona göre bir kız, baba evinden çıktıktan sonra geriye ancak ölüsü dönerdi. Kaan bana "Senin gibi biri benim sevgilim olsa onu mutlu etmek için her şeyi yaparım" demeye başlamıştı. Duygularını açıkça belli ediyordu. Mağaza dışında görüşme şansımız hiç yoktu. Çünkü her akşam kocam hesabı almak için mağazaya geliyor, birlikte çıkıp annemden Sema'yı alıyor ve eve dönüyorduk. Gün içinde de bazen kocamın kardeşi, bazen de kayınpederim uğruyordu. Yine bir cenderenin içindeydim. Bazı geceler kocam uyuduktan sonra Kaan'a telefon ediyordum. Sabaha kadar konuşuyorduk.

Bendeki deli cesaretiydi

İşte o gecelerden birinde bugün asla cesaret edemeyeceğim bir şey yaptım. Kocamla yine o tatsız sevişmelerden birini yapmış ve kalkmıştım. Doğan çok içkiliydi. Sızmıştı. Telefon ettim Kaan'a. "Buraya gel" dedim. İnanamadı, "Ya kocan?" dedi. "Top atsan duymaz" diye ikna ettim onu. Geldi Kaan, eve aldım. Salonda kanepenin üzerinde sevişiik. Orgazmın ne olduğunu, isteyerek sevişmenin ne olduğunu o gece öğrendim. Kaan beni altüst etmişti. Yine sessizce uğurladım Kaan'ı. O gece yatağa, kocamın yanına dönmedim, Kaan'la sevişiğimiz kanepede uykuya daldım. Hayatımın belki de en huzurlu uykusuydu. Yaşadığım bu olay, benim için dönüm noktası oldu. Deli cesareti gelmişti bana. Doğan, mağaza çalışanlarına yemek verecekti. Bir yolunu bulup Kaan'ın da o yemeğe gelmesini sağlamalıydım. Kaan'ı kocamın gözünün içine sokmak istiyordum. Doğan'a, "Bir müşterimizi çok kırdık, adama bozuk cihaz sattık, değiştirene kadar çok oyaladık. Bu yemeğe onu da çağıralım da gönlünü alalım" dedim. Doğan kabul etti. Yemekte Kaan da vardı. Sürekli bakışıyorduk. Müthiş bir heyecan duyuyordum. Sanki intikam alıyordum kocamdan. Doğan'dan ayrılmayı kafama koymuştum. Ama bunun için önce biraz para elde etmeliydim. Çalmaya başladım. Tıpkı kocamı soyup kaçan o mağaza yöneticisi gibi. Mağazada çalışırken kasa tutmadaki, muhasebe hesaplarındaki açıkları çok iyi öğrenmiştim. Kısa sürede yüklü bir miktarda parayı toplamıştım. Mağazanın gelirinde düşme vardı ama kimse benden şüphelenmiyordu. Çünkü kasayı tutturmayı başarıyordum. Yaz gelmişti, Doğan ve ailesi Marmaris'te bir otelin işletmesini devralmıştı. Otelin başında kocamın kardeşi vardı. Doğan bana "Sema'yı al birkaç gün tatile git" dedi. Tatile gideceğime sevinmiştim ama Kaan'dan ayrı kalma fikri hiç de hoş değildi. Kocam varken eve sokmuştum Kaan'ı, otele neden gelmesin ki? Müşteri olarak gelir, biz de görüşürdük. Aslında kardeşi, Doğan'dan daha kıskançtı. Ama umurumda bile değildi. Ben otele gittikten iki gün sonra Kaan da geldi. Otelde ya onun odasında, ya benim odamda buluşuyor, deliler gibi sevişiyorduk. Bir sevişme sonrası Kaan bana "Benimle evlenir misin?" diye sordu. Afalladım ve boynuna sarılıp "Evet" cevabını verdim. Evliydim ve başkasının evlilik teklifini kabul etmiştim. Söz verdim Kaan'a, İstanbul'a döner dönmez boşanacaktım. Bunu nasıl yapacağımı bilmiyordum ama bir yolunu bulacaktım.

Kocam bana tokat attı

Boşanma fırsatını bana Doğan verdi... Bir gece yine ışıkları kapatıp "Haydi yatalım" diyerek sevişme isteğini belli etti. İlk kez ona "Ben yatmayacağım" dedim. Yatağa götürmek için beni zorladı. Karşı koydum, tokatladı. İşte aradığım fırsat buydu. Hemen o gece Sema'yı alıp annemin evine döndüm. Tepki gösterecek diye beklerken sarıldı annem, "Allah'ından bulsun, bir daha göndermem seni o kocana" deyip destek çıktı. Doğan boşanmak için zorluk çıkarmadı. Tek celsede bitti evliliğimiz. Sema'nın velayetini de almıştım. Kocamdan çaldığım paralarla küçük bir ev tuttum. Kaan'la birlikteliğimiz devam ediyordu. Beni seviyordu, ben de onu. Ama bir şey olmuştu bana. Bir erkeği hayatımda istemiyordum. Yeniden evlenme fikri hiç cazip gelmiyordu. Özgürlüğümün tadını çıkarmak istiyordum. Uzaklaştım Kaan'dan. Kaan her şeyin farkındaydı. Öyle kibar bir insandı ki, bunu yüzüme bile vurmadı. "Hayatından çıkmamın zamanı geldi" deyip gitti... Bir süre gezip eğlendim. Ama daha sonra yalnızlığın acısını duymaya başladım. Kaan'ı aradım. Bana "Sana yeteri kadar iyilik yaptım. Kocandan boşanmak için cesarete ihtiyacın vardı, o cesareti benden aldın. Bir daha kendimi kullandırmak istemiyorum" deyip kapadı telefonu. Bu son konuşmamız oldu. Pişmandım ama iş işten geçmişti. Üniversite sınavına girdim, iki yıllık bir işletme bölümünü kazandım. Bitirdim, bir bankada çalışmaya başladım. Hâlâ yalnızım. Kaan'dan sonra hayatıma giren her erkek sadece seks için benimle oldu. Kimseye âşık olamadım, kimse de bana âşık olmadı. Kaan evlendi, mutluymuş. Kocamsa her şeyini kaybetti. Sadece ben değil, sanırım her çalışanı soyuyormuş mağazayı.

İflas ettiler. Hiç üzülmedim. Piyasaya olan borçları nedeniyle yurtdışına kaçtı. Kızım babasının özlemini biraz çekti, şimdi unuttu. Annem de öldü. Hayata tutunmaya çalışıyorum. Kocamı aldattığım için değil ama Kaan'ı kaybettiğim için pişmanlık duyuyorum... Bugün olsa Doğan'ı yine Kaan'la aldatırdım ama onu asla bırakmazdım...

Şımarık ve Meraklı Kız

Adı: Filiz...
Yaşı: 24...
Yaşadığı kent: Ankara...
Medeni hali: Evli...
Mesleği: Satış temsilcisi...

Filiz, küçük bir kentin üst düzey ailelerinden birinin kızı. Üniversiteyi bitirir bitirmez evlendi. Evlendikten çok kısa bir süre sonra eşini aldatmaya başladı. Eşinden de sevgilisinden de vazgeçemedi. Bir ara her şeyi silip sevgilisiyle birlikte olmak istedi ama cesaret edemedi. Şimdi evliliği devam ediyor. Sevgilisiyle de bir dargın bir barışık ilişkisini 3 yıldır sürdürüyor. Üstelik sevgilisi de evli.

1982'de küçük bir kentte doğdum. İki çocuklu bir ailenin şımarık kızıyım. Annem de babam da açık fikirli, aydın insanlar. Bugüne kadar üzerimde en küçük bir baskı bile kurmadılar. Her şeyi özgürce yaşadım. Bir dediğim iki edilmedi. Babam, doğduğum kentin ileri gelenlerinden. Sokakta herkesin görüp de selam verdiği biri. Belki aşırı zengin sayılmayız ama o kentte gelir düzeyi en yüksek ailelerden biriyiz. Çocukluğumun, ilk gençliğimin geçtiği o kent Türkiye'nin batısında olduğu için halkı da tutucu değil. Ben ve aynı gelir düzeyinden yaşıt kız arkadaşlarım her şeyi rahatça yapabiliyorduk.

Bu nedenle erkeklerle duygusal ilişkilere girmem bazıları tarafından çok küçük sayılabilecek bir yaşta başladı. İlk erkek arkadaşımla ortaokuldayken çıkmaya başladık. Çocukluk aşkıydı bizimkisi. El ele tutuşmadan öteye gitmez, arkadaşlarımızın evinde verilen partilerde buluşurduk. Ailem de tanırdı o çocuğu. Bu rahatlık benim kendime güvenimin biraz da fazla gelişmesini sağladı. O kentte isteyip de elde edemeyeceğim hiçbir erkek yoktu. Dikkat çekici fiziğim, görenlerin dönüp bir daha baktığı bir yüzüm vardı. Hâlâ da öyleyim. Kimseyi kendime yakıştırmıyordum. Lise yıllarında erkek arkadaş sayım daha da arttı. Ailem akşamları da çıkmama izin verdiği için, o küçük kentin barlarında geç saatlere kadar erkek arkadaşlarımla eğlenme imkânım oluyordu. Lise yıllarındaki tüm erkek arkadaşlarım o dönemki tabirimizle "dalgasınaydı..." Kimseleri beğenmezdim aslında, kimseyi yanıma yakıştırmazdım. Hiç kimseyle cinsellik anlamında bir şey yaşamıyordum. Çünkü kendimi teslim etmeye değer birini bulamıyordum. Yoksa bazı değerleri korumak gibi bir kaygım yoktu. Bana âşık olan çoktu. Hatta aşkına karşılık vermediğim için intihara kalkışanlar bile oldu. Bunlara bile gülüp geçerdim o dönem. Hiçbir şeyi ciddiye almaz, hayatın eğlenceden ibaret olduğunu düşünürdüm. Kolejde okuyordum ve ailem parasal açıdan her isteğimi yerine getiriyordu. Eğlenceye bu kadar düşünce üniversite sınavında istediğim bölümü kazanamadım. Ama umurumda değildi bu. Nasılsa babamın parası vardı, nasılsa bana bakardı.

Okuldaki ilk arkadaşım

Bir başka küçük kentin, küçük üniversitesinde pek de önemli olmayan bir bölümde okumaya başladım. Daha ilk günden okuldan sıkılmaya başladım. Ne benim çapımda bir kız arkadaşım vardı, ne de dikkatimi çekecek kadar yakışıklı bir erkek. Bir süre sonra bir kız dikkatimi çekti. Sınıfa geliyor, dersleri dinliyor, hiç kimseyle konuşmadan okuldan çıkıp gidiyordu. Giyimi ve tavırları bu kente ait olmadığını gösteriyordu. O kızla tanışıp arkadaş olmalıydım. Bunu başardım da. Bir öğlen, kız sınıftan çıkarken peşinden koşup "Bakar mısın?" diye seslendim. Şaşırarak baktı, "Bu şehir, bu okul çok sıkıcı ve benim bir arkadaşa ihtiyacım var" dedim. Kısa sürede kaynaştık, 1 ay sonra da aynı evi paylaştık. Adı Şebnem'di arkadaşımın. Çok iyi anlaşıyorduk. Şebnem Ankaralı'ydı. Babası, büyük siteler yapan bir müteahhitti. Okula bile gitmez olmuştuk artık. Sık sık Ankara'ya Şebnemler'e gidiyorduk.

Yaz geldi, okulun ilk yılı bitti. Şebnemler'in ünlü bir tatil beldesinde yazlığı vardı. Beni de davet etti. Tabii ki hemen kabul ettim. Birkaç gün sonra yazlıktaydık. Şebnemler'in yazlığı büyük bir sitenin içindeydi. Yaşıtımız çok sayıda genç vardı sitede. Hep zengin ailelerin çocukları... Daha ilk gün onlardan biri dikkatimi çekti. Herkesten ayrı güneşleniyor, kimseyle konuşmuyordu. Şebnem'e kim olduğunu sordum, "Bırak onu, ukalanın teki, kimseyle konuşmaz, kendini bir şey sanır" dedi. Bu söz de benim ona ilgi duymama yetti. Mutlaka tanışmalıydım onunla. Bir hafta sonra da bunu başardım. Sitenin marketinde karşılaştık ve selam verdim. Ayaküstü tanıştık. Adı Tolga'ydı. O da Ankara'da oturuyor, yazlarını bu sitede geçiriyordu. Üniversiteyi bitirmişti. Babasının şirketinde çalışıyordu. Çok yakışıklı değildi, saçları bile dökülmüştü. O zaman ben 18 yaşındaydım, Tolga da 28. Benim dönme vaktim gelmişti. Ama hiç gitmek istemiyordum. Çünkü Tolga'dan çok hoşlanıyordum. Annemi arayıp biraz daha kalmak için izin istedim. Artık bütün yazı orada geçirebilirdim. Kısa bir süre sonra Tolga bana duygularını açtı. Artık sevgiliydik. Kendimi teslim etmeye değer birini bulduğumu düşünüyordum. Bunu yaptım da... Tolga ile sevişmek dünyanın en güzel şeyiydi. Sık sık yalnız kalıyor ve birbirimizin vücudunu keşfediyorduk.

Yaz bitti, ben okula döndüm, Tolga da Ankara'ya. Ama biz Şebnem'le sık sık okuldan kaçıp Ankara'ya gidiyorduk. Bu arada babamın küçük kardeşi, yani küçük halam da evlenmiş ve Ankara'ya yerleşmişti. Ankara'da dilediğim gibi kalacağım bir ev olmuştu artık. Günlerimin çoğunu Ankara'da geçiriyor, Tolga'yla birlikte oluyordum. Derken Tolga evlenme teklif etti bana... Tabii ki kabul ettim. Çünkü ona âşıktım. Okulum iki yıllıktı. Biter bitmez evlilik hazırlıklarına başladık. 19 yaşındaydım ve bu yaşa kadar kafama koyduğum her şeyi yapmıştım. Ailem de bana hep destek olmuştu. Evlenmek istediğimi söylediğimde babam "İyi düşün kızım" dedi. "Düşündüm" diye cevap verdim ve konu orada kapandı. Tolga'nın ailesi biraz tutucuydu ama umurumda değildi. Hayatımıza karıştırmaya hiç niyetim yoktu. Zaten karışamadılar da... Gelip beni istediler, nişanlandık. Evlenince Ankara'da oturacaktık. Ben günlerimi Ankara'da geçiriyor, evimizi dayayıp döşemeye çalışıyordum.

"Başkasıyla nasıl olur?"

Halamların üst katında oturan bir genç vardı. Zaman zaman asansörde karşılaşırdık ama hiç konuşmazdık. Garip bir düşünce belirdi kafamda. Ben evlenecektim. Kocamdan başka hiç kimseyle seks yapmamıştım. Ama başka biriyle sevişmenin nasıl bir şey olduğunu da merak ediyordum. O çocuğu kestirdim gözüme. Bir punduna getirip yatağa attım. Berbat bir sevişmeydi. Ama yine de o merakımı gidermiştim. Tolga'yı aldatmış gibi hissetmiyordum. Sanki bu benim hakkımmış da, bu hakkı yeni kullanıyormuşum gibi hissediyordum. Çok güzel bir düğünle evlendik. Balayımızı yurtdışında geçirip döndük. Benim için hayat normale dönmüş gibi görünüyordu. İşe de başlamıştım. Bir firmada satış temsilcisiydim. İşim firmanın ürettiği malları telefonda şirketlere pazarlamaktı. Bu konuda çok da başarılıydım çünkü ağzım iyi laf yapıyordu. İşte bu telefon görüşmelerinden birinde tanıdım Sarp'ı... O kadar etkileyici konuşuyordu ki, büyüsüne kapılmamak elde değildi.

Bir konuşmamızda "Nerede oturuyorsun?" diye soruverdim birden. "Hayrola, gelecek misin?" diye sordu. "Evet" dedim hiç düşünmeden. O akşam iş çıkışı kocama bir bahane bulup Sarp'ın evine gittim. Sesi gibi tipi de etkileyiciydi. Oturduk, konuştuk. Hiçbir şey yaşamadık o akşam. Ben de birkaç saat sonra eve döndüm. Daha beş aylık evliydim, ama gece yatağa uzandığımda aklımda sadece Sarp vardı. Evleneli sadece beş ay olmuştu ve ben başka birini düşünüyordum. Sarp'a âşık olmuştum. Ama ben kocama da âşıktım. Kocamla hiçbir açıdan sorunum yoktu. Cinsel uyumumuz mükemmeldi. Birlikte çok eğleniyorduk. Öyleyse neydi benim aradığım? Niye böyle davranıyordum? Birden uyandırdım Tolga'yı, "Sevişmek istiyorum" dedim. Tolga'nın bedeniyle birlikteydim ama beynimde Sarp'ın hayali vardı. Gözümü kapatıp, üstümdeki kişinin Sarp olduğunu düşünüyordum. Tolga'yla birlikteliğimiz boyunca en şiddetli orgazmı o gece yaşadım. Tanrım ne yapıyordum ben?

Ertesi gün cumartesiydi. Şebnem'le buluşacaktık. Şebnem'den hiçbir gizli saklım yoktu. Her şeyi anlattım ona. "Yaşa canının istediğini" deyip bana destek çıktı her zamanki gibi. Sarp'ı aradım hemen, evdeydi. "Sana geliyoruz Şebnem'le" dedim. 15 dakika sonra Sarp'ın evindeydik. Şebnem yarım saat sonra "Benim işim var" deyip çıktı evden. Amacı tabii ki bizi yalnız bırakmaktı. Şebnem gider gitmez sarıldık birbirimize ve kendimizi yatakta bulduk. Sarp, yatakta da harikaydı. Bulduğum her fırsatta Sarp'a gidiyordum. Kocam Tolga, bazen birkaç günlük iş seyahatlerine çıkıyor, ben de geceyi Sarp'la geçiriyordum. "Neden aldatıyorsun?" diye soruyordu Sarp, "Beş aylık evli, kocasına âşık olduğunu söyleyen, hiçbir sorunları olmadığından bahseden, cinsel açıdan da eksiği bulunmayan bir kadın neden aldatır?" Verecek hiçbir cevabım yoktu. Neden aldattığımı ben de bilmiyordum. Tolga'yı da, Sarp'ı da seviyordum. İkisinin de hayatımda olmasını istiyordum.

Sarp'la ilişkimiz başladığı ilk günlerde onun da bir sevgilisi vardı. Daha sonra ayrıldı Sarp. Hayatındaki tek kız bendim. Sarp'a "Hayatına biri girerse seni terk ederim" diyordum hep. Sarp da bana, "İyi de senin hayatında kocan var, bencillik yapmıyor musun?" diye sorardı. "İşine gelirse" diye cevap verirdim. Gerçekten de öyle düşünüyordum. Benim olan bir şeyi asla başkasıyla paylaşmazdım. Yani o zaman öyleydi. Sonra işler değişti... Öyle kıskançtım ki, Sarp'a hayatı zehir ediyordum. Kıskanmaya hakkım yoktu belki ama ne yapayım ki ben böyleydim. Telefon ediyor, cevap vermezse kavga çıkarıyordum. "Aşkım duymadım" diyordu bense "Duyacaksın!!!" diye kavga çıkarıyordum. Aklım sıra Sarp'ı baskı altında tutarak bir başkasına kapılmasını engelleyecektim. Engelleyemedim. İlişkimizin altıncı ayında Sarp bana "Biriyle beraberim, şimdi durumu eşitledik" dedi... Delirdim, aklımı oynattım. Sarp'ın beni aldattığını düşünüyordum. Oysa aldatan bendim. Beni çok seven, bir dediğimi iki etmeyen, hayatını bana adayan kocamı aldatıyordum. Belki de böylesi daha iyi olmuştu. Sarp'la ilişkimiz biter, ben de kocamla mutlu mesut yaşardım. Ama öyle olmadı. Terk edemedim Sarp'ı. Hayatımdan çıkmasını istemedim. Razı oldum ilişkisine. Eskisi gibi değildi. Artık her istediğimde arayamıyordum Sarp'ı. Bu da beni deli ediyordu. Sarp'ın sevgilisinden çok bana ilgi göstermesini istiyordum. Öyle saçmaydı ki bu isteğim, bunu nasıl yapacaktı? Onun bir sevgilisi vardı ve tabii ki zamanını onunla geçirecekti. Kıskançlıklarım, kaprislerim yüzünden bir küsüp bir barışıyorduk. Kocam iş seyahatine çıktığında artık rahatça gidemiyordum Sarp'a. Onun da müsait olması gerekiyordu. Sinirden ölebilirdim. Yine de buluşuyorduk Sarp'la. Seviyordum onu, onun da beni sevdiğinden emindim. Zaten bundan hiç şüphe duymadım. Kocama olan sevgim azalmamıştı ama Sarp'la ve sevgilisiyle uğraşmaktan ona ilgi gösteremez olmuştum. Kocam öylesine emindi ki benden, bir tek gün bile şüphe duymadı. Bu şekilde 1,5 yıl geçti. 2 yıllık evliydim, 1,5 yıldır da kocamı aldatıyordum. Beni sadece Şebnem anlıyordu. Sadece onunla dertleşebiliyordum. Sarp bir gün telefonda "Ben evleniyorum" dedi... Telefonu elimden düşürdüm, yıkıldım. Günlerce ağladım. Tamamen gidecekti elimden Sarp. Buna dayanamazdım. "Evlenme" dedim Sarp'a, "Sana geleceğim, sadece seninle birlikte olacağım..." "Tamam" dedi Sarp, "Haydi öyleyse ne duruyorsun?" Gidemedim, cesaret edemedim buna. Kızı istemeye gittikleri gün telefon ettim Sarp'a "Girme o eve, şimdi her şeyi bırakıp geliyorum" dedim. Bu kez de Sarp inanmadı bana. "Gel" deseydi, gidebilir miydim, bilmiyorum. Sadece Sarp'ı başkasına kaptıracak olmanın verdiği hırstı belki de... İlişkimiz bitmek üzere evlendi Sarp. Bir ara hiç görüşmedik. Evlendikten sonra Sarp, bizim firmanın iş yaptığı o şirketten de ayrıldı. Sonra ben dayanamadım, aradım onu. Özlemiştik birbirimizi. Artık ben ona gidemiyordum. Eşimin seyahatte olduğu bir akşam o geldi bana... Seviştik, ona dokunurken hâlâ ilk günkü heyecanı duyuyordum. Sarp'tan ayrılamayacağımı bir kez daha anladım. Şimdi, bazen dışarıda görüşüyor bir kahve içiyoruz, bazen o bana geliyor sevişiyoruz. Telefonda sık sık kavga ediyoruz. Bu ilişkinin bitmesinin zamanı çoktan geldi de geçiyor. Uzatmaları oynuyoruz aslında. Sarp'ın içimde yavaş yavaş azaldığını hissediyorum. Bazen, "İkimiz de boşansak ve birlikte olsak" diye düşünüyorum. İyi de biz Sarp'la hiç doğru dürüst vakit geçirmedik ki? Birbirimizle aynı evde yaşamının nasıl bir şey olduğunu bilmiyoruz ki? Değer mi acaba? Tüm gemileri yakıp bu ilişkiyi sürdürmeye değer mi? Bu aralar yine görüşmüyoruz Sarp'la. "Arayacağım" deyip aramadığı için küstüm ona. O da beni aramıyor. Sonumuz ne olacak bilmiyorum. Öylesine bıraktım her şeyi. Gittiği yere kadar gider. Tıkandığı noktada da biter... Bir kez daha eşimi aldatacağımı sanmıyorum. Ben gerçekten çok âşık oldum Sarp'a. Bu yüzden birlikte oldum. Bu beni haklı çıkarmaz belki ama en azından ben vicdanımı böyle rahatlatıyorum.

Yüzünü Bile Görmeden...

Adı: Buket...
Yaşı: 31...
Yaşadığı kent: İstanbul...
Medeni hali: Evli, bir çocuk annesi...
Mesleği: Büro elemanı...

Buket, görmeden sesine âşık olduğu bir radyocu için kocasını ve çocuğunu terk etti. Radyocudan aynı şekilde karşılık göremeyince psikolojisi bozuldu. O dönemde kocasını defalarca aldattı. Bir ara ruh ve sinir hastalıkları hastanesinde tedavi gördü. Hastaneden çıktı, eşine döndü. Boşanmak istedi, yapamadı. Şimdi eşiyle ve çocuğuyla yaşıyor.

1975'te, İstanbul'da Boğaz kıyısında doğdum. İki kız kardeşiz. Babam devlet memuruydu, şimdi emekli. Annem hayatını eşine ve çocuklarına adamış bir ev hanımı. Mazbut bir ailem var. Kendi yağıyla kavrulan, ele güne muhtaç olmayan ama hiçbir zaman da bolluk görmemiş bir aile... Çocukluğum boyunca her şeyi idareli kullanmak, paylaşmak öğretildi bize. Ablam ve ben bu yüzden çok iyi anlaşırız. Bir lokma ekmeğimiz varsa, onu da paylaşmayı biliriz. Ne yazık ki erkenden bırakıp gitti bizi ablam. Ben daha lise 2'deyken evlendi ve bir başka ülkeye yerleşti. Bu benim için gerçekten yıkım oldu. Hayattaki en iyi arkadaşım, en çok sevdiğim insanı artık senede ancak bir kez izne geldiklerinde görebilecektim. Ablamın gitmesiyle birlikte tarif edilmez bir boşluğun içine düştüm. Şimdi düşünüyorum, ablam bu kadar erken evlenip gitmeseydi, ben yine de bunları yaşar mıydım?

Kimseyle konuşmazdım

Evde tek başınaydım artık. Akşamları okuldan geldikten sonra odama çekiliyor, sadece yemek için dışarı çıkıyor, sonra yalnızlığıma geri dönüyordum. Günlük tutuyor, her şeyi yazıyordum. Yaşadıklarımı, hayallerimi... "Ben de evleneceğim" diye yazıyordum örneğin ve gönlümü çalacak o erkeğin tarifini yapıyordum. İşte o tarife uyan erkeği, lise son sınıftayken tanıdım. Okulumuzun tam karşısındaki doğalgaz firmasında teknisyen olarak çalışıyordu. Sessiz, içine kapanık bir genç kızdım. Okulda sadece birkaç kız arkadaşımla konuşur, erkeklerle selamlaşmazdım bile. Okuldakiler beni "Burnu büyük" diye adlandırırdı. Aslında yaptıklarımın burnu büyüklükle ilgisi yoktu, cesaretsizin tekiydim ben. Erkeklerle konuşmamamın nedeni, bir erkek yanıma geldiğinde heyecandan dilimi yutmamdı. Ağzımdan tek kelime çıkmıyordu ki... Ama o gençten çok etkilenmiştim. Onu gördüğümde elim ayağıma dolanıyor, ne yapacağımı şaşırıyordum. Bir kez göz göze geldik. Utancımdan kıpkırmızı oldum. Başımı öne eğip hızlı hızlı girdim okula... Kendi kendime bir şeyler yaşıyordum. Bunu hiç kimseyle paylaşmıyordum. Sadece akşamları odama kapanıp her şeyi günlüğüme yazıyordum... Bir öğlen okuldan çıkmış eve doğru yürürken birden yolumu kesiverdi. "Tanışalım mı, ben Akın" dedi. Heyecandan neredeyse düşüp bayılacaktım. Başımı kaldırıp yüzüne bile bakamadım. Tek kelime etmeden hızla uzaklaştım yanından. Eve döndüğümde sevinçten uçacaktım, demek beni fark etmişti, demek benden hoşlanıyordu... Akın birkaç kez daha konuşma girişimlerinde bulundu. Hepsinde aynı tepkiyi verdim. Yine tek kelime etmeden yanından uzaklaştım. Bu durum artık beni rahatsız etmeye başlamıştı. Hiç konuşmamıştık ama ben Akın'a âşık olmuştum. Cesaretimi toplamalıydım artık. Okul bitmek üzereydi. Üniversite sınavını kazanma umudum yoktu. Bir şekilde Akın'la konuşmazsam okul bittikten sonra onu bir daha hiç görme şansım olmayabilirdi. Ama yapamadım, okul bitti ve ben Akın'ı kalbime gömüp eve kapandım...

Bizi ablam tanıştırdı

O yıl temmuz ayında ablamlar izne geldi. Yalnız kalır kalmaz ablam bana "Bir gariplik var sende..." dedi. Anlattım ablama, âşık olduğumu ama onunla hiç konuşamadığımı söyledim. Benim gibi değildi ablam, girişkendi. Zaten enişteme de ilk çıkma teklifini ablam yapmıştı. "Yarın gidelim bakalım okulun oraya, görelim şu çocuğu nasıl bir şeymiş" dedi. Birlikte Akın'ın çalıştığı yere gittik. Ablam, doğalgaz cihazlarıyla ilgili bilgi almak bahanesiyle firmadan içeri girdi. Peşinden de ben... Yine yüzümü kaldırıp bakamıyordum Akın'a.

"Sizi kardeşimle tanıştırayım" dedi ablam. İlk kez o zaman konuşabildim, "Merhaba" dedim. Ablamın bizi tanıştırması hayatımın dönüm noktası oldu. Ablam izni bitip yaşadığı ülkeye döndükten sonra da Akın'la görüşmeye devam ettim. Dışarıda buluşmaya da başlamıştık. Ailenin tek çocuğuydu Akın. Ama akıllı, duyarlı, romantik bir erkekti. Öyle şımarık biri değildi. Bir yıl kadar arkadaşça görüşmelerimiz devam etti. Ve bir gün Akın bana evlenme teklif etti. Henüz 19 yaşındaydım. Bu teklifi kabul ettim, 1 yıl içinde de evlendik. Evliliğimizin ilk yılında hamile kaldım. Bir oğlum oldu. Evliliğimin ilk iki yılı gayet güzel geçti. Akın'ı çok seviyordum. Kendimi oğluma ve kocama adamıştım.

Önce sesine âşık oldum

Günlerimi evde oğlumla ilgilenerek geçiriyordum. Akşamları da kocamla ilgileniyordum. Kendime sadece geceleri vakit ayırabiliyordum. Radyoyu açıyor, çok geç saatlere kadar müzik dinliyordum. İşte o gecelerden birinde tanıdım Burak'ı. Merkezi İzmir'de bulunan bir radyoda gece 12 ile 2 arası program yapıyordu. Romantik şarkılar çalıyor, programını güzel şiirlerle ve yazılarla süslüyordu. Kısa sürede müptelası olmuştum Burak'ın. Hiçbir programını kaçırmıyordum. Sözleri yüreğimi okşuyordu adeta. Hiç görmemiştim, nasıl bir şeye benziyor bilmiyordum ama Burak'a âşık olmuştum. Burak, programına telefon da alıyordu. Aramaya başladım, hemen her gece konuşuyorduk. Tabii bu konuşmalar canlı yayında gerçekleşiyordu. Sadece şarkı istiyor, o akşamki konusuna göre yorumlarda bulunuyordum. Bir gece Burak, "Yayından sonra arar mısın beni?" dedi. Heyecanlandım. Yayının bitmesini sabırsızlıkla bekledim. Biter bitmez de telefon ettim. 2 saat konuştuk. O da etkilenmiş benim sesimden, görüşmek istediğini söyledi. Ben İstanbul'daydım, o İzmir'de, nasıl görüşecektik ki? O, işini bırakıp gelemiyordu.

İzmir'e gidebilmek için bir bahane bulmalıydım. İzmir'de çok uzun zamandır görüşmediğimiz akrabalarımız vardı. Onları ziyaret edebilirdim. Kocama söylediğimde önce "Bu da nereden çıktı?" dedi, ama sonra razı oldu. Benim bir dediğimi iki etmezdi. Çünkü çok seviyordu beni. Ben de onu seviyordum ama neden böyle yaptığımı bilmiyordum. Bir heyecana kaptırmıştım kendimi... Akraba ziyareti bahanesiyle birkaç gün sonra oğlumu da alıp İzmir'e gittim. Akrabalarımızın evine yerleşir yerleşmez de Burak'ı aradım. Hemen buluştuk. İzmir sahilinde dolaştık. Elimi tuttu, belime sarıldı. Evli olduğumu biliyordu ama buna aldırmıyordu. Benim de umurumda değildi. Burak'ın sesi kadar tipi de etkileyiciydi. Yakışıklı bir çocuktu. Ertesi gün bir kez daha buluştuk. Bu kez onun evindeydik. Bana dokunuşu, öpüşü, baştan çıkmama yetti. Defalarca seviştik. Kocamı aldatmıştım ama bu umurumda değildi. Kocamın olup olmadığının bile farkında değildim aslında. Kendimi tamamen Burak'a kaptırmıştım. İzmir'de olduğum günlerde sürekli buluştuk. Burak'a "Sana âşık oldum" demiştim ama o bana sadece gülmüştü. Aslında buna da aldırmıyordum. Benim tek düşündüğüm şey Burak'la sürekli beraber olmaktı.

İstanbul'a döndükten sonra eşim Akın'la problemler yaşamaya başladık. Artık Akın'la sevişmek istemiyordum. Şaşırıyordu Akın, neler olduğunu anlayamıyordu. Yine de anlayışlı davranıyor, bu durumun geçici olduğunu sanıyordu. Ne yazık ki geçmedi... Burak'ı görmek istiyordum, ona gitmek istiyordum. Bu kez kocama uydurabileceğim hiçbir bahanem yoktu. Kaçmayı koydum kafama. Sabah, Akın işe gittikten sonra oğlumu alıp anneme bıraktım ve otogarın yolunu tuttum. Kalkan ilk İzmir otobüsüne binip yola çıktım. İzmir'e varır varmaz Burak'ı aradım. Şaşırdı, beklemiyordu beni. Hemen İzmir otogarına gelip aldı beni. Evine gitik. Bu arada annemi aradım, beni merak etmemesini, oğluma iyi bakmasını, kısa süre sonra döneceğimi söyledim. Kocam Akın, cep telefonumdan sürekli beni arıyordu ama cevap vermiyordum. Sadece Burak'ı düşünüyordum. Birkaç gün sonra Burak, bu yaptığımın delilik olduğunu, evime dönmem gerektiğini söylemeye başlamıştı. Çok kızdım. Ben onun için, evimi, kocamı, çocuğumu bırakıp İzmir'e gelmiştim ama o beni başından atmak istiyordu. Kendimde değildim, sağlıklı düşünemiyordum. Burak'ın evinden çıktım, İstanbul'a dönmeyecektim. Bir otele yerleştim. Annemi arayıp bana para göndermesini istedim. Zavallı kadın telefonda ağladı ama ona nerede olduğumu söylemedim. İzmir'de serseri mayın gibi dolaşıyordum. Bir dövmeci buldum. İki genç çalışıyordu. Akşam otele davet ettim onları.

Odamda bana dövme yapacaklardı. Geldiler, dövme yaptılar. Biri gitti ama diğeri sohbet etmek için kaldı. O gece onunla seviştim. Ertesi gün berbat bir haldeydim. Kendimden iğreniyordum. Aklım sıra Burak'tan intikam almıştım.

Eşim beni almaya geldi

Ertesi gün kocam gelip beni İzmir'de buldu. Burak, önce İzmir'deki akrabalarımı bulmuş. Onlardan da kocamın telefonunu bulup aramış. Akın, oteldeki odama geldiğinde ben bitik bir vaziyette yatakta ağlıyordum. Gelip sarıldı bana Akın, "Geçti" dedi, "Seni bırakmayacağım" dedi... Birlikte İstanbul'a döndük. Bunalımdaydım. Oğlum annemde kalıyor, eşim işinden izin almış bütün gün evde benimle ilgileniyordu. Hayatı zindan ediyordum Akın'a "Neden beni getirdin? İstemiyorum seni, senden nefret ediyorum" diye sürekli bağırıyordum. Birkaç kez kendime zarar vermeye kalktım. Hepsinde Akın müdahale edip beni kurtardı. Sonunda bir psikiyatriste gittik. Doktorun söylediğine göre ağır bir depresyon geçiriyordum ve hastaneye yatmalıydım. Kocam, beni ağlaya ağlaya ruh ve sinir hastalıkları hastanesine bıraktı. Resmen tımarhanelik olmuştum. 15 gün hastanede kaldım. Yine Akın gelip beni aldı. Biraz iyileşmiştim ama yine de kendimi iyi hissetmiyordum. Aklımda Burak vardı. Onu unutamamıştım, vazgeçememiştim.

Eşim tekrar işine başlamıştı. Günlerimi evde yalnız geçiriyordum. Oğlum genellikle annemde kalıyordu.

Doktorlar oğluma zarar verebileceğimi düşünüyordu. Bu yüzden evladımı çok sık göremiyordum.

Bir gün dayanamayıp Burak'ı aradım. Havadan sudan konuştuk. Onu son bir kez bile olsa görmek istediğimi söyledim. Bana yakın bir zamanda İstanbul'a geleceğini ve o zaman görüşebileceğimizi söyledi. Mutlu oldum. Burak 1 hafta sonra İstanbul'daydı. Buluştuk, bir kafede oturup sohbet ettik. Bendeki dinginliğe şaşırmıştı. "Sen olgunlaşmışsın" dedi. "Neden beni istemedin?" diye sordum ona. "Sen başkasına aittin. Ben seninle ciddi bir beraberlik kuramazdım. Evet, sen çok çekici birisin. Seninle sevişmek hayatımın en güzel şeyiydi. Ama bitmesi gerekiyordu" diye cevap verdi. Bu kadar basit miydi? Demek bu kadar basitti her şey... Demek ben sadece bedenimi isteyen biri için her şeyi göze almış, hatta tımarhaneye düşmüştüm. O an kendime çok kızdım. Eve döndüğümde ilk kez ne yaptığımın farkına varabildim. Beni bu dünyada her şeyden çok seven eşimi bir hiç uğruna aldatmıştım. Kendimi affedemiyor, Akın'a layık görmüyordum.

Bir kez daha kaçtım evden. Bu kez ortadan tamamen kaybolacak ve Akın'a kendisine layık birini bulma fırsatı tanıyacaktım. Kaybolursam beni unutacağını sanıyordum. Yine İzmir'e gittim. Bu kez Burak'ı aramadım. 10 gün İzmir'de dolaştım. Yine bir otelde kaldım. Biriyle tanıştım. Hoş, anlayışlı ve kibardı. Birlikte olduk. Ona evli olduğumu söylemedim. Derken Burak buldu beni İzmir'de. Eşim aramış onu, "Yine sana mı geldi?" diye sormuş. Burak, "Hayır ama ben bulurum onu" demiş. Burak beni bulur bulmaz Akın'ı aradı. Akın yine işini gücünü bırakıp beni almaya geldi. Birlikte İstanbul'a döndük.

Bu olayların üzerinden yedi yıl geçti. Akın'la ve çocuğumla beraberiz. Akın, eskilerden hiç söz etmiyor. Bu yedi yıl içinde Burak'la iki kez görüştüm. Sadece arkadaş olarak... Burak haklıydı, o bana hiç ümit vermemişti. Ben gelin güvey olmuştum. Lise yıllarındaki utangaçlığımın acısını çıkarmıştım sanki.

Aslında yaşadığı her şeyden insanın kendisi sorumlu. Başkalarını suçlamanın âlemi yok. Bir işe girdim. Akın'ın bir tanıdığının bürosunda çalışıyorum. Her türlü işi yapıyorum. Kocam, gerçekten çok iyi bir insan. Onu bir daha asla üzmek istemiyorum. Bu yedi yıl boyunca defalarca psikiyatriste gittim. En son geçen yıl doktor bana artık tamamen iyileştiğimi söyledi. Yine de emin değilim. Bazen yine gitme fikrine kaptırıyorum kendimi. Ama çabuk vazgeçiyorum. Umarım bir daha aynı şeyleri yaşamam...

İki Ortağın Arasında...

Adı: Demet...
Yaşı: 22...
Yaşadığı kent: İzmir...
Medeni hali: Bekâr...
Mesleği: Öğrenci...

Demet aldatmaya kesinlikle karşıydı. Sevgililerini aldatan kız arkadaşlarıyla ilişkisini anında keserdi. Ancak o da aldatanlardan oldu. Önce sevgilisi Mehmet'i, internetten bulduğu evli ve iki çocuklu Serdar'la aldattı. Serdar'ı da iş ortağı Soner'le aldattı. Şu anda iki ortakla da ilişkisini sürdürüyor.

1984'te küçük bir kıyı kentinde doğdum. Rahat bir aile ortamında yetiştim. Annem ve babam okumuş, çalışan insanlardı. Oldum olası kızlarla anlaşamadım. Lise yıllarında dostlarımı bile erkeklerden seçerdim. Çok sayıda da sevgilim oldu. Bu ilişkilerin hepsi masumcaydı, el ele tutuşmadan, birkaç küçük öpücükten ileri gitmedi hiç. Benim kurallarım vardı. Örneğin aldatmaya kesinlikle karşıydım. Kız arkadaşlarım sevgililerini aldattığında onlarla arkadaşlığımı bitirirdim. Değil aldatmak, buna teşebbüs etmeye kalkan sevgililerimi de anında terk ettim. Aldatmak bana göre değildi. Hiçbir insan aldatılmayı hak etmiyordu. Meğer o dönemde çok büyük konuşmuşum. Meğer bu iş herkesin başına gelebiliyormuş.

Lise bitti, İzmir'deki hukuk fakültesini kazandım. Okuldan tanıştığım kafa dengi iki kız arkadaşımla birlikte ev tuttum. İzmir'de olmanın tadını çıkarıyordum. Mehmet'i okulun daha ilk yılında tanıdım. Yakışıklıydı, tüm kızların beğenebileceği bir tipti. Ben de çok beğenmiştim. Çıkmaya başladık. Çabuk kaynaştık. Yakışıklı olduğu kadar, birlikte olduğu kadına da değer veren bir insandı Mehmet. Onun yanında kendimi rahat ve güvende hissediyordum. Beni aldatmayacağından emindim. Sevgisinden emindim. Ben de çok seviyordum onu. Hani her kızın "İşte aradığım erkek" dediği kişiler vardır ya, Mehmet de benim için öyleydi. Onunla hayatımın sonuna kadar yaşayabilirdim. Hem okulda başarılıydım, hem de özel hayatımda. Bundan daha güzel ne olabilirdi ki... Okulun birinci sınıfını bitirdim. Ailemin yaşadığı şehre dönmek istemiyordum, yazı da çok sevdiğim İzmir'de geçirmeye niyetliydim. Ailem izin verdi, İzmir'den ayrılmadım. Bu arada Mehmet kısa bir süreliğine memleketine, ailesini görmeye gitti. Evi paylaştığım iki kız arkadaşım da memleketlerine dönmüştü. Akşamlarım evde yalnız geçiyordu, sıkılıyordum. Mehmet'in gelmesine daha bir hafta vardı. Bir gece, internette dolaşırken ünlü bir çöpçatan sitesine girdim. Bu sitede herkes kendine dair bilgiler bırakıyor, bir de fotoğraf ekliyordu. Sitedeki profili beğenen de o kişiye mesaj gönderiyordu. Serdar'ı o sitede buldum. 30'lu yaşların ortalarında bir avukattı. Ben de hukuk okuduğum için ilgimi çekti. Fotoğrafından gördüğüm kadarıyla da yakışıklıydı. Evliydi Serdar, çocuğu vardı. İnternetteki sohbetimiz ilerledi. Hukuk öğrencisi olduğumu öğrenince beni bürosuna davet edip, "Henüz staj zorunluluğun yok ama istersen bu yazı bizim büroda geçirirsin. Hukuk işlerinin nasıl yürüdüğünü öğrenirsin. Okulun için faydalı olur" dedi. Önce temkinli davrandım. Tanımadığım bir adamın bürosunda çalışma fikri hiç de iyi değildi.

Serdar'ı araştırma'ya başladım. İzmir'in tanınan avukatlarından biri olduğunu öğrendim. Rahatlamıştım, artık gidip o büroda çalışabilirdim. Bir gün Serdar'ın bürosuna gittim. Göz göze gelir gelmez etkilendim ondan. Hayatımda ilk kez böyle bir şey başıma geliyordu. Konuştukça etkilenmem daha da arttı. Çok hoş sohbeti vardı. Benim okulumdan, onun işlerinden saatlerce konuştuk. Bana büroda işlerin nasıl yürüdüğünden bahsetti. İnanılmaz bir çekim gücü vardı. Bana doğru bir hamle yapsa belki de hiç düşünmeden kollarına bırakacaktım kendimi. Peki ya Mehmet? Sevgilim Mehmet'i de düşünüyordum bir yandan. Serdar konuşmaya devam ettikçe ben "Saçmalama kızım, adam evli. Hem senin de sevgilin var. Sen aldatmaya kesinlikle karşısın. Aklından bile geçirme bunu" diye düşünerek kendi kendimi telkin ediyordum. Sohbetten sonra Serdar beni eve bıraktı ve "Hukuk dünyasında işler erken başlar. Bu yüzden sabah erkenden büroda ol" dedikten sonra gitti.

Sevgilimi kandırıyordum

O gece heyecandan uyuyamadım. Sabah erkenden kalktım ve gardırobu açıp en etkileyici kıyafeti seçtim.

Kendime itiraf edemesem de, ben resmen Serdar'ı etkilemeye çalışıyordum. Giyindim, yüz hatlarımı ortaya çıkaracak bir makyaj yaptım ve büroya gittim. Serdar karşıladı beni, masamı gösterdikten sonra "Gel seni ortağımla tanıştırayım" dedi. Ortağının adı Soner'di. Serdar ve Soner üniversiteden sınıf arkadaşıydı. Yıllarca aynı evi paylaşmışlardı. Üniversiteyi bitirince de ortak olarak bu hukuk bürosunu açmışlardı. Soner de çok hoş bir erkekti. Serdar'dan farklı olarak Soner bekârdı. Benim gözüm Serdar'daydı. İçimdeki duygu beni sürekli Serdar'a itiyordu. Serdar'ın da benden etkilendiğini anlamam için fazla zaman geçmedi. Bütün gün çeşitli bahanelerle yanıma geliyor, dokunmaya çalışıyor, yanımda olmadığı zaman hayran hayran bakıyor, mesai bitip bürodan çıkarken de iyi akşamlar öpücüğünü dudağımın kenarına konduruyordu. Bu arada Mehmet memleketten dönmüştü. Benim bir hukuk bürosunda işe başlamış olmama önce şaşırmış, sonra da "Madem okulun için gerekli, o zaman iyi olmuş" diyerek destek vermişti. Ama ben giderek ondan uzaklaşıyordum. Mehmet beni görmek istedikçe çeşitli bahaneler uydurarak buluşmaktan kaçıyordum. Bana bir şeyler olduğunu fark ediyor ama onu aldatabileceğimi asla düşünmüyordu. Çünkü biliyordu ki ben asla aldatmazdım, aldatanları da asla affetmezdim...

Haber vermeden gittim.

Yaz bitti, okulun ikinci sınıfı başladı. Derslerim bu yıl çok ağırdı. Hem büroda çalışmam hem de okula devam etmem imkânsızdı. Bıraktım büroyu. Serdar giderken "Seneye yazın yine gelirsin" dedi. Kendimi derslere vermiştim, Serdar'ı pek düşünmüyordum artık. Mehmet'le ilişkim düzelmeyecek bir noktaya gelmişti. Sonunda Mehmet beni bıraktı. Serdar da bir kez bile aramamıştı beni. Kendimi çok yalnız hissediyordum. Garip bir bunalıma girmiştim.

Bir gün hiç haber vermeden Serdar'ın bürosuna gittim. Amacım onu görmekti ama Serdar yoktu. Sekreter kız Serdar'ın bir duruşma için adliyeye gittiğini söyledi. Bu sırada Serdar'ın ortağı Soner çıktı odasından, beni görünce şaşırdı, "Bu ne sürpriz?" dedi. Odasına geçtik, sohbete başladık. Yaz döneminde Serdar'la ilgilenmekten Soner'in farkına hiç varamamıştım. O gün Soner'le uzun uzun sohbet ettik. Kendime inanamıyordum. Soner'den de etkilenmiştim. Çok ilgiliydi, saygılıydı. Soner'le sohbetlerimiz internet üzerinden devam etti. Hemen her akşam internete giriyor ve saatlerce konuşuyorduk. Zaman zaman da dışarıda buluşup yemeğe gidiyor, İzmir'i geziyorduk.

Soner'le ilişkiye başladık

Çok geçmeden Soner duygularını bana açtı. Benden çok hoşlandığını, bir birliktelik yaşamak istediğini söyledi. Kabul ettim. Serdar silinmişti sanki beynimden. Zaten ben artık Serdar'ın dostu ve iş ortağıyla birlikteydim. Serdar'la aramda bir şeyler geçmesi imkânsızdı. Soner'le de ilişkimiz gayet iyi gidiyordu. Bir gece beni ne dürttü bilmiyorum, Serdar'la tanışmamıza araç olan o çöpçatan sitesine girdim. Serdar oradaydı. Hemen bir mesaj gönderdim. Karşılık verdi, beni özlediğini söyledi. İşte bu cümle beni bitirdi. Birden Serdar'ı ne kadar çok özlediğimi ben de fark ettim. Bana "Yarın okul çıkışı büroya gel" dedi. Öyle sevindim ki... Büroya giderken Soner'in orada olmaması için dua ediyordum. Gittiğimde büroda hiç kimsenin olmadığını fark ettim. İçimden bir ses Serdar'ın bunu özellikle ayarladığını söylüyordu. Serdar'ı görür görmez, küllendiğini sandığım o ateş yeniden parladı. Kalbim küt küt atıyordu. Sohbet ederken birden kendimi Serdar'ın kolları arasında buldum. Nasıl oldu, nasıl kalkıp da onun yanına gittim hatırlamıyordum. Deliler gibi öpüşüyorduk. Heyecanım doruktaydı. "Ya Soner gelip de bizi böyle görürse" diye düşünüyordum. Ne yapardım o zaman? Sevgilisi, ortağının, en yakın dostunun kollarında... Birden uyandım rüyadan. Bu fikir beni çok korkutmuştu. Serdar'ın kollarından kurtuldum ve toparlanıp kaçtım bürodan.

Ertesi gün Soner'le buluştum. Hâlâ, Serdar'la yaşadığımız olayın etkisindeydim. Kendimi kötü hissediyordum. O güne kadar Soner'le aramızda cinsel açıdan bir şey geçmemişti. Belki de kendimi rahatlatmak için, o gün Soner'le ilk kez birlikte oldum. Rahatlamış mıydım? Tabii ki hayır...

Beni böyle kabullendi

Serdar'la iletişimimiz bir kez daha kesildi. Soner'le ilişkimiz devam ediyordu. Mutluydum ama Serdar'ı da aklımdan çıkaramıyordum. Duygularım tetiklenmişti bir kere. Üstelik artık Serdar'ın da beni deli gibi istediğini biliyordum. Ne evli olması, ne de ortağının sevgilisi olmam durduruyordu beni. Birkaç aylık tereddütten sonra Serdar'ı aradım. Gemileri yakmıştım, ona her şeyi anlatacaktım. Buluştuk. Soner'le birlikte olduğumu, onu sevdiğimi söyledim. Ne yapacağını, ne cevap vereceğini şaşırdı. Kendimi rezil biriymiş gibi hissediyordum. Söyledim ona, "Senden de vazgeçemiyorum" dedim. "Benim durumuma düştün" diye cevap verdi. "Ben de karımdan vazgeçemiyorum ama seni de istiyorum..." Serdar beni böyle kabullendi. Neler yapabileceğimizi konuştuk. Bu durumu nasıl yürütebileceğimiz konusunda fikir yürüttük. Sonra beni eve bıraktı. Birkaç gün sonra yeniden buluştuk Serdar'la. Yine bürodaydık, yine kimse yoktu. Bu kez daha cesaretliydim. Bıraktım kendimi, Serdar'ın kollarındaydım. Aylardır istediğim şey gerçekleşmişti. Mutluydum, ne Serdar'dan ne de Soner'den vazgeçebiliyordum. Serdar'ın her şeyden haberi vardı ama Soner'in tabii ki yoktu...

İkisini de istiyorum

Şimdi garip bir kısır döngünün içindeyim. Bir yanda Soner...

Onu gerçekten çok seviyorum. Soner'siz yapamayacağımı, beni terk ederse kolumun kanadımın kırılacağını biliyorum. Bir yanda Serdar... Ne yaparsam yapayım vazgeçemediğim adam. Bedenimin ateşi, ruhumun besini... Peki ya ben? Bazen tartıyorum kendimi,

"Vicdan azabı duyuyor muyum?" diye... Duymuyorum galiba. Evet, Soner bunu hak etmiyor. Zaten kim aldatılmayı hak eder ki Soner etsin... Deli gibi bir sevişmeden sonra Serdar bana "Beni bu kadar çok mu istiyordun? Bu kadar çok mu seviyordun?" diye sorduğunda "Öyle olmasaydı bu kadar riski göze almazdım" diye cevap vermiştim. Tüm yaptıklarımın cevabı bunda gizli belki de... Serdar'ı da Soner'i de seviyorum ben. İkisini de hayatımda istiyorum. Yaptığım şeyin çok çirkin olduğunun farkındayım. Çok bencilce düşünüyorum. İkisinden birinin hayatımda olmaması fikri beni çıldırtıyor. İki dostu, iki iş ortağını birden idare ediyorum. Aynı zamanda biliyorum ki çok tehlikeli bir oyunun içindeyim. Bir gün Soner bunları öğrenirse neler olabileceğini kestiremiyorum. Ayrıca Soner fazla kıskanç biri. Televizyon dizilerindeki oyunculardan bile kıskanır beni. Bir oyuncuyu beğendiğimi söylesem, delirir, küser. Tipik bir erkek. Kadının, erkeğin sözünü dinlemesi gerektiğine inanan biri. Bu olay ortaya çıkarsa, göstereceği tepkinin şiddetini kestiremiyorum. Korkmuyor da değilim aslında ama frenleyemiyorum kendimi.

Tatminsizlik içindeyim

Bazen, "Okulu da bırakıp İzmir'i terk etsem mi acaba?" diye düşünüyorum. O zaman da hiçbir şey değişmeyecek. İzmir'de olmasam da Soner'i ve Serdar'ı aramaya, ikisiyle görüşmeye devam edeceğimi biliyorum. Kendimi sadece olayın akışına bıraktım. Bir girdaba kapıldım belki de. İşin komik tarafı, halen daha aldatmaya karşı aynı düşünceleri taşıyorum. Yani örneğin ev arkadaşlarımdan biri şimdi sevgilisini aldatsa evden kovarım. Bu konuda o kadar katıyım. Garip bir çelişki işte. Bu işin sonu nereye varacak acaba... Geçenlerde bir yerde okumuştum. "Aldatmanın tadını alan insan bunu yeniden yapar" diye yazıyordu. Bu doğru mu acaba? Soner ve Serdar'ı da başka biriyle mi aldatacağım bu durumda? Tatminsizlik içindeyim belki de...

Neyse, işte benim öyküm bu. Beni yargılayıp yargılamamak size kalmış. Bunu okuyanların büyük çoğunluğunun bana ağza alınmayacak şeyler söylediğini tahmin edebiliyorum. Kim bilir, belki de haklılar. Belki de söyledikleri kadar kötü biriyim ben. Bunu engelleyebilirdim tabii ki. Olayın bu noktaya gelmesini engelleyebilirdim. İki ortağın arasındaki kara kedi olmayabilirdim. Yapamadım, yapmak istemedim. Tamamen kendimi düşündüm. Bir gün biter belki, o zaman ben de "normal" bir insan gibi davranabilirim... Yani umarım...

Eşim Bana Ayak Uyduramadı

Adı: Melis...
Yaşı: 33...
Yaşadığı kent: İstanbul...
Medeni hali: Evli...
Mesleği: Reklamcılık...

Melis, çok âşık olduğu meslektaşı Ergun ile evlendi. Evlilikleri ikisinin de işlerinin yoğunluğu nedeniyle monotonlaştı. Aynı işyerinde çalıştığı Taner'e âşık oldu. İlişkileri iki yıl sürdükten sonra bitti. Daha sonra spor hocasıyla ve bir reklam yönetmeniyle ilişki yaşadı. Eşiyle hâlâ beraber. "Ergun'dan asla ayrılmam" diyor ama kendine yeni bir sevgili arıyor...

1973'te, İstanbul'un Anadolu yakasında doğdum. İşçi emeklisi bir baba, ev hanımı bir annenin üç kızından biriyim. Çocukluğum boyunca hep kıt kanaat geçindik. Ama mutluyduk. Sevgi dolu bir ailem vardı. Babam, diğer erkeklerin aksine evine bağlı, üç kuruşunu bile eşiyle, çocuklarıyla paylaşan biriydi. Annemse çok fedakâr bir kadındı. Bizim için saçını süpürge ederdi. Ben üç kızın ortancasıyım. Aramızda pek yaş farkı yoktur. Bu yüzden birbirimizle çok iyi anlaşırdık. Hâlâ daha öyledir. En küçük sorunumuzda birbirimizin yardımına koşarız. Ne yaparsak yapalım koşulsuz destekleriz birbirimizi. Hiç sevgi açlığı duymadım. Baba eksikliği hissetmedim. Eşimi aldatmamın altında bu nedenler yatmıyor. Neden yaptığımı bilmiyorum ama yapıyorum işte...

Kozmetik dükkânında tanıştık

Lise yıllarımda kayda değer bir ilişkim olmadı. Erkekleri umursamaz, onları zavallı yaratıklar olarak görürdüm. Erken olgunlaştığım için hepsini çocuk olarak algılardım. Lise bittikten sonra üniversiteyi maalesef kazanamadım. Mahallemizde oturan, Meral ablanın kozmetik ürünler sattığı dükkânına gidip geliyordum. Hem Meral ablaya yardım ediyor, hem harçlığımı çıkarıyordum. Ergun'u da o dükkâna geldiğinde tanıdım. Ergun, birkaç şey almak için dükkâna girdiğinde Meral abla yoktu, onunla ben ilgilendim. Konuşması çok düzgün, süper yakışıklı olmasa da eline yüzüne bakılan, düzgün bir tipti Ergun. İstediklerini verdim ve gitti. Adını bile öğrenememiştim o gün. Ama etkilemişti beni. Bir daha görebilecek miydim acaba? Bu sorum yanıtını ertesi gün buldu. Ergun bir kez daha bizim dükkândaydı. Bu kez onunla Meral abla ilgilendi. Ben tezgâhın arkasında durup onu inceledim. Elleri çok güzeldi mesela... Sonra sürekli sağ ayağının üzerine veriyordu ağırlığını. Bu ona değişik bir hava veriyor, hatta seksi olmasını sağlıyordu. Ergun neredeyse her gün uğruyordu dükkâna. Amacının sadece beni görmek olduğunu öğrenmem fazla zaman almadı. Bir akşam, dükkânda yine Meral abla yokken Ergun geldi. "Bu kadardır gelip gidiyorum, adınızı bile bilmiyorum. Ben Ergun" deyip tanıttı kendini. "Ben de Melis" dedim ve gülümseyerek elimi uzattım tokalaşmak için. Elimi tuttuğunda öleceğimi sandım. Elimden tüm vücuduma bir ateş yayıldı. Böyle bir şey hiç başıma gelmemişti. Kızardım, kızardığımı anlamasın diye hızlıca elimi çekip arkamı döndüm ve raflardaki ürünlerle ilgileniyormuş gibi yaptım. Ergun, "İyi akşamlar" deyip dükkândan çıktı. Ne oluyordu bana? Neden kızarmıştım? Eve döndüğümde ablamla ve kardeşimle bu konuyu konuştum. İkisi de bana aynı şeyi söyledi: "Kızım sen âşık oldun..."

Artık onsuz yapamıyordum...
Ergun'un ne iş yaptığını, nerede oturduğunu, yaşını, evli olup olmadığını bilmiyordum. Meral ablaya sordum. Öğrenebildiğim tek şey bizim mahallede oturduğuydu.

Ergun bir hafta dükkâna uğramadı. Merak etmiştim ama kime sorabilirdim ki? Nihayet o akşam geldi. Onu gördüğüme öyle sevinmiştim ki... Ağzım kulaklarımdaydı. "Yoktunuz bu ara" dedim ve soran gözlerle baktım ona. "İş için şehirdışına çıkmıştım" deyince, fırsat bu fırsat deyip "Ne iş yapıyorsunuz?" diye sorma cüretini gösterdim. "Reklamcıyım" dedi, "Hani şu televizyonlarda izlediğiniz reklamlar var ya, işte onların bazılarının metinlerini ben yazıyorum..."

Demek renkli bir hayatı vardı. Benim gibi üniversiteye gidememiş, bir mahalle dükkânında gün dolduran, hayırlı kısmet bekleyen kızı ne yapsın ki? Kim bilir çevresinde ne kadar güzel kızlar vardı. Umudum kırıldı birden, yüzüm asıldı. Birden, "Siz hep bu dükkânda mı durursunuz, hiç dışarı çıkmaz mısınız?" diye soruverdi. Şaşırdım, "Arkadaşlarımla çıkarım tabii ki" diye cevapladım. "Bir gün ben de katılmak isterim aranıza" dedi. Vay canına!!! Bu adam bana kur yapıyordu. Benimle çıkmak istiyordu. "Neden olmasın?" dedim. Hemen telefonunu verdi bana, "Çıktığınızda ararsanız gelirim" dedi. İçim içime sığmıyordu.

Çok geçmeden onu arayıp, "Bugün çıkıyoruz arkadaşlarla, gelmek ister misiniz?" diye sordum. Tabii ki kabul etti, buluştuk. Tabii buna buluşma denirse. Yedi kişiydik. Hepimiz Ergun için çocuk denecek yaştaydık. Ben daha 19'dum o zaman. Sohbetlerimiz ilerledikçe birbirimize "Siz" demeyi bıraktık. Sonra Ergun'un yaşını öğrendim. 32'ydi. 13 yaş vardı aramızda. Dert etmiyordum bunu. O zamanlar bunun ileride evliliğimizin monotonlaşmasının en büyük etkenlerinden biri olacağını bilmiyordum... Sırılsıklam âşıktım ben Ergun'a. Onun duygularını bilmiyordum henüz. Bir hafta sonra öğrendim. "Seni ilk gördüğüm andan beri aklımdan hiç çıkmadın. Âşık oldum sana" deyiverdi. Nihayet her şey açığa çıkmıştı. Birlikteydik, mutluyduk. Hayat çok güzeldi. Ayaklarım yere basmıyordu. Birlikteliğimizin altıncı ayında evlenme teklif etti bana Ergun. Bu teklifken sekiz ay sonra da evlendik. O zamanki mutluluğumu tarif etmeme imkân yok. Hayatımın hiçbir döneminde o kadar mutlu olmadım zaten. Ergun benim kahramanımdı. İyi bir işi vardı. Bilgiliydi. Okuyordu, üretiyordu, çalışkandı. Ondan her gün yeni bir şey öğreniyordum. Ufkumu genişletmişti. Hayatın evden ve mahalledeki kozmetik dükkânından ibaret olmadığını onun sayesinde anladım.

Reklamcılık dünyası

Ergun bir süre sonra beni bir başka reklam şirketinde işe yerleştirdi. Önceleri büro işlerine yardım ediyor, bir çeşit sekreterlik yapıyordum. Ergun reklam piyasasında çok saygınlığı olan biriydi. Bu yüzden kimse beni ezemiyordu. Ben de istekliydim. Bu arada üniversite sınavına girip açıköğretimi kazandım. Açıköğretim de olsa üniversite mezunu olmak istiyordum. İşte de kısa sürede büyük gelişme gösterdim. Beni, yaratıcı ekibin içine aldılar. İşimiz beyin fırtınası yapmaktı. Sürekli fikir üretiyor ve bu fikirlerin reklamlarda kullanılması için çabalıyorduk. Birkaç projede benim fikirlerim kullanılınca şirkette yıldızım parladı. Maaşım yükseldi, hatta ayrı bir odam bile oldu. Bu işin bir tek kötü yanı vardı. Ergun'la çok az görüşür olmuştuk. Reklamcılığın mesai saati yoktu ki, akşam 6'da evde olalım. Evliliğimizin ilk zamanlarında neredeyse her gün sevişirdik. Artık haftada bir kez bile birlikte olamıyorduk. Zaten eve geç geliyor, yorgunluktan sızıyorduk. Yine de aktif olan bendim. Zorluyordum Ergun'u "Haydi dışarı çıkalım" diye... Çoğunlukla beni reddediyordu. Birlikte çıktığımızda da bana ayak uyduramıyordu. Dans etmiyor, şarkı söylemiyor, doğru dürüst içki bile içmiyordu. Bu da beni sinir ediyordu. Çünkü ben reklamcılığın renkli dünyası içindeydim artık. Ergun'u işyerinden arıyor "Biz arkadaşlarla çıkıyoruz, gelmek ister misin?" diye soruyordum. "Gelemem" demesini umursamıyordum ve ben çıkıyordum. Gece eve çok geç saatlerde dönüyordum. Ergun bu durumu olgunlukla karşılıyor ama bu da benim sinirimi bozuyordu. Neden kıskanmıyordu beni? Neden karısına sahip çıkmıyordu? Neden "Otur oturduğun yerde" demiyordu?

Her şeyiyle mükemmeldi

Taner'le işte o eğlence gecelerinde yakınlaştık. Bizim şirkette çalışıyordu ama ayrı bölümlerde olduğumuz için birbirimizi tanıma fırsatı bulamamıştık. Çok kafa dengi biriydi. Her şeyi çok iyi yapıyordu. Şarkı söylüyor, mükemmel dans ediyor, iyi içiyor, sohbetine doyum olmuyordu. Yine bir akşam, şirketten arkadaşlarla dışarıda epeyce içtikten sonra muhabbete bir kız arkadaşımızın evinde devam etmeye karar verdik. Nasıl olsa uyumuştur diye Ergun'u aramadım bile. Eve gidip, içmeye ve sohbete devam ettik. Sonra evin sahibi kız sızdı. Biz salonda kaldık. Saçma sapan bir şey söylüyor ve dakikalarca gülüyorduk. Bir ara ikimiz de yere düştük. İşte ne olduysa o an oldu. Birden, yerde birbirimize sarıldık. Öpüşmeye başladık. Hızlı hızlı çıkardık üzerimizdekileri. Delice bir sevişmeydi. Taner, bu konuda da iyiydi. Hatta çok iyiydi... Sabah ayıldığımızda ikimiz de olan bitenin farkındaydık. Oradan işe gittik. Ergun'u işten aradım, gece çok sarhoş olduğumuzu ve kız arkadaşımın evinde kaldığımı söyledim. Hiçbir şey demedi. Keşke deseydi. Keşke o an yanıma gelip tokadı patlatsaydı suratıma. O zaman akıllanır, şimdiki duruma düşmezdim belki de...

Taner'le doludizgin bir ilişkiye başladık. Haftanın neredeyse iki gecesi onda kalıyordum. Ergun'la da tanıştırdım Taner'i. Birlikte yemeklere çıktık. Hatta o gecelerden birinde, Ergun'u "Bizim çalışmamız gerek, sen eve git. Biz hep birlikte Taner'e gidip çalışacağız" diyerek eve gönderdim. Geceyi Taner'de geçirdim. O kadar sık gidiyordum ki Taner'e... Taner'de kaldığımı söylüyordum kocama. Tabii ki yalnız olmadığımız yalanıyla birlikte. Taner ilginç bir yapıya sahipti. Dünya pek umurunda değildi. Evlenmiş, boşanmış, gününü gün etmeyi amaçlayan biriydi. Kısa sürede ona âşık oldum. "Boşan" dese boşanırdım ama demedi. İki yıl sürdü ilişkimiz. Birlikte tatile bile çıktık. Ergun'un izniyle üstelik. Öylesine umursamıyordu ki beni Ergun, deli oluyordum. Sonunda sordum bir gün, "Sen beni hiç mi kıskanmıyorsun?" diye... "Sana güveniyorum ben karıcığım" dedi sadece.

Ah Ergun ah... Birazcık ayak uydursaydın bana, dört torunlu dedeler gibi koltukta uyuyup kalmasaydın, belki de bu yaşadıklarımın hiçbirini yaşamayacaktım.

Spor salonundaki ilişki

Taner'le ayrıldıktan sonra arkadaşlığımız devam etti. Tüm sevgililerini tanıdım onun. Hâlâ aynı işyerindeyiz. Hâlâ en iyi arkadaşlarımdan biri. Bu arada benim de hayatıma yeni biri girdi. O dönem bir spor salonuna devam ediyordum. Hocamız vardı. Adı Mert'ti. Gördüğüm en yakışıklı adamdı. Bana ilgi duyduğunu anlamam fazla uzun sürmedi. Spor salonunda olduğum saatlerde yanımdan hiç ayrılmıyordu. Bir gün, soyunma odasında birlikte olduk. Muhteşem bir sevişmeydi. Hem yakalanma korkusu, hem ilk kez birlikte olmanın heyecanı. Ergun'u, Mert'le de tanıştırdım. Yine birlikte yemeklere çıktık. Hatta bir akşam Mert'i eve yemeğe bile çağırdık.

Bu arada bir şeyi özellikle belirtmek istiyorum. Ben kocam Ergun'u hep sevdim. Şimdi de çok seviyorum. Ama sevgim aşk içermiyor artık. İnsan çocuğunu, babasını nasıl severse ben de Ergun'u öyle seviyorum. Ondan ayrılmayı sadece Taner'le birlikteyken düşündüm, o kadar. Artık kocamdan asla ayrılmak istemiyorum.

Spor hocam Mert, kısa süre sonra beni bıraktı. Zaten o spor salonunda Mert'in yatağından geçmeyen kadın yok gibi bir şeydi. Ben de onlardan biriydim sadece...

Sonra hayatıma Selim girdi. Bizim reklam ajansına da iş yapan iyi bir reklam filmi yönetmeniydi. Birkaç projede birlikte çalışmıştık. Selim, kocam Ergun'dan da yaşlıydı. Onu çok çekici buluyordum. Evliydi. Ama zaten evli olması benim için bir sorun teşkil etmiyordu. Çünkü ben de evliydim. Selim'le de yine içki masasında koyulaştırdık sohbeti. Beni o gece evine çağırdı. Eşi yoktu. Gittim ve birlikte olduk. Selim çok çapkındı. Hele hele genç kızlara hiç dayanamıyordu. Ben o zamanlar 30'lu yaşlarımın başındaydım. Selim, cinsel anlamda değişik şeyler denemeyi de severdi. İtiraf etmeliyim ki, kadınlığımı bana en çok hissettiren erkek Selim oldu. İlişkimizi onun genç kızlara olan zaafı bitirdi. Evet, o da, ben de eşimizi aldatıyorduk. Ama Selim, beni 18 yaşında bir stajyer kızla aldattı. Bunu öğrenir öğrenmez de ilişkimize noktayı koydum.

Bana yeni bir aşk lazım!

Son iki yıldır kocamı aldatmıyorum. Hayatımda ondan başka kimse yok. Gerçi Ergun'un da hayatımda olduğu tartışılır ya neyse... Evet, ona olan sevgimden hiç şüphem yok. Ama ben hâlâ çılgınlar gibi dans etmek, içmek, sızmak istiyorum. Eve kapanıp televizyon seyretmek bana göre değil. Ergun'a birçok kez "Lütfen bana ayak uydurmaya çalış. Hiç olmazsa ayda birkaç kez çıkalım" dedim ama dinletemedim. Ergun'la artık sevişmiyoruz bile. Ruhum aç, bedenim aç. Yeni birini istiyorum hayatımda. Ergun'la yaşadığım o ilk aşkın heyecanını bir kez daha yaşamak istiyorum. Ayaklarımın yine yerden kesilmesini, bulutların üzerine çıkmayı istiyorum. Tenime dokunduğu zaman beni titretecek, terletecek, ateş gibi yakacak bir erkek istiyorum. Çok mu şey istiyorum ben?

Bir Umut'tur Yaşatan İnsanı...

Adı: Özden...
Yaşı: 31...
Yaşadığı kent: Antalya...
Medeni hali: Evli...
Mesleği: İşsiz...

Özden, bir başkasıyla nişanlıyken kuzeninin arkadaşı Umut'a âşık oldu. Nişanlısıyla evlenmek zorundaydı. Evlendi, bir de çocuğu oldu. Kesintilere uğrasa da Umut'la ilişkisi dokuz yıldır sürüyor. Bugünlerde boşanmayı düşünüyor. Çünkü eşine artık katlanamıyor. "Belki bizimkisi yasak bir aşk ama böyle bir aşka rastlamadım dünyada" diyor.

Ne çocukluğumdan bahsedeceğim size, ne de okul yıllarımdan. Çünkü hiçbirinin önemi yok. Ben Umut'la doğduğumu varsayıyorum. Umut'tan sonra yaşamaya başladım. Öncesi yok. Aşk her şeyden daha üstün. Beni kim kınarsa kınasın, umurumda değil. Mecburen yapılmış bir evliliğe ancak Umut'un varlığıyla katlanıyorum. İnsan, tercihlerinden kendisi sorumludur. Hiç kimseyi suçlayacak değilim. Ne babamın ilgisizliğine, ne annemin otoriterliğine sığınacağım. Ben seçtim, ben yaşadım. Âşık olmayanların beni anlamasını beklemiyorum. Keşke zamanı geriye alma şansım olsaydı. İşte o zaman büyük bir cesaretle atardım nişanı. Umut'la olurdum. Sadece onun kollarında olurdum.

Bayram ziyareti

Yıl 1998. Bir bayram günü. Aynı kentte yaşıyor olmamıza rağmen dayımlarla pek görüşmezdik. Dayımı, yengemi ve küçük oğulları Önder'i görmeyeli yıllar olmuştu. O bayram, biraz da annemin ısrarıyla dayımları ziyarete gittik. 22 yaşındaydım ve nişanlıydım. Evlilik hazırlıkları yapıyordum. Liseyi bitirdikten sonra üniversiteyi kazanamamış, evde oturmaya başlamıştım. Her genç kız gibi hayırlı bir kısmetin çıkmasını ve evlenmeyi bekliyordum. Tanıdıklarımız aracı oldu, nişanlımın ailesiyle bizimkileri tanıştırdılar. Nişanlımı ilk kez beni istemeye geldiklerinde gördüm. Adı Hakan'dı. Eli yüzü fena değildi. Biraz çekingen gibi görünüyordu. Ailesinin maddi durumu iyiydi. Babasıyla birlikte çalışıyordu. Ticaret yapıyorlardı. Beni istediler, "Kısmetse olur" dedi babam. Birkaç gün sonra da gelip nişanı taktılar. Nişanlılığı fazla uzatmak istemiyorlardı, altı ay içinde evlenecektik. Neyse, o bayram günü dayımlardaydık. Dayımla yengemin ellerini öptüm, bayramlaştık. Yeğenim Önder'i sordum. Onu en son gördüğümde küçük bir çocuktu. Benden dört yaş küçüktü Önder. "Odasında, arkadaşıyla birlikte" dedi yengem. Girdim odasına, beni görünce ikisi de ayağa kalktı. Önder'le uzun uzun birbirimize sarıldık. Beni Umut'la tanıştırdı. İkisi de 18 yaşındaydı. Ama Umut sanki Önder'den 5-6 yaş büyükmüş gibi duruyordu. Garip bir çekiciliği vardı. Ağırbaşlı, efendi, etkileyici bakışlı bir genç adamdı karşımdaki. Biz Önder'le hızlı hızlı konuşup özlem giderirken Umut lafa hiç karışmadı. Bizi yüzünde hafif bir tebessümle dinliyordu. Aynı liseyi bitirmişlerdi. Üniversite sınavına hazırlanıyorlardı. Sürekli buluşuyor ve birlikte ders çalışıyorlardı. Bir ara yanlarından ayrıldım, salona geçtim. Ama aklım o odadaydı. Daha doğrusu Umut'taydı. Kimdi bu çocuk? Ne yapardı? Nasıl bir insandı?

Bir süre sonra dayanamayıp yine döndüm odaya. Umut'la Önder tartışıyordu. Konu siyasetti. Şaşırdım, Umut bu konuda çok bilgiliydi. Onun yaşıtları, kızlarla, müzikle, bilgisayarla uğraşırken o politika kitapları okuyor, bu konuda fikir yürütüyordu. Türkiye'nin geleceğini düşünüyordu. "Belki ben üniversite okuyamayacağım ama ülkemizin okumuş kuşaklara ihtiyacı var. Bunun için bir şey yapmalı" gibi tam anlamıyla boyundan büyük laflar ediyordu. "Ya size mi kaldı Türkiye'yi kurtarmak" diye gülerek bir laf attım ortaya. "Özden abla, sadece bizim değil, sizin de derdiniz olmalı Türkiye'yi kurtarmak" diye yüzümde tokat gibi patlayan bir cevap verdi. Sustum. Odadan çıktım. Ziyaret bitince de evimize döndük.

Üç ay sonra evlenecektim

Dayımlara bir kez daha gidişimiz yine bir bayram günü oldu. Bu kez Kurban Bayramı ziyareti için gitmiştik. Önder ve Umut yine odada ders çalışıyordu. Bu kez odaya girmedim. Bir önceki ziyarette Umut'un söyledikleri hâlâ kulaklarımda çınlıyordu. Bir süre sonra Önder odadan çıktı, "Hoş geldiniz" dedi. Sonra da "Biz ders çalışmaktan sıkıldık. Biraz sahilde gezeceğiz, istersen sen de gel Özden abla" dedi. Üçümüz birlikte evden çıktık. Sahilde bir kafeye oturduk. Bütün garsonlar Umut'a saygı gösteriyordu. Sanki yeni yetme bir genç değil, bir parti lideriydi karşıladıkları. İnanamıyordum gördüklerime. Kafeye her giren Umut'a selam veriyor, o da her seferinde oturduğu yerden kalkarak alıyordu selamı. Müthiş bir şeydi bu. Etkilenmemek elde değildi. Aklımı almıştı bu çocuk. Konuşurken sürekli gözlerine bakıyordum. Bir yandan da etkilendiğimi anlayacak diye endişe duyuyordum. Öyle ya, ben nişanlı bir genç kızdım. Şurada üç ay sonra evlenecektim. Benim hakkımda kötü düşünmesini istemiyordum. Ama kendimi de tutamıyordum. Bir süre sonra önce dayımlara, sonra da annemlerle eve döndüm. Umut'u aklımdan çıkaramıyordum. Umut'u elimde olmadan nişanlımla karşılaştırmaya başladım. Tuhaf biriydi nişanlım. Mesela ben aramasam, aramazdı. Haftada bir sanki resmi görevini yerine getirirmiş gibi ailesiyle bizi ziyarete gelirlerdi. Dışarıda hemen hemen hiç görüşmezdik. Doğru dürüst sohbet bile etmemiştik. Ve ben bu adamla evlenecektim.

Ertesi sabah Umut'la görüşmenin yollarını aramaya başladım. Önce Önder'i telefonla aradım. "Gittiğimiz o kafe çok güzeldi, bir daha giderseniz beni de çağırın" dedim. Ertesi gün Önder beni aradı, "Bu öğleden sonra Umut'la gideceğiz o kafeye, istersen sen de gel Özden abla" dedi. Sevinçten havalara uçuyordum. Tekrar Umut'u görebilecektim. Koşa koşa kafeye gittim. İkisi de oradaydı. Beni görünce yüzüne bir gülümseme yayıldı Umut'un. Belki de bana öyle geldi, bilmiyorum. Belki de beni görünce gülmesini istediğim için öyle hayal ettim. Hayal ya da gerçek, önemli değildi. Çok mutluydum, Umut'un yanındaydım. Yine saatlerce sohbet ettik. O kadar tatlıydı ki. O olgunluğunun yanı sıra esprili bir yönü de vardı. Sohbetini, konuya uygun fıkralarla süslüyordu.

İlk kez yalnız kaldık
Bu buluşmalarımız sürekli hale geldi. Her seferinde Önder de yanımızda oluyordu. Ama ben artık yalnız kalmak istiyordum Umut'la. Ona yalnız olarak buluşmayı öneremezdim. Buna cesaret edemezdim. Bana 'abla' diyen bir gence yalnız buluşmayı nasıl önerebilirdim ki? Tanrı yardımıma koştu. Yine o kafede, bir başka buluşmamızda Önder "Benim dershaneye gitmem gerek, bütün kitaplarımı, defterlerimi orada unuttum" deyip yanımızdan kalktı. Nihayet yalnızdık. İyi de ne yapacaktım ki? Ne diyecektim ona? "Umut ben nişanlıyım, 1 ay sonra evleneceğim ama seni seviyorum" mu diyecektim? Birden "Nişanlılık nasıl bir şey?" diye sordu Umut. Şaşırdım, "Evlilik için atılmış ilk adım. Güzel bir şey" dedim. "Evlilik hazırlıkları nasıl gidiyor?" diye devam etti sorularına. Neler yaptığımı anlattım. "Mutlu musun?" diye sorunca öylece kalakaldım. Ne cevap verilirdi ki buna? "Evet, mutluyum" dedim. Sonra bugün olsa asla söyleyemeyeceğim sözcükler döküldü ağzımdan, "Ama bir şey var, ben seninleyken daha mutluyum" dedim ve ekledim, "Keşke yaşıt olsaydık..." Başını öne

eğdi, "Keşke..." dedi fısıltıyla. Başını tekrar yukarı kaldırdığında gözlerinin yaşardığını gördüm. Önder gecikmişti, "Seni eve götüreyim" dedi. Yürürken elimi tuttu Umut. Hiçbir şey umurumda değildi. Mutluluktan uçuyordum. O da seviyordu beni. Bundan daha güzel ne olabilirdi ki hayatta... O günden sonra Önder olmadan buluşmaya başladık Umut'la. Sürekli el ele, kol kolaydık. Parklarda, çay bahçelerinde oturuyor, birbirimize sarılıyor, saatlerin geçmesini istemiyorduk. Zamanın donmasını istiyorduk.

Nişanlım çok ilgisizdi

Umut hayatıma girdiğinden beri nişanlıma olan ilgim çok azalmıştı. Halbuki bir zamanlar onu çok yakışıklı bulurdum. Şimdi hiç de öyle gelmiyordu bana. Üstelik ne arıyor, ne soruyordu. Yüzüğü taktığı için belki de beni tapulu malı gibi görüyordu. Çantada kekliktim onun için. Nasılsa evlenmek zorundaydım. Nefret ediyordum ondan. Halbuki Umut hiç öyle değildi. Bir gün konuşamasak ertesi gün telefon edip "Ne oldu, hasta mısın, bir şeyin mi var?" diye soruyordu. Tepeden tırnağa âşıktım ben Umut'a. Bir gün yine dayımlarda Önder'in odasındaydık. Önder bakkala gidince yalnız kaldık. Boynumda bir kolye vardı. "Bakabilir miyim?" diye sordu, "Tabii" dedim. Eğildi, kolyeyi eline aldı. Nefesini boynumda hissediyordum. Tüylerim diken diken olmuştu. Ateş basmıştı. Bir ara kolyeye bakarken gözlerinin gömleğimin içine kaydığını fark ettim. Utandım. Benim fark ettiğimi anlayınca o da utandı. Elini tuttum, kendime çektim ve öpüşmeye başladık. Kendimden geçtim. Bu muhteşem bir duyguydu. Nişanlımla el ele tutuşmaktan öteye gitmemiştik. Hayatımda ilk öptüğüm erkekti Umut. Kendimizi bu aşkın akışına kaptırmıştık.

Ne olacağını hiç düşünmüyorduk. Ama kaçınılmaz son yaklaşıyordu. Evlenmeme sayılı günler vardı. Bir gün "Ne olacağız biz?" dedi. "Evlenirsen her şey biter, ben evli biriyle olamam" dedi. Başımı öne eğdim, sustum.

Düğünüme gelmedi

Kendimi değil, ailemi düşünüyordum. Nişanlımdan ayrılırsam ailemi çok zor durumda bırakacaktım. Hem ben Umut'tan dört yaş büyüktüm. Nasıl birlikte olacaktık? Kuzeninin arkadaşını ayartan kız olarak görülmek istemiyordum. Evlenmek zorundaydım. Başka çare göremiyordum o zaman. Düğün günü geldi çattı. Umut'u davet etmiştim düğünüme. Gelmedi tabii ki. Evlenince her şeyin düzeleceğini sanıyordum. Bir aile kuracaktım. Umut'u unutacağımı sanıyordum. Olmadı... Bir an bile çıkaramadım aklımdan onu. Onu aramamak için kendimi çok zor tutuyordum.

Bir yıl geçti, hiç görüşmedik. Hasret dayanılmaz bir hal almıştı. Eşimle birlikte bir gün dayımları ziyarete gittik. Kapı çaldı, ben açtım. Umut karşımdaydı. Beni görünce şaşırdı, kekeledi. "Önder'e bakmıştım" dedi. Önder evde yoktu. Ne Önder ne de Umut kazanabilmişti üniversiteyi. Önder işe başlamıştı ve henüz eve gelmemişti. "Henüz gelmedi ama buyur içeride bekle" dedim. "Yok, ben girmeyeyim" deyip arkasını döndüğü sırada dayım seslendi, "Girsene oğlum, yabancı yer mi burası?" dedi. İçeri giren Umut eşimle tanıştı. Gözlerindeki hüznü fark etmememe imkân yoktu. Acı çekiyordu, belliydi. Bundan kendimi sorumlu tutuyordum. Küs kalmak istemiyordum onunla. En azından arkadaşça görüşebilirdik. Belki dışarıda buluşamazdık ama telefonlaşabilirdik.

Yeniden başladık

Ertesi gün Umut'a telefon edip, "Ne olur küs kalmayalım, ben buna dayanamıyorum" dedim. "Seninle arkadaş olmaya hiç dayanamam" diye cevap verdi. Telefonda hüngür hüngür ağlıyordum. "Seni görmeye ihtiyacım var, bana gel" dedim. Geldi... O gün buz gibi bir hava vardı. Kapıyı çaldı, açtım. Hayatım, canım, aşkım, bebeğim, her şeyim yanımdaydı. Sarıldım ona. Dakikalarca bırakmadım. Birleşti dudaklarımız, sonra da bedenlerimiz. Doyamıyorduk birbirimize. Ağlayarak sevişiyorduk. Ne ailemi, ne kocamı düşünüyordum. Ben Umut'tum artık! Umut da bendi! Bizi kimse ayıramayacaktı artık. Kararlıydım buna. O günden sonra fırsat bulduğumuz her gün buluştuk. Bazen benim evime geldi, bazen ben ona gittim. Bazen dışarıda, bir otele attık kendimizi. Kocamla sevişmek vergi ödemek gibi bir şeydi. Vatandaşlık görevi... Hiçbir zevk almıyordum. Umut'un yanında ise kendimi bir prenses gibi hissediyordum. Eşim her sevişmeden sonra sırtını dönüp uyurdu. Umut, bana sarılıyor, öpücüklere boğuyor, en güzel sevgi sözcükleriyle ruhumu okşuyordu. Ben nasıl bırakabilirdim ki bu adamı... Aşka kim "Hayır" diyebilir ki? Buna kimin gücü yetebilir ki? Bitmeyen bir aşk...

Bu şekilde tam 9 yılı devirdik

Bir çocuğum var kocamdan. Umut'tan da bir kez hamile kaldım. Ama ne yazık ki aldırmak zorunda kaldım. Umut'un bundan haberi yok. Oysa çok isterdim ona bir çocuk verebilmeyi... Ben ağabeyimi, Umut da babasını kaybetti. İkimiz de çok acı günler yaşadık. Eşim o acı günlerimde bile yanımda olmadı. Oysa Umut her zaman başucumdaydı. Şimdi ben 31 yaşındayım, Umut 27. Birkaç kez "Boşan, evlenelim" diye ısrar etti. Cesaret edemedim. Kendimden dört yaş küçük birini aileme kabul ettiremem diye boşanmadım. Ne çekilen acılar, ne ayrılıklar, ne imkânsızlıklar eksiltebildi aşkımızı. Hâlâ birbirimizi gördüğümüzde ilk günkü kadar heyecanlanıyoruz. Artık eşimden ayrılmayı ciddi ciddi düşünüyorum. Bunu, vicdanım sızladığı için değil, görmeye bile tahammül edemediğim için istiyorum. Umut'la evlenir miyiz, bilmiyorum. Bildiğim tek şey Umut'suz bir hayatı asla istemediğim.

Aşk Tek Kişilik Tangodur

Adı: Meltem...
Yaşı: 36...
Yaşadığı kent: Eskişehir...
Medeni hali: Evli, bir çocuk annesi...
Mesleği: Hemşire...

Meltem, deli gibi âşık olduğu adamla evlendi. Bu evliliği yapabilmek için her şeyi göze aldı. Yıllar sonra eşinin başka kadınlarla ilişkisi olduğunu öğrendi, yıkıldı. Son altı aydır eşini Demir'le aldatıyor. "Benim eşimi aldatmamın, onun beni aldatmasıyla ilgisi yok. Sırılsıklam âşığım. Bundan sonra eşime nasıl dokunacağımı bilmiyorum" diyor.

Hayatımda üç kez âşık oldum. Biri beni terk etti... Biriyle evliyim... Sonuncusu da sevgilim... Bunları yaşayacağıma asla inanmazdım. "Asla olmaz" dediğim şeyler geliyor başıma. Eşime karşı vicdan azabı duymuyorum ama yaptığım ahlaki değil, biliyorum. Bu bana aykırı. Tarzıma, kişiliğime, yaşantıma, her şeyime aykırı. Ne yapayım ki engel olamıyorum. Hayatımın en huzurlu günlerini yaşıyorum. İşte ben böyleyim. Aşk söz konusu olduğunda kaybediyorum kendimi. Her şeyi bir anda silebiliyorum. Kimin ne düşündüğü umurumda olmuyor. Aşk beni çıkmaza soksa da ondan vazgeçemiyorum. Aşk denen şeyi, gerçekten derin, aşka yakışır şekilde yaşıyorum. Aşk sözcüğünün içinde barındırdığı her şeyi hissederek yaşıyorum. Belki eşimi aldatıyorum ama aşkı aldatmadığım kesin. Aşkın yolunda yürüyorum diye birileri beni kınayacaksa kınasın, hiç umurumda değil. Ben hayatım boyunca aşkımın peşinden koştum. Şimdi yaptığım da daha önce yaptıklarımdan farklı değil. Ben eşim için de bir kadının yapabileceği her şeyi yaptım. Bu yüzden içim rahat...

İlk aşkım Caner

Beni anlayabilmeniz için yıllar öncesine dönmeliyim... Üç kez âşık oldum dedim ya, sırayla hepsini anlatmalıyım. Yıl 1988... 18 yaşındaydım ve üniversiteye yeni başlamıştım. O güne kadar elime bir erkek eli bile değmemişti. Caner'e görür görmez çarpıldım. Aynı üniversitede bile değildik. Bir tesadüf eseri tanıştık ve ben o gün âşık oldum. İlişkimizin sonu yoktu. Biz asla evlenemezdik. Bambaşka iki dünyanın insanıydık. Vücudumun her hücresinde yaşıyordum onu. Bir gün dedim ki ona, "Ruhumu sana ait hissediyorum. Bedenim de sana ait olmalı. Seviş benimle... Ben öpüşmeyi bile bilmiyorum. Bana öğret, iki bedenin birbirinde erimesini öğret..." Bana dokunmadı bile. Altı ay neredeyse her gün yalvardım. Sonunda benimle sevişti. Bir yıl sonra da ayrıldık. Ondan ayrılmak hayatımın en büyük acılarından biriydi. 2004 yılındaydık, bir gün telefon çaldı. Ben evliyim. İşyerindeyim. Bilmediğim bir numara arıyordu, açtım. "Alo" der demez tanıdım Caner'i. Soyadım değişmiş, yaşadığım yer değişmiş ama beni bulmuştu. Yurtdışında yaşıyordu.

Türkiye'ye gelmiş ve beni görmek istemişti. Onu evime davet ettim. Eşim işi nedeniyle yoktu. Geldi, ona yemekler hazırladım. Eli elime değmeden birlikte bir gece geçirdik. Hayatımda hiçbir şeyi bu kadar çok istememiştim ama ona dokunmadım. Dizlerimiz birbirine teğet otururken, nefesimizi hissedecek kadar yakınken, dokunmadım. Şarkılar söyledik, gece boyunca konuştuk. Ona hissettiğim şey aşk değildi artık. Evet, çok âşık olmuştum zamanında ama artık değildim. Ben ancak âşık olduğum birine sunabilirim bedenimi. Aşk yoksa seks de yoktur benim için. Pişmanlığını anlattı. Bana "Hayatıma senin gibi bir kadın daha girmedi. Senin gibi kimse beni anlamadı. Senin gibi kimse bana âşık olmadı. Ben böyle bir aşkın ne demek olduğunu bilemedim" dedi. Hayatta en sevdiği insan kardeşiydi. Beni terk ettikten 9-10 ay sonra kardeşini kaybetmişti. "Kardeşim ölünce anladım senin çektiğin acıyı" dedi, "Bana ne kadar âşık olduğunu, kaybetme duygusunun ne olduğunu anladım..." Çok üzüldüm, kahroldum. Ama doğruydu söyledikleri. Aynen böyle bir acı yaşamıştım ben de. Bir yıl boyunca deli gibi dolaştım. Yerde, gökte onu aradım. Fotoğraflarını karşıma alıp sabahlara kadar ağladım. Kullandığı parfümü koklayıp koklayıp ağladım. Kimse bilmedi çektiğim acıyı, ne annem, ne babam, ne de kardeşim... Şimdi durumuna sadece üzülüyordum. Karşımdaki, eskiden âşık olduğum erkekti. Benim için çok değerliydi. Aşk kadınları için ilk erkekleri müthiş önemlidir. Her zaman yerleri ayrıdır. Caner'in gözlerinde o gece aşkı gördüm. Belki de bunu gizli bir hazla izledim. Ben rahattım ama o kederliydi. Çünkü ben sonuna kadar yaşayıp bitirmiştim. Tüketmemiştim, yaşayıp bitirmiştim. Caner ise bir zamanlar kanattığı yarayı tamir etmenin telaşı içindeydi. Bütün gece geçmişte ona duyduğum aşkı anlattım. Her sevişmemizde ağlardım. Ama bu kez bunları gülerek anlatıyordum. O ise bana hep "Gerçekten mutlu musun?" diye sorup duruyordu. Bir ışık yakmamı bekliyordu belki de. Benimle yeniden bir şeyler yaşamaya hazırdı. Sonra gece bitti, Caner gitti... Kapının önünde birbirimize sarıldık. Mutlu olmasını diledim ve "Bir daha beni arama" dedim. Gerçekten istiyordum mutlu olmasını. Evet aramıyor ama ilginçtir, üzüldüğümde ya da sıkıldığımda hissedip ertesi gün telefonuma mesaj yolluyor. Özel günleri de unutmuyor, yine mesaj gönderiyor.

Belki de hak etmiştim

Size ilginç gelebilir ama ben Caner'in bana yaşattığı o acıyı hak ettiğimi düşünüyoum. Çünkü ben de birini çok ezdim, çok üzdüm. Caner'den ayrıldıktan bir yıl kadar sonra üniversitedeki hocalarımdan biri bana âşık oldu. Ama öyle böyle bir aşk değildi bu. Benden epey büyüktü. Sırf okulda, derslerimde bir problem olmasın diye onu bir yıl oyaladım. Flört eder gibi davrandım ama flört etmedim. Bana yalvardı. "Ben bir daha âşık olamam. Seni çok seviyorum. Hayatımı sana adayacağım. Her şeyim senin. Bundan sonra sadece seni mutlu etmek için yaşayacağım" dedi. Bana bunlar komik geliyordu, birisi benim için ağlıyor, yalvarıyor, bense gülüyordum. Çok geçmeden hocamı hayatımdan sildim. Yaşadıkları, çektikleri umurumda değildi. Oysa ona ümit vermemeliydim. Kendimden uzak tutmalıydım. Onu bu hale ben getirmiştim. Resmen bir oyun oynamıştım. Bir insanın hayatını karartmıştım. Üstelik bunu aşkı kullanarak yapmıştım. İşte bu yüzden hak ettiğimi düşündüm Caner'in bana verdiği acıyı. O yıllarda böyle avuttum kendimi.

İkinci aşkım eşim Haluk'a da görür görmez âşık oldum. Çok tutucu bir ailenin tek oğluydu. Ailesi 12 yıl bana kan kusturdu. Hâlâ kusturuyorlar. Yaptıklarımın karşılığını ne yazık ki alamadım. Tüm ailem Haluk'la evlenmeme karşıydı. Evliliğimizin altıncı yılında aldatıldığımı öğrendim. O ana kadar kocam benim kahramanımdı. Benim için idoldü. Deli gibi sevdiğim, taptığım, çocuğumun babası, muhteşem adamdı o. Birbirimize çok güvenirdik. Kocamdan şüphelenmek aklımın ucundan bile geçmezdi. Bir gün evde ceketini gardıroba kaldırırken cebinde bir not buldum. Notta sadece "Sensin" yazıyordu. Önce anlam veremedim, sonra içime bir kurt düştü. Tüm eşyalarını karıştırmaya başladım. Aradığım şey bir başka ceketinin cebindeydi. Aşk sözcükleriyle dolu bir mektup... Kocama yazılmıştı. O an aklımı oynatabilirdim. Akşam işten eve geldiğinde direkt konuya girdim. Bulduğum mektubu gösterdim. Sonra da "Seni artık istemiyorum bu evde" dedim. Gitmek istemedi, affetmem için yalvardı. "Ben gidiyorum o zaman" dedim, izin vermedi. Her şeye inancımı o gün kaybettim. Ertesi gün eşimin birkaç kadınla daha ilişkisi olduğunu öğrendim. Bitti aşkım, güvenim bitti. Bir daha da asla düzelmedi. Bir kadın için güvenin ne kadar önemli olduğunu anlatmama gerek yok. Ve ne kadar ilginçtir ki, bu olaydan sonra da evliliğimizi yürütmek için ben çabaladım. Son altı yıldır defalarca onu uyardım. Mutsuzluğumu, huzursuzluğumu anlattım. Hiçbir şey değişmedi. Çok arzulu bir kadındım. Ama son iki yıldır onunla seviştiğimde saniyeleri sayıyorum. Bir an önce bitmesini istiyorum. Üçüncü aşkım sevgilim Demir... Demir, bir arkadaşımın çalıştığı işyerinin sahibi. Birkaç yıl önce boşanmış. Bir gün arkadaşım beni işyerine davet etti. Yine görür görmez âşık oldum. İlişkimiz çok çabuk başladı. Benim âşık olmam neyse de, onun âşık olması işleri bozardı. Bu yüzden sadece cinsellik için birlikte olduğumuzu sanmasını istedim. Beni böyle bilsin istedim. Ne yazık ki beceremedim.

Onun evine gidiyorum. Kapıyı açıyor, içeri girerken gözlerimi kapıyorum. Çünkü çok fazla heyecanlanıyorum. Gözlerim kapalı vaziyette eşikten içeri adımımı atıyorum. Elimi tutuyor, herhangi bir yerime dokunması beni müthiş ürpertiyor. Aşk bende müthiş bir cinsellik içeriyor. Erkek isterse bunu bir güzel kullanabilir. Bugüne kadar bunu kimse yapmadı. Aşk benim beynimden bedenime akıyor. Ona daima dokunmak istiyorum. Hep çırılçıplak olmak istiyorum. Benim hayatımda son altı aydır cinsellik var. Ondan önce uzun süre ne cinsellik, ne de aşk vardı. Demir'le birlikteyken zaman ve mekân önemini kaybediyor. Bedenim ruhumdan ayrılır gibi oluyor. Demir yanımdayken beden sadece ruhumu taşıyan bir araç haline geliyor. "Ya evlenirse Demir, ya başkasıyla olursa?" diye düşünüyorum bazen. O zaman ölürüm gerçekten. Böyle bir şeyi hayal edemiyorum. Bu çok bencilce bir davranış ama ne yapayım ki böyle... Bunu ona bir tek kez bile söylemedim. Ama biliyorum ki eğer Demir'in hayatında biri olduğunu öğrenirsem, ilişkimizi hemen bitiririm. Hiçbir yorum yapmadan giderim. Onun bir başkasının kollarında olduğu fikriyle günlerimi geçiremem.

Yanında çok huzurluyum

Geçen hafta eşime bin bir yalan söyleyerek geceyi Demir'le geçirdim. Kollarında yıllardır uyumadığım huzurlu bir uyku uyudum. Ona her zaman koşa koşa gidiyorum. İnanın bana, kocamdan intikam almak için yapılmış bir şey değil bu. İntikam için yapacak olsaydım, altı yıldır bunu mutlaka yapardım. Yani eşimin beni aldattığını öğrendiğim andan itibaren bunu yapma imkânım vardı. Hiç planlamadım, hiç hesaplamadım. Vicdanım rahat, çünkü bedenimi ve ruhumu Demir'e ait hissediyorum. Bedenimin ve ruhumun ait olduğu kişiyle beraber olmak da beni rahatsız etmiyor. Ben daha önceki iki aşkımda gemileri yaktım. Şimdi durum farklı. Ben âşık olmadığım birine saçımın telini dokundurtmam. Demir'i görür görmez çarpıldım ama bunu hep inkâr ettim. "Sadece seks için birlikteyim" dedim kendi kendime. Bir erkek gibi düşünüyordum. Sanki bu benim için ihtiyaçtı ve ben de bu ihtiyacımı gideriyordum. Tabii ki kendimi kandırdım. Sonra bu mücadeleden vazgeçtim. Aşkı kabullendim. Demir'in bana âşık olup olmamasıyla hiç ilgilenmiyorum. Zaten olmasını da istemiyorum. Ben bendeki aşkla ilgiliyim. Bir gün gelip de Demir bana "Seni artık istemiyorum" derse ona musallat olmam. Çok üzülürüm ama gururluyum. Ölsem bile yalvarmam, çekip giderim. Bir karar vermeliyim. Peki ya eşim? Bir süredir birlikte olmuyoruz. Ama isteyecek. O zaman ne yapacağım? Reddedersem korkunç sorunlarla karşı karşıya kalacağım. "Söylemeliyim" diyorum bazen, "Ben başkasına âşık oldum" demeliyim. Ne yapar ki, beni terk eder. Böyle bir şeyi kabullenemez. "Onunla yattın mı?" diye sorar, "Hayır" diyemem. "Evet" dersem döver mi beni? Öyle de kıskançtır ki... Ben âşığım Demir'e. Eşimle sevişirsem Demir'i aldatmış gibi hissedeceğim. Karıştı her şey. Kocamı mı sevgilimle aldatıyorum, sevgilimi mi kocamla? İki alternatifim var. Ya boşanacağım, ya sevgilimle ilişkimi bitireceğim. Zaten bugüne kadar boşanmamamın nedeni kızımızdı. Demir'i unutabilmek için belki de yeni bir çocuk yapmalıyım. Kendimi evladıma adarım. Asla düşünmüyordum bir çocuk daha ama aklıma başka bir seçenek de gelmiyor. Demir beni çocuk sahibi yapacak böyle giderse. Giderek saplanıyorum batağa. Bir karar vermem gerekiyor. Aşkın bedeli bu kadar ağır olmamalı. Yemin ediyorum bir daha âşık olmayacağım. Aşk yaramıyor bana...

Herkes Herkesi Aldatıyor

Adı: Deniz...
Yaşı: 22...
Yaşadığı kent: Ankara...
Medeni hali: Evli...
Mesleği: Sigortacı...

Deniz babasından kurtulmak için 16 yaşında evlendi. Eşine çok âşık oldu. Ama bir gün büyü bozuldu. Eşinin ilgisizliği Deniz'i arayışlara itti. Evlenmeden önce kısa süreli aşk yaşadığı eski sevgilisiyle karşılaştı. O andan itibaren de eşini aldatmaya başladı. Dört yıldır aldatıyor ve bundan vazgeçemiyor.

Hayatımda hiçbir şey kolay olmadı. Çok küçük yaşlardan itibaren birçok şeyle mücadele etmek zorunda kaldım. Önce babamla... Bu öyküyü okuyacak olanlara soruyorum; babanızdan hiçbir sebep yokken sürekli dayak yemek nedir bilir misiniz? Bakkala çıkıp geldiğiniz zaman bile size babanız tarafından "O... Ne işin var dışarıda? Erkeklerle buluşmaya gidiyorsun değil mi?" denmesi ne demektir bilir misiniz? Bindiğiniz belediye otobüsünün kaza yapması üzerine eve bir saat gecikince ertesi gün kızlık muayenesine götürülmek ne demektir bilir misiniz? Hem de daha 13 yaşındayken... Ben bunların hepsini yaşadım. Ve daha da fazlasını... Ahlaksız biriydi babam. Pavyon kadınlarıyla ilişkisi vardı. Eve bakmazdı, çocuklarıyla, eşiyle ilgilenmezdi.

Benim için bardağı taşıran son damla ise babamı, beni gözetlerken yakalamak oldu. 15 yaşındaydım. Serpilip gelişmiştim. Banyoya girdiğimde babam beni gözetliyordu. İğrenç bir his. Bunu anlatamam. Bir an önce o evden kurtulmalıydım. Başka hiçbir çarem yoktu. Aksi takdirde babamı öldürebilirdim.

İlk aşkım lisedeydi

O zamanlar lisedeydim. Aynı okuldan Cenk'e âşık oldum. İlk cinsel deneyimimi onunla yaşadım. Evlenmek istiyorduk. Ancak Cenk önce liseyi, sonra üniversiteyi bitirecek, ardından askerliğini yapıp bir iş sahibi olacaktı. Ben bu kadar bekleyemezdim. Bir an önce evden kurtulmalıydım. Cenk'i terk ettim. Lise biter bitmez de daha sonra eşim olacak Yılmaz ile tanıştım. Benden 15 yaş büyüktü. O zaman ben 16 yaşındaydım, Yılmaz ise 31... Maddi durumu pek iyi değildi ama bunu umursamıyordum. Beni kollar, bana kanat gerer diye düşünüyordum. Çok geçmeden evlendim. Elimden bir kaza çıkmadan babamın evinden ayrıldım. Mutluydum. Kendi evim, yuvam vardı artık. Belki bolluk içinde yaşamıyorduk ama eşim beni seviyordu. Ben de onu. Aramızdaki yaş farkı bazen sorun oluyordu. Ben dışarı çıkıp eğlenmek istiyordum. Eşimse işten eve yorgun argın geliyor ve benim isteklerime cevap veremiyordu. Bu arada ben de işe başladım. Bir sigorta firmasında satış temsilcisiydim. Maddi durumumuz ben işe girdikten sonra düzelmişti. İş sayesinde geniş bir çevrem de oluşmuştu. Hem benim gibi satış temsilcisi olan arkadaşlarımla, hem de müşterilerimle ilişkilerim çok iyiydi. Aslında ben işimi biraz da dişiliğimi kullanarak yapıyordum. Alımlıydım. Başkalarının sigorta poliçesi satamadığı işadamlarına ben gidiyor ve on dakika sonra işi bitiriyordum. Bu iş görüşmelerinde çok sayıda yemeğe çıkma teklifi aldım. Ama hepsinin amacını biliyordum. Benimle bir gece geçirmek... Hatta bunların arasında biri vardı ki bana eşini boşamayı, birlikte bir ev tutmayı önerdi. Tabii ki reddettim. Ama tüm bu teklifler benim kendime güvenimin gelmesini sağladı. Demek, böyle baştan çıkarıcı bir özelliğim vardı benim.

Tutucu bir mahalle

Size biraz da yaşadığım çevreden söz etmek istiyorum. Ankara'nın orta sınıf ailelerinin yaşadığı bir semtte oturuyoruz. Etrafımız tutucu insanlarla dolu. Sadece tutucu değil, dedikoducular da üstelik. Eşimle birlikte sokakta el ele yürümemiz bile dikkat çekiyor. Bu nedenle hissettiklerimi doyasıya yaşayamıyorum. Baba baskısından kurtulmak isterken bir de komşu baskısıyla karşı karşıyayım. Bir kadının, eşinden başka biriyle, akrabası bile olsa, sokakta görülmesi hiç de iyi karşılanmıyor. Anında dedikodular başlıyor. Bizim mahallede oturan işyerinden bir erkek arkadaşımla zaman zaman aynı otobüse binip evimize gelirdik. Durakta iner, eve kadar olan 100 metrelik yolu birlikte yürürdük. Mahalleli korkunç bir dedikoduya başladı. Etrafa benim başka erkeklerle kırıştırdığımı yaydılar. Çok geçmeden bu durum eşimin kulağına gitti. Bunun sadece bir dedikodu olduğunu, inanmaması gerektiğini söyledim. "Ben sadece seni seviyorum" dedim. Ama beni dinlemedi. "Fahişesin sen" diye çok ağır bir laf etti. Ben bu lafı yıllar önce babamdan duymuştum. Şimdi bir de eşimden duymak içimi acıtmıştı. Ben eşime sadık kalmak için uğraşırken o beni yapmadığım bir şeyle suçluyordu. İşte büyü o an bozuldu...

Eşimden soğudum

O kavgadan sonra artık eşimle ilişkim çok yüzeyseldi. İkimiz de sekse düşkündük. Birbirimizle sevişmeyi çok severdik. Ama ben artık sadece görev icabı onunla birlikte oluyordum. Bende bazı şeylerin kaybolduğunu hissetmesini, düzeltmeye çalışmasını istiyordum. Farkında bile değildi. Söylediği o sözlerden sonra özür de dilemedi. Eve geç gelmeye başladım. İş çıkışı arkadaşlarla bir yerlere gidip eğleniyorduk. Onun da gelmesini istiyordum ama gelmiyordu. Bir gece gittiğimiz yerde tesadüf eseri lise aşkım Cenk'le karşılaştık. Evlenmişti, çocuğu bile olmuştu. Eşiyle birlikte eğlenmeye çıkmışlardı. Beni eşiyle tanıştırdı. Eski aşkım alevlenmişti. Cenk o gece benim telefonumu aldı. Ertesi gün de aradı. Benden hiç vazgeçmediğini, mecburen evlendiğini söyledi. Etkilenmiştim. Sonuçta ben de mecburen evlenmiştim. Evet, eşimi sevmiştim ama artık o aşk ölmüştü. Cenk'le buluştuk, aramızda bir ilişki başladı. O da evliydi, ben de ama deliler gibi arzuluyorduk birbirimizi. Bu işin sonunun nereye varacağını kestiremiyorduk. Kendimizi duygularımızın akışına kaptırmıştık.

Eski aşkım depreşti

Ben hayatımın kalan bölümünü Cenk'le geçirmek istediğime karar verdim. Bunu ona söyledim, "Sen de boşan ben de, evlenelim" dedim. Cenk kabul etti ama biraz zaman istedi. Bense o gün "Tamam" dese eve gidip eşyalarımı alıp çıkmaya hazırdım. İlişkimiz altı ay sürdü. İşlerini bir türlü halledemedi ve boşanamadı. Heyecanım bitti. Cenk eskisi kadar etkilemiyordu beni artık. Kafam karışmıştı, ne yapacağımı bilemiyordum. Bunalımdaydım. Cenk beni sıkıntıdan kurtaracağını, hiçbir maddi problemimizin olmayacağını söyleyip biraz daha beklememi istiyordu. Bense beklemek istemiyordum. Terk ettim Cenk'i. O gün eşimi aldatmamaya söz verdim. Sonuçta belki ilgisizdi ama eşim iyi bir insandı. İşyerinden çok samimi bir erkek arkadaşım vardı. Yaşadığım her şeyi biliyordu. Sıkıntılarıma ortak oluyordu. Konuşmaya ihtiyacım vardı. Arayıp ona gittim. İçki eşliğinde konuşmaya başladık. Bir süre sonra da kaybettik kendimizi. Uyandığımda onun yatağındaydım. Artık yakın arkadaşım değil, sevgilimdi...

Müdürüm sevgilim oldu.

İşler iyice çığrından çıkmıştı. Yeni sevgilimle ilişkimiz birkaç ay devam ettikten sonra ben iş değiştirdim. Yeni işyerimdeki genel müdür gerçekten çok yakışıklıydı. 40'lı yaşlarda, evli ve iki çocukluydu. Görür görmez beni etkilemişti. Onu elde etmek için içimde dayanılmaz bir istek duyuyordum. Ne yapıp edip onu baştan çıkarmalıydım. En dekolte giysilerimi giyerek işe geliyordum. Hatta mahalleli beni böyle dekolte kıyafetlerle görmesin diye normal bir şeyler giyiyor, üzerimi işyerinde değiştiriyordum. Sonunda müdürümün dikkatini çekmeyi başardım. Bir gün, herkes çıktıktan sonra büroda birlikte olduk. Ona âşık olmuştum. O da bana âşık olduğunu söylüyordu. "Eşimden ayrılamam ama senden de ayrılamıyorum" diyordu. Boşanıp boşanmaması umurumda değildi. Onunla birlikte geçirdiğim saatler beni çok mutlu ediyordu. İnanmayacaksınız ama bu benim eşimle ilişkime de olumlu yansıdı. Eşime karşı çok anlayışlı bir kadın haline geldim. Eşim de bundan mutluydu. Hatta değişmeye başlamıştı. Artık benimle dışarı çıkıp geziyor, iltifatlar ediyor, beni mutlu etmek için elinden gelen her şeyi yapıyordu.

Tecavüze uğradım

Bu şekilde ikili bir ilişkiyi sürdürürken, eski işyerimin sahibi beni arayıp "Seninle görüşmemiz gerekiyor" dedi. Merak ederek gittim. Bürosunda otururken birden "Ben sana âşık olduğumu yeni anladım. Senin eksikliğini hissediyorum. Benimle birlikte olmanı istiyorum" dedi. Bu adam aynı zamanda üniversitede öğretim üyesiydi. Tanınan bir profesördü. Yaşı 50'nin üzerindeydi. Olmayacağını söyledim "Ben evliyim" dedim. "Ne var ki bunda, ben de evliyim. Kocandan ayrıl, sana bir ev tutarım, her istediğini alırım" deyince ondan iğrendim. Ne sanıyordu beni? "Bunları duymamış olayım" diyerek kalkıp bürodan gitmek istedim. Birden bana saldırdı. Üzerime çullandı. Yere yatırıp tecavüz etti. İşi bittiğinde kendimden nefret ediyordum. Belki de ona bu cesareti ben vermiştim. Kaçtım o bürodan. Peşimi bırakmadı profesör, sürekli arayıp "Ne olur buluşalım" diyordu. Yüzsüzlüğe bakar mısınız? Bunu eşime söyleyip söylememeyi çok düşündüm. Ama yapamadım. Sırf bir erkekle birlikte mahallede yürüdüğüm için yapılan dedikodulara inanıp beni fahişe olarak gören adama bunu söylersem, herhalde o profesörü de benim baştan çıkardığımı düşünürdü.

Eşim de aldatıyormuş

Zaten çok geçmeden eşimin foyası da ortaya çıktı. O da beni aldatıyordu. Büyük bir tesadüf eseri bunu öğrendim. Yine hep birlikte işyerinden bir arkadaşın akrabasının düğününe gitmiştik. Masamızda tanımadığımız insanlar da vardı. Masadaki kadınlardan biri kendi kızının da biriyle birlikte olduğunu ama adamın evli olduğunu öğrendiklerini söyleyip ağladı. Sakinleştirmek için kadınla konuşmaya başladım. Kızının sevgilisinin adı kocamınkiyle aynıydı. İçime bir kurt düştü. Olayları anlatmasını, o adamı tarif etmesini istedim. İnanılır gibi değildi. Kadının anlattığı adam benim kocamdı. Gülsem mi ağlasam mı bilemedim. Kocam beni aldatıyordu ama ben de onu aldatıyordum. Yani ortada fazla da vicdan azabı duymamı gerektirecek bir durum yoktu. Kocamın beni aldatması resmen içimi rahatlatmıştı. Artık durumu eşitlemiştik. Kim bilir, belki beni daha önce de aldatmıştı.

Yalnız değilmişim

Eve döndüm ama kocamla bu konuyu hiç konuşmadım. Beni aldattığını bildiğimi bilmesini istemedim. Belki de bunu bir koz olarak elimde tutuyorum. Gün gelir de yakalanırsam onun da beni aldattığını yüzüne vurmak için. Böylece bir şekilde kendimi garantiye almış oldum. Şu anda hem eşimle hem de işyerindeki genel müdürümle ilişkim devam ediyor. Genel müdürüm daha önce boşanamayacağını söylemişti ama şimdi değişti. Artık istersem eşinden ayrılabileceğini ve evlenebileceğimizi söylüyor. Bu kez de ben istemiyorum bunu. Kocamla aram eskisinden çok çok daha iyi. Bazen, "Belki de ikimiz de aldattığımızı birbirimize itiraf etmeliyiz. Böylece rahatlarız. Bu aldatma olayından da vazgeçeriz" diye düşünüyorum. Ama bu düşünceyi çok çabuk atıyorum kafamdan. Çünkü böyle bir itiraftan sonra genel müdürümden vazgeçmem gerekecek. Bunu da istemiyorum. Gündüzleri sevgilimle, geceleri kocamlayım. Bu tür bir ilişki yaşayınca insan başkalarının da aynı durumda olup olmadığını merak ediyor. Yalnız olmadığını kendine kanıtlamak istiyor. Nitekim, aynı işyerinde çalıştığımız ve dört yıllık evli bir kız arkadaşımın da eşini aldattığını öğrendim. Şimdi biz sırlarımızı birbirimizle paylaşıyoruz. Yakalanmamak için birbirimizi idare ediyoruz. Resmen suç ortağı olduk. Onun söylediğine göre, birçok kadın bizimle aynı durumda. Zaten ben de bunları yazmaya, gazetedeki yazı dizisini okuyunca cesaret edebildim. Büyük olasılıkla bu gazeteyi eşim ve sevgilim de okuyacak. Sevgilim, bu hikâyedeki kişinin ben olduğumu anlar ama kocamın anlayacağını sanmıyorum. Anlarsa da pek umurumda değil. O zaman elimdeki kozu kullanır "Sen de beni aldattın" derim.

Gerçi her şey bir gün patlak verecek ve ortaya çıkacak. O zaman belki de hem eşim hem de genel müdür sevgilim beni terk edecek. Neyse, onu da o zaman düşünürüm...

Aldatılma Korkusu

Adı: Deniz...
Yaşı: 27...
Yaşadığı kent: İstanbul...
Medeni hali: Evli...
Mesleği: Turizmci...

Hiçbir erkeğe güvenmedi, hiçbir erkeğin de kendisine güvenmesini istemedi. Hayatına giren tüm erkekleri "Onlar beni aldatmadan önce ben onları aldatmalıyım" düşüncesiyle aldattı. "Uslandım" dediği bir dönem Melih'le evlendi. Her şeyin değişeceğini, kocasına bağlı kalacağını sanıyordu. Yapamadı. Eşini de defalarca aldattı.

İstanbul'un Anadolu yakasında doğup büyüdüm. Başarılı bir öğrenciydim. Pahalı bir kolejde okudum. Fakat ailem, özellikle de annem bunu hep başıma kakmıştır. Üstelik hem annem hem de babam eğitimcidir. Hayatımda eğitimci olup da parayı bu kadar seven başka insanlar tanımadım. Beni özel okulda okuttular ama daha sonra benim için ödedikleri parayı resmen geri aldılar. Bunu, koleji bitirdikten hemen sonra beni çalışmaya zorlayarak yaptılar. Koleji bitirdim ve İstanbul'da bir üniversitenin yabancı diller bölümünü kazandım. İngilizcem gerçekten çok iyiydi. Bu nedenle iş bulmam da zor olmadı. Annem ve babam istediği için hem çalışıp hem okuyacaktım. Türkiye'ye iş nedeniyle gelmiş paralı yabancılara kiralık ev bulan bir emlak şirketinde işe başladım. Üniversiteye kaydımı yaptırmıştım ama dersleri pek takip etmiyordum. Kendimi işe vermiştim. Çünkü kiraladığım her evden hatırı sayılır bir komisyon alıyordum. Daha 18 yaşındaydım ve gerçekten çok iyi para kazanıyordum. Kazandığım paranın yarısını aileme verdiğim halde kalan yarısı bana fazla fazla yetiyordu. Ailem güya tutucuydu. Ben onları para vererek susturuyor, geceleri istediğim şekilde dışarı çıkabiliyordum. Kerem'i eğlenmeye çıktığım bir gece, İstanbul'da Boğaz'daki ünlü bir gece kulübünde tanıdım...

Gece kulübünde tanıştık

Kolejde birkaç küçük flörtüm olmuş ama ciddi diyebileceğim bir ilişki yaşamamıştım. Erkekler oldum olası beğenmiştir beni. Gerçek sarı saçlarım, çok düzgün fiziğim ve özellikle de renkli gözlerim ve yüzümle erkeklerin dikkatini çekerdim. Bir cumartesi gecesi, birkaç arkadaşla kulübe gitmiştik. Çok kalabalıktı. Kimsenin kimseyi görecek hali yoktu. Dans etmeyi severim. Kendimi müziğin ritmine kaptırmıştım. O kalabalıkta dans ederken arkamda duran birine çarptım. Utançla dönüp özür diledim. Daha doğrusu dilemek istedim ama kelimeler dilime yapışıp kaldı. Karşımda o güne kadar gördüğüm en yakışıklı adam duruyordu. Konuşamadım, saçmaladım. Elimdeki içkiden bir yudum almak istedim, üzerime döktüm. Öyle utandım ki... Hemen uzaklaştım oradan, tuvalete koştum. Tuvalette kendi kendime gülüyordum. Toparlanıp çıktığımda tuvaletin kapısında yine onu gördüm. Şaşırdım, "Sizinle konuşabilmek için takip edip bekledim. Umarım kabalık etmemişimdir" dedi. Zaten bu cümle beni bitirdi. Bu kadar kibar ve bu kadar yakışıklı bir erkeğe hayır demem mümkün değildi. O gece, kulüpten birlikte ayrıldık. Onun evine gittik. Boğaz'ı gören, iyi döşenmiş bir evdi. Kerem, 30'lu yaşların başındaydı. Bir televizyon kanalının üst düzey yöneticilerinden biriydi. Ondan çok etkilenmiştim. Ertesi gün uyandığımda genç bir kadındım artık. En küçük bir pişmanlığım yoktu. Kerem gerçekten benim istediğim gibi bir erkekti. Hemen her gün görüşüyorduk Kerem'le. İşyerine gidip arkadaşlarıyla da tanışmıştım. Resmen sevgiliydik. Giderek bağlanıyordum ona. Âşık oluyordum. Ve âşık olduğumu anladığım an yürek yarasının nasıl acı verdiğini de öğrenmeye başladım.

Hayatında başkaları vardı

Ben Kerem'in bir numaralı sevgilisiydim. Kendimi tek sanıyordum ama değilmişim. Kerem'in arada sırada görüştüğü, yatıp kalktığı kadınlar da varmış, öğrendim. Deli gibi âşık olduğum adamı başka kadınların koynunda düşündükçe çıldırıyordum. Buna dayanamadım. Köpek gibi, ağlaya ağlaya, sürüne sürüne Kerem'den ayrıldım. Başka kadınlarla olmasını kaldıramadım. O bana âşık değildi ama ben ona sırılsıklam âşıktım. İlk kez âşık olmuştum ve ağzımın payını almıştım. Kerem'den ayrıldıktan sonra kendimi dağıttım. Her gece başka bir yerde, sarhoş olana kadar içiyordum. Sabaha karşı eve gidiyor, annem "Neredeydin?" dediğinde de "Para kazanıyordum, sen öyle istiyorsun ya" diyerek hırsımı alıyordum. Kendimi bu kadar koyuvermem iş hayatıma olumsuz yansıdı. Bir süre sonra emlak bürosunun sahibi beni işten çıkardı. Hem aşksız, hem işsiz kalmıştım. Kendimi çok kötü hissediyordum. En yakın kız arkadaşım Füsun'un evinde kalmaya başlamıştım. Füsun beni bir arkadaşıyla tanıştırdı. Hoş bir çocuktu. 20'li yaşlardaydı. Onunla çıkmaya başladık. Benim içimde hep aldatılma korkusu vardı. Onun da beni aldatacağını ve bir acıya daha dayanamayacağımı düşünüyordum. Çünkü çok kıskanç bir yapıya sahibim. Sevdiğim hiçbir şeyi paylaşamıyorum.

İki yıl sevgilim olmadı

Yeni sevgilimin beni aldatacağı korkusunu içimden atamıyordum. Bir şey yapmalıydım. Bunu yenmeliydim. Yaptım... Onu aldattım. Hem de hiç tanımadığım, yine bir kulüpte tanışıp bir gece birlikte olduktan sonra bir daha hiç görmediğim biriyle. Rahatlamıştım. Bu çok ilginç geliyordu bana ama içimdeki o korkuyu atmıştım. Artık sevgilimin beni aldatıp aldatmaması umurumda değildi. Onunla ilişkimiz altı ay sürdü. Beni aldatıp aldatmadığını hiç merak etmedim. Çünkü aldatsa bile durumumuz eşit olacaktı. Ardından hayatıma biri daha girdi. Yine aynı şeyi yaptım. O beni aldatmadan ben onu aldattım. Sonra biri daha... Biri daha...

Bu benim için artık alışkanlık olmuştu. Sanki kendimle yarışıyordum. Genellikle hayatıma giren kişileri tanıdıktan sonra bir ay içinde mutlaka aldatıyordum. Ama buna bir son vermem gerektiğini biliyordum. Bunun tek yolu da uzun süre hiç kimseyi hayatıma sokmamaktı. Sevgilim olmazsa, aldatacak kimse de olmazdı. Bunu yaptım da. İki yıl hayatıma hiç kimseyi sokmadım. Gecelik ilişkilerden de, uzun süreli ilişkilerden de uzak durdum. Beni beğenenlere, çıkmak isteyenlere hep bahaneler uydurdum. Bu arada gece hayatından uzak durmak için de gece çalışabileceğim bir iş buldum. Havalimanındaki mağazalardan birinde çalışıyordum. İşe akşam 8'de gidiyor, sabah 8'de çıkıyordum. Böylece geceleri bir yere gitme fırsatım olmuyordu.

İğrenç teklif

Gerçekten de hayatımı düzene sokabilmiştim. Geceleri çalışıyor, gündüz uğrayabildiğim kadar fakülteye uğruyor, sonra eve dönüp uyuyor ve tekrar işime gidiyordum. Zaman zaman hayatımda birinin olmaması beni bunaltıyordu. Öyle bunaldığım gecelerde Kerem'e telefonla mesaj gönderiyordum. Kerem'i unutamamıştım. Bir gün benimle buluşmak istedi. Evine çağırdı, dayanamadım gittim. Evde bir kız daha vardı. Şaşırdım, "Bu kim?" diye sordum. Çok açık bir şekilde "Yattığım kızlardan biri" diye cevap verdi. "Peki şimdi ne işi var burada?" diye sorunca da "Hep birlikte sevişeceğiz" diye yanıtladı beni büyük bir rahatlıkla. Öfkeden delirdim. O anda elime geçen ne varsa Kerem'in üzerine fırlattım. Küfürler ettim, bağırdım, çağırdım. Sonra da evi terk ettim. Âşık olduğum adam bana resmen grup seks teklif etmişti. Ben onu başkasının kollarında bile hayal edemezken o böyle bir şey yapmıştı. Sokakta yürürken ağlıyordum. Kerem sonsuza kadar ölmüştü benim için.

İnternette buldum

Üç gün evden çıkmadım. Sürekli uyuyor ve ağlıyordum. Bu yaşadığımın sadece bir kâbus olduğunu, uyanınca her şeyin düzelmesini diliyordum. Ama gerçekti, çok acı bir gerçekti. Kerem beni bir kez daha yıkmıştı. Bir haftada ancak kendime gelebildim. Yaşadığım şey içimi çok acıtsa da hayat bir şekilde devam ediyordu... Tüm bunları 20 yaşında yaşamıştım. Daha çok küçüktüm... Böyle yaralı bir dönemimdeyken Melih'le tanıştım. Tanışmamız internet aracılığıyla oldu. Önce internetten konuştuk, birkaç gün sonra da buluştuk. Öyle dertliydim ki, başıma gelen her şeyi Melih'e anlattım. Melih sabırla beni dinledi, akıl verdi. Arkadaştık artık. Sık sık buluşuyor, arkadaşça geziyorduk. Melih olağanüstü bir insandı. Akıllıydı, mantıklıydı ve her şeyden önemlisi duygusaldı. Arkadaştık ama ona karşı ilgimin olduğunu fark ettim. Sonuçta bir gün ikimiz de birbirimize karşı bir şeyler hissettiğimizi itiraf ettik. Arkadaştık, sevgili olmuştuk. Mutluydum, Melih'in yanında geçmişimi unutuyordum. Beni bulutların üzerinde yaşatıyordu. İlgiliydi, anlayışlıydı. Gece çalışmamı istemediği için havaalanındaki işi bıraktım. Bir turizm firmasında çalışmaya başladım. Melih, okulu bitirmem için de beni teşvik ediyordu. Beni çok seviyordu. Sonra o eski korku yeniden gelip beni buldu. Melih'in beni aldatabileceği ihtimali uykularımı kaçırıyordu. Melih'e âşıktım ama âşık olmaktan nefret ediyordum. Melih ise kendini bana adamıştı. Ben kendi kendime kuruntular içinde huzurumu kaçırırken Melih evlenme planları yapıyordu. Melih'e kötü davranıyordum. Ama o öyle anlayışlıydı ki her türlü kaprisime katlanıyordu. Melih bir gün ailemle tanışmaya geldi. Onu karşılamadım bile. Ailem Melih'i çok sevdi. Benim için iyi bir kısmet olduğunu düşünüyorlardı. Bense umursamıyordum. Yine aldatılma korkusuna teslim olmuştum. Melih'i tanıdığım internet sitesine girdim bir gün. Biriyle konuşmaya başladım. Aynı akşam buluştuk. Birlikte bir yemek yedik ve sonra onun evine gittik. Olan oldu... Melih'i aldatmıştım. Yine aynı rahatlamayla evime döndüm. Melih bütün gece beni aramış, bulamayınca çıldırmıştı. Çünkü telefonumu kapatmıştım. Ona bir arkadaşımda kaldığımı söyledim. İnanıp inanmadığını bilmiyorum. Ama beni o kadar seviyordu ki bu durumu kabullendi... Bense kendimi kaptırmıştım aldatma olayına.

O çocukla birkaç kez daha buluştum. Sonunda Melih bizi yakaladı. İnternet yazışmalarımızdan olayı ortaya çıkardı. O gece ağladım, Melih'ten bin kez özür diledim. Melih de ağlıyordu. "Bunu bana nasıl yaptın?" diye soruyordu. Hiçbir açıklamam yoktu ki... Sadece susuyordum. Ağlarken çok pişman olduğumu söyledim, o kadar. Gerçekten de pişmandım.

Tatildeyken aldattım

Melih beni affetti. Üç ay sonra da evlendik. 21 yaşında evli bir kadındım artık. İlk yıl her şey çok iyi gitti. Melih geçmişten hiç söz etmiyordu. Mükemmel bir kocaydı. Zaten ben hiçbir zaman ondan iyisini bulacağımı düşünmedim. Ben deliydim, aptaldım, hepsi bu. O mükemmel insanı ikinci kez aldattım. Melih, işlerinin yoğunluğu nedeniyle tatile çıkamıyordu. Bense bunalmıştım, tatil istiyordum. Beni bir kız arkadaşımla birlikte Marmaris'e gönderdi. Güzel bir otelde bir tatil yapıyordum. Kemal'le orada tanıştım. Eşiyle birlikte tatile gelmişti. Bir yıllık evlilerdi. Eşi de çok güzel bir kadındı. Kemal bana ilgisini daha ilk akşam belli etmeye başladı. Karşı koyamadım, etkilenmiştim. Ertesi gün eşi sahilde güneşlenirken biz onların odasında birlikte olduk. İstanbul'a döndükten sonra da ilişkimiz devam etti. Yaptığımın hiçbir mantıklı açıklaması yoktu. Sadece kendimi bir rüzgâra kaptırmıştım ve gidiyordum. Kemal'le birlikte olmaya başladıktan sonra Melih'e olan ilgimi de kaybettim. Melih bir şeyler olduğunu hemen anladı. "Biliyorum, beni yine aldatıyorsun. Ama artık buna izin vermeyeceğim" dedi. Bir hafta sonra boşanma davası açtı. Çok yalvardım, beni bırakmamasını istedim. "Seni benden başka kimse mutlu edemez" dedim. Döndüremedim kararından. Zaten kim dönerdi ki...

Korkularım bitmedi

Boşanalı beş yıl oldu. Okulu bitiremedim. Hayatım yine düzensiz bir şekilde devam ediyor. Eski halime döndüm. Gecelik ilişkiler kuruyorum ve her seferinde pişmanlık duyuyorum. Geçen hafta bir restoranda Melih'e rastladım. Evlenmiş, mutlu. Çok cici bir eşi var. Konuşmadık, sadece göz göze geldik. Bana bakarken gözlerinde nefreti gördüm. Beni bu kadar çok seven bir erkeği kendimden nefret ettirmiştim. Bugünlerde benimle ciddi şekilde ilgilenen biri var. Geçmişimi bilmiyor. Şu anda modellik yapıyorum. Moda kataloglarında fotoğraflarım yayınlanıyor. O kataloglardan görüp beni beğenmiş. Tanışıp birkaç kez çıktık. Düzgün biri. Yine korkuyorum. Bir kez daha evlenip onu da aldatmaktan korkuyorum. Bebek yapmak istedik Melih'le ama benim doğal yoldan çocuğum olmuyor. Uzun süreli tedavi görmem lazım. Belki de anne olduktan sonra bitireceğim bu aldatma işini. Bilemiyorum. Bir karar vermeliyim...

Sohbet Sanal, Aldatma Gerçek

Adı: Aydan...
Yaşı: 32...
Yaşadığı kent: Mersin...
Medeni hali: Evli, iki çocuk annesi...
Mesleği: Muhasebeci...

Aydan görücü usulüyle evlendi. Eşini sevmeye çalıştı ama yapamadı. Gecelerini, sürekli arkadaşlarıyla buluşan eşini beklemekle geçirdi. Günün birinde internetle tanıştı, hayatı değişti. İnternette tanıdığı erkeklerin sayısını artık bilmiyor.

İstanbul'un Karadeniz kıyısındaki küçük kasabalarından birinde doğup büyüdüm. Hiçbir sosyal etkinliği olmayan ama şirin mi şirin bir kasaba... Neredeyse herkesin birbiriyle akraba olduğu bir yer. Amcamlar üst katımızda, dayımlar bir yanımızdaki apartmanda, halamlar da alt sokağımızda otururdu. Bir ilkokul, bir de ortaokul vardı kasabamızda. Lisede okuyabilmek için şehre, İstanbul'a gitmek gerekiyordu. Bu nedenle kasabadaki kızların büyük çoğunluğu ortaokulu bitirince birkaç yıl evde oturur, sonra da erkenden evlendirilirdi. Benim kaderim de farklı olmadı. Liseye giden kızlar hakkında kasabamızda pek iyi konuşulmazdı. "Gözü açılmış bunun" derlerdi. Bu yüzden aileler sıcak bakmazdı kızlarını liseye göndermeye. Ailem de beni liseye göndermedi. Ortaokulu bitirdiğimde 14 yaşındaydım. Kasabada hiçbir şey yapmadan geçiriyordum günlerimi. Anneme ev işlerinde yardım ediyor, bazen de fırıncı olan babamın yanına gidip ekmek satıyordum. Kısacası bomboş günler yaşıyordum. İki yıl bu şekilde geçtikten sonra bana görücü geldi. Benimle evlenmek isteyen Tamer bizim kasabamızda oturmuyordu. İstanbul'da şehir içinde yaşıyorlardı. Liseyi bitirmiş, askerliğini yapmıştı. Babasına ait nalburiye dükkânında çalışıyordu. Dört erkek kardeştiler. Ailesi "Senin evlenme yaşın geldi" diyerek oğullarına hayırlı bir kısmet aramaya başlamıştı. Bizim kasabada bir akrabaları vardı, o aracı oldu. Benim, ailenin aradığı gibi bir kız olduğuma kanaat getirildi ve istemeye gelindi.

16 yaşında görücü geldi

Heyecanlıydım, kahveleri yapıp çıktım dışarı. İlk kez o zaman gördüm Tamer'i. Ağırbaşlı, efendi biri gibi gelmişti bana. Anne-babalar konuştu. Babam "İzninizle bir araştıralım oğlunuzu, bakalım kızımıza gerçekten uygun mu?" diyerek biraz süre istedi. Sonra babam benimle konuştu. Usulen fikrimi sordu ama sadece bir kez gördüğüm biri hakkında ne diyebilirdim ki? Kararı babama bıraktım. Ben sadece evlenme fikrinin heyecanına kendimi kaptırmıştım. Kına gecem yapılacak, gelinlik giyecek, düğünde oynayacaktım. Bunları düşündükçe mutlu oluyordum. Bir oyun gibi geliyordu. Babamın ve iki ağabeyimin araştırmaları olumlu sonuç verdi. Damat adayının bana uygun olduğu konusunda görüş birliği sağlandı. Aracıya haber salındı "Söz kesmeye bekliyoruz" diye... Çok geçmeden tatlılarıyla ve yüzükleriyle geldiler. O akşam annemin aldığı bir kıyafeti giydim. Hayatımın ilk özel kıyafetiydi. Ben o güne kadar etek bile giymemiştim. Zaten öyle alımlı, güzel bir kız da değildim. Tek özelliğim çok gülmemdi. Zaten o gece yüzükler takılırken gülmemek için kendimi zor tuttum. Hayatımda ikinci kez gördüğüm bir erkekle evlenmek üzere o gece sözlendim. Şimdi düşündükçe aklım almıyor. Nasıl olabilir böyle bir şey? Bir genç kız, yaşamı boyunca aynı yastığa baş koyacağı insanı tanımadan böyle bir şeye nasıl zorlanır?

Gerçeklerle yüzleştim

Sözlendikten sonra Tamer'le birkaç kez çıktık. Tabii ki her zaman yanımızda biri daha oluyordu. Ya halamın ya da dayımın kızı bizimle gelirdi. Âdetlerimiz böyleydi. Bir kız sözlüsü ya da nişanlısıyla öyle yalnız kalamazdı. Bu görüşmelerde doğru dürüst bir konuşma imkânımız olmadı. Hâlâ bana her şey bir oyun gibi geliyordu. Sanki birazdan annem pencereden seslenecek, "Aydan, kahrolası, saat kaç oldu, neredesin? Biraz sonra baban gelir, seni saçlarından sürükleye sürükleye eve sokar. Kız gelsene eve artık" diye bağıracaktı. Ben de "Aman be anne, bi bırakmadın şu oyunu bitireyim" diye söylene söylene gidecektim eve... Öyle değildi ne yazık ki, bu bir evcilik oyunu değildi. Yaşadığım her şey gerçekti. Pazarlıklar yapılıyordu evde. Tamer'in annesi ile benim annem nişanda ve düğünde kız tarafı ile erkek tarafının neler yapacağını konuşuyordu. Konuşmak ne kelime, çatır çatır pazarlık ediyorlardı. Annem nişanda 5, düğünde 10 bilezik istiyor, ayrıca gerdanlığı da şart koşuyordu. Müstakbel kayınvalidem ise bilezik sayısını nişanda 3'e, düğünde 5'e indirmeye çalışıyordu. Ben bunları içerideki odamdan dinliyor ve gülüyordum. Derken nişan yapıldı. Pazarlıklarda bir ortak noktaya varıldı; bilezikler, alyans takıldı ve evlilik hazırlıklarına başlandı. Yine bizim kasabanın âdetlerine göre nişanlı kız, nişanlısı olmadan asla dışarı çıkamazdı. Bir bu eksikti... Ben babamın yanına, fırına gitmek istiyordum ama yapamıyordum. İlk kez o zaman olayın ciddiyetine vardım. Demek evlilik denen şey özgürlükleri kısıtlıyordu. Demek babanı bile görmek istediğin zaman kocandan izin almak zorundaydın...

Beni sıkıcı buluyordu

Nişanlandıktan üç ay sonra nikâh defterine imzayı attık. Düğünümüz yapıldı, misafirler gitti ve Tamer'le yalnız kaldık. Ben 16 yaşındayım, Tamer 22... İkimiz de çocuktuk aslında. O gece eş olmanın zorunluluklarından ilkini yerine getirdim. Hiçbir şey anlamadım ama "Demek bu iş de böyleymiş" diyerek sustum tabii ki.

Kasabadan kurtulmuştum artık. İstanbul'un uzak semtlerinden birine terfi etmiştim. Doğum kontrolü nedir bilmiyordum. Çok geçmeden hamile kaldım. Kendim çocuktum ama bir çocuk doğuracaktım. Kızım dünyaya geldi, mutluydum. Kendimi daha bir olgun hissediyordum. İki yıl sonra da oğlumu doğurdum. 18 yaşında iki çocuk annesi bir kadındım. Bütün günü evde çocuklarıma bakarak geçiriyordum. Tamer de bütün gün çalışıyor, akşam eve yorgun argın dönüyordu. İlk altı yıl hiçbir sorunumuz olmadı. Kızımın okula başladığı yıl Tamer değişti. Yine önce işten eve geliyor, ama daha sonra "Ben arkadaşlarımla buluşacağım" deyip çıkıyordu. Sonra da gece yarısı geliyordu tekrar. Bu durum çok canımı sıkıyordu. Birkaç kez Tamer'le konuşmayı denedim ama bana "Ne yapayım, evde canım sıkılıyor" diyordu. Kocam beni sıkıcı buluyordu ne yazık ki...

İnternet her şeyi değiştirdi

1998, hayatımın tamamen değiştiği yıl oldu. Tamer, duvar boyası sattıkları bir firmadan para alamayınca eşyalarına haciz koydurmuştu. Haczedilen eşyalar arasında bir de bilgisayar vardı. Bilgisayarı eve getirdi. Kurdu ve zamanını bilgisayarın karşısında geçirmeye başladı. Çok mutluydum. Kocam artık dışarıya çıkmıyordu. Çeşitli bilgisayar oyunları oynuyordu. Belki yine benimle olmuyordu ama hiç olmazsa evdeydi. Benim bilgisayarla hiç ilgim yoktu. Bir pazar, Tamer bilgisayarla oynarken ben de yayındaydım. "Anlatsana bana" dedim, başladı anlatmaya. "Ben bu alette oyun oynuyorum ama millet dünyayı tanıyor" deyip internetin ne olduğunu gösterdi. Çok ilgimi çekmişti. O günden sonra Tamer'in evde olmadığı gündüz saatlerinde vaktimin çoğunu bilgisayar başında geçirmeye başladım. Yavaş yavaş bilgisayarı kullanmayı, internete girmeyi ve tabii ki chat (sohbet) odalarını öğrendim. Bu inanılır gibi bir şey değildi. Türkiye'nin her yerinden değişik insanlarla konuşma imkânı sağlıyordu. Chat'te tanıdığım ilk insan Hakan oldu. Ankara'da yaşıyordu. Onunla hemen her konudan konuşuyorduk. Evli ve iki çocuklu olduğumu biliyordu. Benden birkaç yaş büyüktü. Bir bilgisayar firmasında çalışıyordu.

Bir rüyadan uyandırdı

Bir süre sonra internetten kopamaz oldum. Eşimi işe gönderiyor, bilgisayarın başına oturuyor, akşama kadar Hakan'la sohbet ediyordum. Ondan etkilenmiştim. Eşim işten gelince bilgisayara kendisi oturduğu için Hakan'la geceleri görüşemiyorduk. Bir süre sonra eşim sıkıldı bilgisayardan. Yine geceleri dışarı çıkıp arkadaşlarıyla buluşmaya başladı. Artık bilgisayar 24 saat benimdi.

Hakan'la sohbetlerimiz bir süre sonra boyut değiştirdi. Birbirimizi sadece internet üzerinden gönderdiğimiz fotoğraflarımızdan görmüştük. Ben onu beğenmiştim, o da beni. Birbirimize aşk sözcükleri yazar olmuştuk. Hatta bu konuşmalarımız bir süre sonra erotik hale dönüştü. Birbirimizle internet üzerinden adeta sevişiyorduk. Sonunda buluşmaya karar verdik. Hakan İstanbul'a geldi. Birlikte öğle yemeği yedik. Sonra kaldığı otele gittik. Bana dokunmaya başladığında kalbim yerinden fırlayacak gibiydi. Eşim bana dokunurken hiç böyle hissetmiyordum. Sevişmeye başladığımızda "Demek bu iş böyle değilmiş" diyordum. Vücudumun her hücresinde onu hissediyordum. O an kocam hiç aklıma gelmedi. Sevişmemiz bittiği zaman "Ne yaptım ben?" diye düşünebildim ancak. Kocamı aldatmıştım ama bana hiç öyle gelmiyordu. Belki de aldatmanın anlamını tam olarak bilmediğim için böyleydi. O ilk sevişmeden sonra kocamdan boşanacağımı, Hakan'la birlikte olacağımı sanıyordum. Beni bu rüyadan Hakan'ın sözleri uyandırdı. Sanal âlemin prensi Hakan, "Birbirimizi çok istedik, seviştik ama bir daha görüşmesek iyi olur. Çünkü sen evlisin" dedi. Başımdan aşağı kaynar sular döküldü. Demek bunca güzel söz, bunca iltifat, bunca zaman sadece bir kez sevişmek içindi. Kendimi aşağılık bir kadın gibi hissediyordum. Hemen otelden çıktım. Eve döndüm, banyoya girdim ve saatlerce çıkmadım. Kirlenmiştim ve o pisliğin suyla birlikte üzerimden akıp gitmesini umuyordum. Tabii ki bu kadar kolay değildi hiçbir şey. Hakan'ın bende yarattığı depremin etkisini üzerimden atmam çok zor oldu. Altı ay bilgisayarı açmadım. Kocamın akşamları eve gelmemesi beni yine internete itti. Yine chat odaları, yine çok sayıda erkek... Chat olayının kurdu olmuştum. Bulunduğum odalarda efsaneydim. Herkes benim bulunduğum yere gelmek istiyor, benimle sohbet etmek için çaba gösteriyordu. Kendime sanal bir dünya yaratmıştım. O sanal dünya sadece bana aitti. Bir sürü hayranım, benimle buluşmak için can atan bir sürü erkek vardı.

Buna devam ediyorum

Sanal dünyadaki ilgi beni şımartıyordu. Sevinçlerim, hüzünlerim, sevişmelerim hep sanaldı artık. Kocamdan iyice soğumuştum. Zaten bu onun da umurunda değildi açıkçası. Buluşmalarım devam etti. Sohbetinden hoşlandığım, fotoğrafını beğendiğim erkeklerle buluşuyordum. Hatta bazen aynı chat odasına takılan insanlar toplu halde buluşuyordu. Onlara da katılıyordum. Hakan'dan sonra hayatıma yine internetten tanıştığım üç erkek daha girdi. Biriyle ilişkimiz epey uzun sürdü. Adı Mustafa'ydı. Onunla bir gelecek bile düşünmeye başlamıştık. Ama bu sırada kocamın işleri bozuldu. İstanbul'u terk etmemiz gerekti. Mersin'e yerleştik. Son beş yıldır Mersin'de yaşıyorum. Mersin'e taşındığımız için Mustafa ile de koptuk. İnternetteki sohbet maceram devam ediyor. Ama artık kimseyle buluşmuyorum. Yaşayacaklarımı sadece internette yaşıyorum. Çocuklarım mutsuz olmasın diye boşanmadım. Eşim yine aynı. Hiç değişmedi. Şimdiki düşüncem çocuklarım biraz daha büyüdükten sonra boşanmak. Umarım bunu başarabilirim.

Aşka Âşık Bir Kadın

Adı: Gizem...
Yaşı: 30...
Yaşadığı kent: İstanbul...
Medeni hali: Evli, bir çocuk annesi...
Mesleği: Büro elemanı...

Gizem, ilk aşkı Ersin'i hiç unutamadı. Eşi Erkan'la arkadaşça başlayan ilişkileri aşka dönüştü ve evlendiler. Evliliğinde bunaldığı bir dönem Ersin'i aradı, görüşmeye başladılar. Ama Ersin'i de aldattı. Gizem, "Aşka âşık bir kadınım ben, sevgi açlığım hiç doymuyor" diyor.

Kalabalık bir ailenin ortanca kızıyım. Hep haşarı, vurdumduymaz bir çocuk oldum. Ortaokulu bitirdikten sonra okula gitmedim. Oysa annem bana hep ısrar etti, "Kızım oku, kendi mesleğini eline al, erkeklere muhtaç olma, benim durumuma düşme" diye. Dinlemedim annemi, umurumda değildi söyledikleri. Sonra çok pişman oldum tabii ki. Liseyi dışarıdan bitirdim, üniversiteyi de ancak bu yaşımda kazanabildim. Şimdi üniversiteyi bitirmeye çalışıyorum. Her zaman "Annem haklıymış" diyorum. Keşke o zaman okula devam edip bir meslek sahibi olabilseymişim. Bugün yine bir meslek sahibiyim ama bu noktaya gelene kadar çok uğraştım. Kısa yol varken, ben en uzununu, en dolambaçlısını seçtim. Benim kişiliğim de böyle. Kolay elde ettiğim hiçbir şey değerli olmadı. Ulaşılmazı sevdim hep, zor olanı tercih ettim. Annem tüm sevgisini çocuklarına sakınmadan verebilen fedakâr bir kadın. Babam ise tam tersi. Bugüne kadar ağzından bir tek sevgi sözü duymadık. Hep soğuktu bize karşı. Annem "Babanız sevgisini içinde yaşıyor" derdi. Ama nedense babam öfkesini her zaman dışa vururdu. Hem de çok şiddetli olarak. Bu öfkeden, bu şiddetten kurtulmak için hepimiz erken evlendik. Evlilik bizim için bir kaçış, kurtuluştu.

Bir gün mutlaka

Liseye gitmediğim için hiç lise aşkım olmadı. Flörtlerim genellikle aynı mahallenin çocukları olurdu. Dikkat çeken bir kızdım, beğenilirdim. Bir topluluğa girdiğim zaman fark edilirdim. Ersin'le bir arkadaşımın doğum günü partisinde tanıştık. Beni dansa kaldırdı, elimi tutması, belimden tutması çok etkilemişti. Danstan sonra çok kısa bir süre sohbet imkânı bulduk ama hepsi o kadar. Ersin'i aylarca görmedim. Tüm arkadaşlarıma Ersin'den söz ediyor, herkese onu anlatıyordum. Birkaç kez daha arkadaş toplantılarında karşılaştık. Ama ikimiz de duygularımızdan söz etmedik. Sanki bizi engelleyen bir şeyler vardı. Yine de içimden "Bir gün Ersin'le yollarımız mutlaka kesişecek. Şimdi yaşayamadığımız aşkı o zaman doludizgin yaşayacağız" diye geçiriyordum. Sonra hayatıma Selim girdi. Aslında "girdi" demek yanlış olur, onu hayatıma ben zorla soktum. Her gün görüşüyorduk ama hiç baş başa buluşmadık. Güya sevgiliydik. Benden uzak duruyordu. Bu da beni çıldırtıyordu. Zor olanı elde etme isteğim beni kamçılıyordu. Altı ay böyle devam etti. Düşünebiliyor musunuz, hayatınızda birisi var ama dokunamıyor, konuşamıyor, sarılamıyorsunuz. Sadece uzaktan görüp, rastlarsanız selamlaşıyorsunuz. Ben Selim'e âşıktım. Ersin'i de çoktan unutmuştum. Sonra Selim beni terk etti. Kendince haklı sebepleri vardı. Günlerce ağladım, günlerce uyumadım. Onu görmeye devam ediyordum ve bu beni öldürüyordu. Selim'den nefret ettim. Nefretim aşkımı daha da büyüttü.

Arkadaşça başladık

Bir büroda işe başladım. O zaman 17 yaşındaydım. Selim beni terk edeli altı ay olmuştu. Yanımızdaki işyerinde Erkan adlı bir genç çalışıyordu. Her sabah birbirimize selam veriyor, sonra da işimize koyuluyorduk. Erkan iş olmadığı saatlerde yanıma gelmeye başladı. Sohbet ediyorduk. Bir süre sonra çok iyi iki arkadaş olduk. İyi bir insandı. O bana sevgilisiyle yaşadığı sorunlardan söz ediyor, ben de ona Selim'i anlatıyordum. Nasıl terk edildiğimi, nasıl acı çektiğimi... Erkan'dan yavaş yavaş hoşlanıyordum. Bir yandan da Selim'den intikam almanın yollarını arıyordum. Erkan bu iş için biçilmiş kaftandı. Selim'in benim başkasıyla olduğumu öğrenince çıldıracağını biliyordum. Ona, benim yaşadığım acının kat kat fazlasını tattırmak istiyordum. Bu düşünceler içindeydim ve Erkan'la her şeyin çok hızlı bir şekilde gelişmesine izin verdim. Sırf Selim'e "Bak sensiz daha mutluyum. Beni el üstünde tutan bir erkek buldum" diyebilmek için Erkan'la evlenme kararı aldım. Sözlendiğimde 18 yaşındaydım. Her şeyi Selim'i delirtmek için yapmıştım ama ben ciddi ciddi evleniyordum.

Arkadaşlarım beni bir doğum günü partisine davet etti. İlk aşkım Ersin'in de orada olacağını biliyordum. Bile bile partiye gittim. Ersin'i gördüğüm an her şey aklımdan silinip gitti. Ne Selim vardı aklımda, ne de birkaç ay sonra evleneceğim Erkan... Ersin benim sözlü olduğumu biliyordu. Ortak tanıdıklarımız vardı, ona mutlaka söylemişlerdi. Parti boyunca gözünü bir an bile ayırmadan bana baktı. Ben de ona bakıyordum. Sanki orada sadece ikimiz vardık. Gece boyunca kimseyi umursamadan bakıştık. Büyük bir heyecan yaşıyordum. Dayanamayıp ertesi gün Ersin'i aradım. Görüşmeye başladık. Buluşmalarımız masumcaydı. Birbirimizin elini bile tutmuyorduk. "Seni seviyorum, gidelim buralardan" diyordu, "Ben de seni seviyorum ama yapamam" diye cevap veriyordum. İnanamıyordum ona, güvenemiyordum. Beni sevdiğine, bana hayatımızın sonuna kadar sahip çıkacağına inanamıyordum. İnansaydım, ah bir inansaydım, şimdi her şey farklı olurdu.

Eşimin ilgisizliği

Ersin'le düğünümden bir gece önce konuşup vedalaştık. O konuşmamızda bana "Bir gün benim olacaksın. O gün ne zaman bilmiyorum ama mutlaka birlikte olacağız biz, görürsün" dedi. Evlendim. Aylar sonra "Nasılsın" demek için Ersin'i bir kez aradım. Bu aramalarım uzun aralıklarla devam etti. Arada bir o da beni arıyordu. Bu şekilde üç yıl geçti. Hiç yüz yüze gelmedik. Eşim Erkan dünya iyisi bir erkekti. Tek kötü yanı ilgisizliğiydi. Beni anlamıyordu. Bana zaman ayırmıyordu. Herkese zamanı vardı ama bir tek bana yoktu. Beni kendisinden uzak tuttu, ilgisini, sevgisini yeterince göstermedi. Bense tam tersi ilgiyi seven, aldığı ilginin karşılığını fazlasıyla veren bir insanım. İlerleyen yıllarda kocam Erkan'la düşünce yapılarımızın birbirine çok zıt olduğu ortaya çıktı. Erkan fazlasıyla bencildi. Bizim fikir ayrılığımız çok çabuk ortaya çıktı. Ben düzelmesini istiyordum, aslında eşimi seviyordum. Ama Erkan bu konuda hiç çaba göstermedi. İşte ben bu sorunları yaşarken Ersin'le telefon görüşmelerimiz de sıklaştı. Birbirimizi çok merak ediyor ve görüşmek istiyorduk. Görüştük ve içimizdeki fırtına bir kez daha başladı. Artık her gün telefonlaşıyor, mesajlaşıyorduk. Yıllar önce içimize attığımız bu aşk yeniden ortaya çıkmıştı. Bunda eşimin beni ihmal etmesinin de etkisi vardı.

Evliydim ve Ersin'le sevgili olmuştum. Bunun yanlış olduğunu biliyorduk ikimiz de. Her görüşmemizde "Ayrılalım" diyor ama ertesi gün dayanamayıp yine hasretle birbirimize koşuyorduk. Bir akşam Ersin'in evine gittim. Eşim işten geç çıkacaktı. Bunu fırsat bilip sevgilime koştum. İlk kez o gece birbirimizin olduk. Bu benim için müthiş bir mutluluktu. Sevdiğim erkeğin kollarında olmak, onun kokusunu içime çekmek, tenini hissetmek... Yasaktı, ayıptı yaptığım ama tüm bunlara değerdi. Ersin'le biz birbirimizi on beş yıldır tanıyoruz. Son altı yıldır sevgiliyiz. O benim sızlayan vicdanım, o benim zaafım, o benim vazgeçilmezim... Tanıdıkça birbirimize daha da çok âşık olduk. Şimdi o da evli. Evlenmesini ben istedim. Birlikte bir hayat kurmamız imkânsızdı. "Eşit olmalıyız" dedim. Ersin evlendikten sonra daha zor görüşür olduk. Ancak hem onun eşi hem de benim eşim yanımızda olmadığı zamanlarda buluşabiliyoruz. Eşlerimiz bizim için değerli ama biz birbirimize deli gibi âşığız. Eşlerimizi aldattığımız için ikimizin de vicdanı sızlıyor...

En büyük pişmanlığım

O yıl Ersin eşiyle tatildeydi, İstanbul dışındaydı. Evde yine sorunlar vardı. Eşim bana karşı çok duyarsızdı, beni boşluyordu. Bunalımdaydım. Ersin, eşi yanında olduğu için beni çok sık arayamıyordu. Bir görüşmemizde ona "Ne olur beni yalnız bırakma. Telefonda bile olsa varlığını hissettir. Bu ara çok kötüyüm" dedim. Onun da eli kolu bağlıydı. İlişkimizi eşine hissettirmemesi gerekiyordu. Sık arayamıyordu. Bunları biliyordum ama içten içe kızıyordum. Eşim gibi onun da ilgisiz davrandığını düşünüyordum. İşte o bunalım anında hayatımın yanlışını yaptım ve Ersin'i de aldattım. Özgür'le bir tesadüf sonucu tanıştık. Oraya iş icabı gitmiştim. Birkaç gün de kalmam gerekiyordu. Aslında kalabalıktık. Ama o kalabalıkta birbirimizi çabuk fark ettik. Etkilenmiştim, hatta âşık olduğumu sanıyordum. O zaman içimdeki sevgi açlığının buna neden olduğunu bilmiyordum. Bir boşluktaydım ve tutunacak dal arıyordum. İki gece sonra o kadar kalabalığın içinde bir fırsatını bulduk ve Özgür'le birlikte olduk. Ertesi gün eve döndüğümde yaşadığım pişmanlığı anlatmaya kelimeler yetmez. Kahroluyordum. Tüm bunların sorumlusu olarak eşimi görüyor, onu boğmak istiyordum. Beni yalnız bıraktığı için, ilgilenmediği için bu hallere düşmüştüm. Özgür İstanbul'a döndükten sonra da beni aradı. Ben onunla bir daha kesinlikle görüşmedim. Özgür'ü unutmak, o geceyi hayatımdan silmek için kendimle günlerce kavgalar ettim. İçimden attım. Hem eşime hem de Ersin'e "Beni yalnız bırakma, ilgini eksik etme" diye yalvardım. Ben aşka âşık bir kadınım. Kendimi aşktan uzak tutamıyorum. "Allah'ım keşke biraz çirkin olsaydım da benim ilgi duyduğum erkekler bana bakmasaydı" diye gecelerce dualar ettim.

Aşk arayışım bitmedi

Ve son olarak Mete... Benden üç yaş küçüktü ve hayatıma çok hızlı girdi. Beni resmen baştan çıkardı. "Seni görmeme bir kez izin ver ne olur" diye yalvardı. Telefonumu bulmuştu, tanışmak istiyordu. Haftalarca reddettim. "Bir kez göreyim, söz, bir daha karşına çıkmayacağım" diyordu. Sonunda dayanamadım, bir kahve içmek üzere buluştuk. Yine âşık olmuştum. Fakat bu kez kendimi tuttum. Onunla birlikte olmadım. Bir ay kadar duygusal bir ilişki yaşadıktan sonra Mete ile ilişkimi kestim. Aslında onun kollarında olmayı çok istedim. Ama yapmadım. Şimdi hayatımda kocam ve yine Ersin var. Ersin'le kopamadık, fırsat buldukça görüşüyoruz. Kendimden emin değilim. Aşkı ve heyecanı seviyorum. Her gece Allah'a yakarıp eşimin değişmesini diliyorum. Bir değişse, benimle bir ilgilense bunların hiçbirini yapmayacağım. Bazen eşim beni aldatsa ne yapardım diye düşünüyorum. Benim Ersin'le ilişkimde olduğu gibi geçmişten kalan bir aşkı yaşarsa onu anlarım. Ama yeni birini asla kabullenemem. Ben eşimi hiç sevgisiz bırakmadım. Hiçbir şeyin eksikliğini yaşatmadım. Yatakta fahişesi, evinin hanımı oldum. Peki ya Ersin? Sonumuz ne olacak bilmiyorum. Belki on yıl, belki yirmi yıl sonra bir araya gelebiliriz. Belki de hiç gelemeyiz...

Aşkı Değil Oğlumu Seçtim

Adı: Zehra...
Yaşı: 29...
Yaşadığı kent: Ankara...
Medeni hali: Evli, bir çocuk annesi...
Mesleği: Finansman müdürü...

Zehra, hayatı boyunca babasının eksikliğini hissetti. Sırtını yaslayabileceği, güvenebileceği bir erkek aradı. Önceleri "Ağabey" dediği Murat'la evlendi. Sonra bir gün hayatını tamamen değiştirecek olan Barış'la tanıştı. İşte Zehra'nın aldatma öyküsü...

Annem ve babam evlendiklerinde sadece 16 yaşındalarmış. Annem 17 yaşındayken beni doğurmuş. Sonra babam beni ve eşini bırakıp askere gitmiş. Düşünsenize, annem çocuk, ben bebek... Benimle hep babaannem ilgilenmiş. Babam askerden döndükten sonra Almanya'da iş buldu. Bir yıl sonra annemi yanına aldı. Babaannem beni göndermedi, "Siz bakamazsınız, kızım perişan olur oralarda" dedi. Annem ve babam iki yılda bir yazları Türkiye'ye gelirdi. İki kardeşim var, çocukken onları çok kıskanırdım. Çünkü onlar annem ve babamla yaşarken ben uzaktaydım. Annemi ve babamı çok özlerdim. Bayramlardan nefret ederdim. Anne özlemini babaannemle kapatabiliyordum ama babama hep hasrettim. Bu yüzden amcalarıma, dayılarıma çok düşkündüm. Hep sırtımı yaslayabileceğim, güvenebileceğim, bana şefkat gösteren bir erkek aradım. Murat'la tanıştığımda 17 yaşındaydım. O ise 24 yaşındaydı. Ben lise 2. sınıf öğrencisi, o üniversitede okuyan olgun biriydi. Çok başarılı bir öğrenciydim. Lise son sınıfta üniversiteye hazırlanıyordum. Ancak dershaneye gidecek maddi imkânlarım yoktu. Murat bana fizik ve matematik dersleri veriyordu. Para almadığı gibi ders vermeyi de o teklif etmişti. "Zehir gibisin, mutlaka üniversiteye gitmelisin" diyordu. Murat'a "Ağabey" derdim o zamanlar. Bende çok hakkı vardı, ona minnet borçluydum ve çok da seviyordum.

Elini tuttuğum ilk erkek

Üniversiteyi ilk girişimde kazandım. Artık bir ODTÜ'lüydüm. Murat ise Bursa'da okuyordu ve üniversitenin son sınıfındaydı. Ben Ankara'da okula başlamıştım ve yurtta kalıyordum. Paraya ihtiyacım vardı, hemen bir part-time iş buldum. Son sınıfa kadar bu durum böyle devam etti. Murat okulunu bitirmiş, askerliğini yapmış ancak henüz bir işe girememişti. Artık sevgili olmuştuk. Ayrı geçen üç yıl boyunca çok sık görüşemediğimiz halde ondan ayrılmayı hiç düşünmedim, hep bekledim, hep sevdim onu. Çünkü o benim için sadece sevgili değil, nefesimdi, varlığımın nedeniydi. Onu çok seviyordum, onsuz bir hayat düşünemiyordum. Hayatıma bir başkası girse bile Murat'la mutlaka görüşmeliydim. Elini tuttuğum ilk erkekti. Çok sık görüşemediğimiz için cinsel anlamda da hiçbir şey yaşamamıştık. Bu konuda anlayışlı olması, beni bazı şeylere zorlamaması ona daha da hayran olmamı sağlamıştı.

Ben son sınıftayken Murat, Bursa'da özel bir bankada işe girdi, ev tuttu. Artık o Ankara'ya gelmiyor, ben Bursa'ya gidiyordum. İş arkadaşlarıyla, çevresiyle tanıştım. Onların yanında Murat çok başka biriydi. Benim evlenmek istediğim insan bu değildi, onu farklı bir ortamda tanımam düşüncelerimi çok değiştirmişti. İşyerinde oldukça sorumsuz, insanlara güven vermeyen, kendini beğenmiş, havalı ve somurtkan biriydi. Bu rahatsızlığımı ona açtığımda "İş arkadaşları geçicidir, böyle olmak gerekiyor" dedi. Sorumsuzluğu için de evlenince her şeyin değişeceğini söyledi. İnandım, çünkü o benim gözümde muhteşem biriydi, örnek aldığım insandı, ne diyorsa doğru kabul ediyordum.

Murat'ın gerçek yüzü

Ankara'da part-time çalıştığım şirkette hiç ummadığım bir anda iyi bir yere geldim. Ders dışında bütün vaktimi işte geçiriyordum. Artık daha çok kazanıyor ve daha rahat yaşıyordum. Okulumun bitmesine birkaç ay kala evlendik. Ve Bursa'da yaşamaya karar verdik. Okulumu bitirdim, Bursa'ya gittim, birkaç hafta içinde bir iş buldum ve çalışmaya başladım. İşyerinde de huzursuzdum, evimde de...

Murat hakkında yanılmıştım. Gerçekten kendini beğenmiş biriydi ve beni sürekli aşağılıyordu. Dayanamıyordum yaşadıklarıma, yaptığım her şeyi eleştiriyor, her şeye bir kusur buluyordu. Yine konuşmayı denedim, yine bahanesi vardı. Bu davranışlarının nedeni olarak işyerindeki huzursuzluğunu gösteriyordu. Yüksek lisans yapmak istiyordum ve Hacettepe Üniversitesi'ne başvurdum. Sınavı kazanmıştım. Murat "Bu iyi bir fırsat senin için. Eski çalıştığın şirketi ara, tekrar kabul ederlerse sen git Ankara'dan ev tut. Ben de geleyim ve buradan kurtulayım" dedi. Çok sevinmiştim, yeniden eski şirketime döndüm, yüksek lisansa başladım. Tek eksik eşimin yanımda olmamasıydı. On ay süreyle ayrı yaşadık. Tayinimi hemen istemedi. Bir kadro beklediğini ve yükseleceğini, yükseldikten sonra Ankara'ya gelmek istediğini söyledi. Yine kabul ettim.

Dev cüsseli adam

Şirketin genel müdürünün sağ kolu olmuştum. Her yere beni de yanında götürüyordu. "Gelecek vaat ediyorsun, seni asla kaybetmek istemiyorum" diyordu. Yine bir otelde yapılan toplantıya birlikte gittik, ardından toplantı için düzenlenen kokteyle kaldık. Saat epey ilerlemişti, otelin bulunduğu yer evime çok uzaktı. Şirketin bana verdiği otomobile binip evime doğru giderken, yolu ortalamış ve çok yavaş giden bir arabayla karşılaştım. Israrla yol istiyordum, ancak vermemekte kararlıydı. Bir türlü o arabayı geçemedim. En sonunda geçmeyi başardım ve geçerken uzun uzun kornaya bastım. Evimin bulunduğu sokağa gelip otomobilden indiğimde az önce yol istediğim arabanın yanımda olduğunu fark ettim. İçinden 1.90 boylarında oldukça iri biri indi. Ben 1.60 boyunda 45 kiloluk bir bibloyum. Sokakta kimse yoktu, bana her şeyi yapabilirdi. Çok korktum. Ama onu görmezlikten gelip yoluma devam edeyim dedim. Bana, "Sen bu cüsseyle bana posta koydun ya, ben bu cüsseyle önünde eğilirim" dedi. Çok hoşuma giden bu sözler bile sinirimi geçirememişti, gecenin sessizliğini benim ona ettiğim hakaretler böldü. Beni sakinleştirmeye çalışıyor "Tanışalım, ben Barış" diyor, bense ona hakaret, küfür etmeye devam ediyordum. Bir süre sonra koşar adım yanından ayrıldım. Sabah otomobilin yanına gittiğimde sileceğe takılı bir kartvizit buldum. Barış, kartvizitini bırakmış ve arkasına "Özür diliyorum" diye yazmıştı. Kartı alıp arabanın içine attım, hiç önemsemedim. Aradan üç dört gün geçti. Ettiğim hakaretlere rağmen Barış'ın o geceki olgun tavrı ve ardından yazdığı özür notu beni etkilemişti. Söylediğim cümlelerden utanıyor ve kendimi kötü hissediyordum. Arayıp özür dilemek istedim. Çok saygılı konuştu, karşılıklı özür diledik ve kapattık. Bir hafta sonra Barış aradı. "Birer kahveye ne dersin?" dedi. Kabul ettim. Barış evliydi, bir kızı vardı, eşi bankacıydı. Ortak olduğu şirket 5-6 farklı ilde faaliyet gösteriyordu ve Barış sık sık şehir dışına çıkıyordu. Birkaç saatlik sohbetin ardından vedalaştık. Arabanın yanına kadar birlikte yürüdük, binmem için arabanın kapısını açtı, sonra yavaşça kapattı ve ben uzaklaşana kadar arkamdan uzun uzun baktı. Benden yedi yaş büyüktü, yani eşim Murat'la yaşıttı. İlk geceki izlenimi silinmişti gözümden. Barış kibardı ve düşünceliydi.

Sorumsuzluk had safhada

Aynı günlerde eşimin tayini Ankara'ya çıkmıştı. Yalnızlıktan kurtuluyorum diye havalara uçuyor, ya yine eskisi gibi sorumsuzluğu devam ederse, diye de korkuyordum. Murat Ankara'ya geldi, eskisinden daha olumluydu ama sorumsuz davranışları devam ediyordu. Bir ay sonra ben hamile kaldım. Eşim bebeği aldırmamı istedi, "Çocuk istemiyorum, kendi başına büyütürsün" dedi. Bir cana kıyamayacağımı, ondan hiçbir şey beklemediğimi söyledim. Bu sırada Barış'la arada bir telefonla görüşüyorduk. Bir akşam eşimle alışveriş yaparken Barış ve karısıyla karşılaştık. Ayaküstü eşlerimizi tanıştırdık. Murat her zamanki gibi Barış'a da kusur bulmuş, onu hiç sevmemişti. Barış'ın eşi çok uzun boylu, çok kilolu ve çirkindi. Bu kadar yakışıklı bir erkeğin böyle bir kadınla evli olmasına çok şaşırmıştım.

Murat sadece çalışıyordu

Aradan aylar geçti, oğlum dünyaya geldi. Barış çiçeğini ve hediyesini hastaneye göndermiş, beni de telefonla arayarak kutlamıştı.

Murat ailesinin tek erkek çocuğuydu. Ailesi İzmir'de yaşıyordu, doğumda beni yalnız bırakmadılar. Üç ay birlikte yaşadık. Benim doğum iznim bitmişti, işe gitmek çok zor geliyordu. Oğlumu bakıcıya nasıl bırakırdım? Önce Murat'la konuştum, "Annenler gitmesin, birlikte yaşayalım, bakıcıya güvenemem" dedim. "Benim için fark etmez, kendin karar ver" cevabını aldım. Eşimin annesine, "Gitmeyin, birlikte yaşayalım, oğlumu bakıcıya bırakamam" dedim. Kabul ettiler ve birlikte yaşamaya başladık. Annelik bana çok iyi gelmişti. Çok daha pozitiftim ve hep gülümsüyordum. İşime içim rahat gidiyordum ve eskisi gibi canla başla çalışıyordum. Akşam 6'da işten çıkıyor, eve, çocuğuma koşarak gidiyordum. Murat çok geç saatlere kadar çalışıyordu. Bir ara hayatında birinin olduğundan şüphelendim. Hiç olmadık anlarda bankaya Murat'ı görmeye gittim. Hep masasında oturuyor, hep çalışıyordu. Yanılmıştım, Murat tam bir işkolikti. Murat'ın bu kadar yoğun çalışması arkadaş çevremi dağıtmama neden olmuştu. Arkadaşlarımla tek başıma değil de Murat'la birlikte görüşmek istiyordum. Ama olmuyordu. Eşimin annesi, babası, oğlum ve ben birlikte bir şeyler yapmaya çalışıyorduk. Ancak hep bir eksik vardı.

Eşim beni aşağılıyordu

Bir gün genel müdür beni odasına çağırdı, "Boş olan finansman müdürlüğüne seni uygun gördüm. Artık finansman müdürüsün, bir an önce eşyalarını yeni odana taşı" dedi. Çok sevinmiştim. Hemen Murat'ı aradım. Hiç oralı olmadı. Öylesine kutladı. Akşam eve kocaman bir pasta alıp gittim. Kayınvalidem ve kayınpederim de çok sevindi. Pastayı kesmek için geç saatlere kadar Murat'ı bekledik. Murat geldi ve pastayı kestik. Ben yine yüksek sesle hayaller kuruyordum. Çok mutluyken, Murat bana "Adam yokluğundan seni müdür yapmışlardır" dedi. Murat'ın bu tavırlarına alışmıştım. Yine gözyaşımı hiç kimseye göstermeden ağladım.

Murat'ın huysuzluğunun annesi de farkındaydı. Bana hep destek oluyor, moral veriyordu. Babası defalarca Murat'la konuşmayı denedi. Sonuç hep aynıydı. Murat bildiğini okuyor, hem ailesini hem beni her fırsatta kırmaya devam ediyordu. Barış'la telefon konuşmalarımız devam ediyordu. İşle ilgili bazı konularda da fikir alışverişinde bulunuyorduk. Çok nadir de olsa yüz yüze görüşüyorduk. Dertleşiyor ve ardından "Ne olacak bu memleketin hali?" deyip ekonomiden, siyasetten uzun uzun sohbetler ediyorduk. Çok dikkatli biriydi, kilomdaki değişikliği ya da saçlarımdaki ufacık bir farkı hemen anlıyor, yorumlarda bulunuyordu. Barış, eşiyle yaşadığı sorunları bana rahatça anlatabiliyordu. Ben özel hayatımı ona hiç yansıtmıyor, ailemle ilgili mükemmel bir tablo çiziyordum. Yaşadığım son olay beni çok üzmüştü. Ben de yaşadıklarımı Barış'la paylaştım. İlk kez onun karşısında ağladım. Çok üzüldü, çok sinirlendi. Bu durum bizi birbirimize daha da yakınlaştırmıştı, artık daha sık görüşüyorduk.

Barış'la İstanbul'da buluşma

Eşim çalıştığı bankanın bir şubesine müdür oldu, ben de yüksek lisansı bitirip doktoraya başlamıştım. Barış'la tanışalı dört yıl olmuştu. Onu çok seviyordum. Ama hiç farklı gözle bakmadım. İş için İstanbul'a gitmem gerekti. Akşam 6 gibi kalacağım otele geldim. Mayıs ayıydı, hava güzeldi, otelde oturmak istemiyordum ancak İstanbul'u hiç bilmiyordum. Tek başına nasıl geçer bu üç gün diye söyleniyordum. Barış'ı aradım, o da İstanbul'daymış. Şirketinin İstanbul'da da bürosu varmış ve orada küçük bir ev tutmuş. Hemen gelip beni aldı, yemeğe gittik, kahvelerimizi içtik. Yine uzun uzun sohbet ettik. "Keşke birlikte çalışsak, senin gibi birine ihtiyacım var. Bırak işini gel" diyordu her fırsatta. Bu da beni çok onurlandırıyordu. Barış'la yaptığım telefon konuşmalarından ve yüz yüze görüşmelerimden eşim Murat'ın haberi vardı. Onunla görüşmemden rahatsız olmuyordu. Gece yarısı olmuştu. Hava epey serinlemişti. "Artık beni otele bırak. Hem üşümeye başladım, hem de sabah erken uyanmalıyım" dedim. Arabaya doğru ilerlerken Barış, "Üşümüş mü benim fıstık kızım" diyerek bana sarıldı. Bunu daha önce hiç yapmamıştı. Çok tedirgin olmuştum, Murat dışında ilk kez bir erkek bana sarılmıştı. Hafifçe iterek ondan uzaklaştım. Çok heyecanlanmış ve utanmıştım.

Beni kucağına aldı

Otelin önüne geldik, Barış bana "Yukarı çık, eşyalarını al. Otelde kalmanı istemiyorum. Sen benim evimde kalırsın, ben otelde" dedi. Gerek olmadığını izah etmeye çalıştım ama Barış beni ikna etti. Yukarı çıkıp eşyalarımı toplarken Murat'la Barış'ı karşılaştırdım, "Keşke böyle düşünceli bir erkekle evlenseydim" diye düşünüyordum. Barış hem düşünceli hem de kıskançtı. Kıskanılmayalı çok olmuştu. Çok hoşuma gitmişti bu durum. Evine geldik. Ev küçüktü ama ikimiz de kalabilirdik. "Otele gitme, sen de burada kal" dedim. Kabul etti ve bana yatak odasını verdi. Kendine salonda bir yatak hazırlayıp banyoya girdi. Ben de salonda televizyona daldım. Seyrederken uyuyakalmışım. Barış beni öyle görünce kucağına alıp yatağıma götürmek istemiş. Uyandığımda onun kucağındaydım. O an Murat geldi aklıma, hiç böyle şeyler yapmazdı. Bırakın beni kucağına alıp yatağıma götürmeyi, uyandırmazdı bile. Üzerimi örter giderdi. Bir an başım döndü, yatağıma bıraktı beni ve olanlar oldu. Üç gece birlikte kaldık. Deliler gibi seviştik. Barış bana âşıkmış, huzurlu bir ailem olduğunu düşündüğünden hiç açılamamış. Gerçeğin böyle olmadığını öğrendiğinde onun hakkında yanlış düşünürüm düşüncesiyle yine söyleyememiş.

Ankara'ya gözyaşlarıyla döndüm. Ne oğlumun, ne Murat'ın yüzüne bakabiliyordum. Barış her gün arıyor "İkimiz de ayrılalım ve evlenelim" diyordu. Barış'ı çok seviyordum ve âşık olmuştum ama yuvamı yıkamazdım. Ben babasız büyümüştüm, oğluma bunu yapamazdım. Barış'ın evliliği zaten yolunda gitmiyordu. "Eşime sadece kızım için tahammül ediyorum. Birine âşık olursam, karşıma istediğim gibi biri çıkarsa ondan ayrılırım" diyordu.

Yarınla ilgili planım yok

Ne yapacağımı şaşırmıştım. Oğlum için hayatımın aşkından vazgeçtim. Barış'a "Bir daha görüşmeyelim" dedim. "Ben sensiz yapamam, en azından telefonla aramama izin ver" dedi. Birkaç ay sadece telefonla konuştuk. Aynı şehirde olduğunu bilmek ve Barış'ı görememek bana çok ağır geliyordu. Unutamıyordum onu ve bu sessizliği bozan yine Barış oldu. Aradı, sesi çok kötüydü. "Lütfen beş dakika olsun seni görmeme izin ver" dedi. Koşarak gittim ona, sarıldık dakikalarca, ayrılamadık. İkimiz de ağlıyorduk. Yine "Evlenelim" dedi, yine kabul etmedim.

Murat hiç yok gözümde, onu bir kalemde silebilirim ama oğlumu babasız bırakmaya hakkım yok. Murat'ın ailesine ne derim? Barış'la haftada birkaç kez görüşmeye devam ediyoruz. Huzurum artık yok, mutlu da değilim. Doktoram bitmek üzere. Oğlum şimdi dört yaşında. Eşim hiç değişmedi. Somurtmaya, sorun çıkarmaya, beni aşağılamaya devam ediyor. Barış iki hafta önce eşinden ayrıldı. Artık İstanbul'da yaşayacakmış ama sık sık Ankara'ya gelecekmiş. Nasıl bir girdap bu, nasıl bir çıkmaz anlatamam. Doğumdan önce çok zayıftım, doğum sonrasında aldığım fazla kiloları kısa sürede verip balık etli olmuştum. Yaşadıklarım beni yine iğne ipliğe çevirdi. Sigaraya başladım, saçlarımı kısacık kestirdim, artık güler yüzlü değilim. Yarınla ilgili hiçbir planım yok. Bildiğim bir tek şey var, oğlumun mutluluğu ve huzuru için ne gerekiyorsa onu yapacağım.

Yalanlar ve İhanet

Adı: Sevim...
Yaşı: 23...
Yaşadığı kent: İstanbul...
Medeni hali: Bekâr...
Mesleği: Turizm...

Sevim, aynı işyerinde çalıştığı Cengiz'e âşık oldu. Cengiz o zaman nişanlıydı, Sevim'e "Evlenmek zorundayım" deyip evlendi. Evlendikten sonra "Eşime elimi bile sürmüyorum" diyerek Sevim'i kandırdı. Sevim gerçeği öğrenince kendini kaybedip Cengiz'i defalarca aldattı.

Şu anda içinde bulunduğum durumda olmayı hiç istemezdim. Elbette, insan bazı tercihlerde bulunur, bunu kabul ediyorum. Ancak şartlar kişiyi bazı şeyleri yapmaya zorluyor... Hele hele kadınları... Tek istediğim herkes gibi mutlu bir yuva kurmak, eşime sadık olmak, her şeyi onunla paylaşmaktı. Cengiz'e âşık olduğumda aklımdan hep bunlar geçiyordu. Bir gün aramızdaki engelleri kaldıracak ve istediğimiz hayatı kuracaktık. Ne yazık ki kandırılmışım... Görememişim gerçekleri. Bana söylenenleri duymamışım, duymak istememişim. Oysa her şey öyle açık şekilde cereyan etti ki... Bu hikâyeyi okuyacak olanlar belki de beni yargılayacak. Aslında hiç kimseye hesap vermek zorunda değilim. Bunları sadece rahatlamak ve belki de bazı kadınları önceden uyarmak amacıyla yazıyorum.

Otelde işe başladım

İki yıllık turizm meslek yüksekokulunu bitirdikten sonra İstanbul'un dört yıldızlı otellerinden birinde resepsiyon görevlisi olarak işe başladım. O zaman 20 yaşındaydım. İş hayatına ilk kez adım atacağım için çok heyecanlıydım.

Kısa sürede ısınmıştım işime. Yorucuydu ama hem zevkliydi hem de emeğimizin karşılığını alıyorduk. Babamı yıllar önce kaybetmiştim. Kazandığım paranın bir kısmıyla evimize de katkıda bulunuyordum. Her şey çok güzel gidiyordu. Otelde bazen gündüzleri, bazen geceleri çalışıyordum. Gece çalıştığım zaman işten sabah 8'de çıkıyor, yine akşam 8'de işbaşı yapıyordum. Normalde 8 saatlik mesai yapmamız gerekiyordu ama eleman yokluğu nedeniyle biz 12 saat çalışıyorduk. Aslında bundan şikâyetçi değildim. Çünkü işyerinde çok eğleniyordum. Özellikle Cengiz yaptığı esprilerle bizi gülmekten kırıp geçiriyordu. Cengiz'le evlerimiz birbirine yakındı. Bazen arabasıyla beni eve bırakıyordu. İşte bu getirip götürmeler sırasında Cengiz'le yakınlaştık...

Beni eve bırakırdı

Cengiz nişanlıydı, üç yıldır sözlü olduğu kızla ben işe girmeden altı ay önce nişanlanmıştı. Birkaç ay sonra da evleneceklerdi. Düğün hazırlıkları devam ediyordu. Mutlu görünüyordu. Bir süre sonra aslında mutlu olmadığını ve mecburen evleneceğini söylemeye başladı. Bir söz vermişti ve o sözü yerine getirmeliydi. "Neden kendini böyle bir şeye mahkûm ediyorsun?" dediğimde de "Ailemi üzemem. Onlara bunu yapamam" diye cevap veriyordu. Bir akşam yine beni eve götürüyordu. Kıştı, dışarıda deli gibi yağmur yağıyordu. Otomobilin sileceklerinin hızı yağmur sularını silmeye yetişmiyordu. "Duralım şurada, hem birer çay içeriz hem de yağmurun biraz dinmesini bekleriz" dedi. Başka çaremiz yoktu. Otomobile çay servisi yapılan bir yerde durduk. İstanbul'u tepeden gören bir yerdi. Manzara müthişti. Yağmurun sesi ortama farklı bir hava katıyordu. Çaylarımızı aldık ve içerken sohbete devam ettik. Benim aşk hayatımı sordu. "Yok ki öyle bir şey" dedim. Yüksekokulda okurken birini sevmiştim. Bir süre sonra yalanlarını yakalamaya başlamıştım. Hayatta en nefret ettiğim şey yalandı. Terk etmiştim onu. Cengiz'e bunu anlattım. "Vay şerefsiz" dedi. "Senin gibi bir kıza insan yalan söyler mi?" Oysa bir süre sonra aynı şerefsizliği bana Cengiz de yapacaktı.

Karşı koyamadım

Saatin nasıl geçtiğinin farkına varamamıştık. Ben "Eve gecikiyorum, annem merak edecek, gidelim" dedim. Yola koyulduk. Evin önüne geldiğimde her zamanki gibi "İyi akşamlar" deyip yanaklarından öpmek üzere Cengiz'e eğildim. Öpüştük ama bu kez farklıydı. Cengiz beni yanağımdan değil dudaklarımın kenarından öpmüştü. İrkildim ama bozuntuya vermeden eve girdim. Ne oluyordu böyle? O nişanlıydı, çok yakında evlenecekti. Neden bana karşı bu kadar ilgiliydi? Bu soruların cevabını bir türlü bulamıyordum. O gece neredeyse hiç uyumadım ve sabah işe gittim. Cengiz o gün izinliydi. Ama akşama doğru geldi. Şaşırmıştım, "Hayrola?" dedim. "Seni almaya geldim, konuşmak istiyorum" dedi. Mesai saatim dolunca otelden birlikte çıktık. Bir önceki gece çay içtiğimiz yere yine gittik. Cengiz konuşmaya başladı, "Senden tahmin edemeyeceğin kadar çok hoşlanıyorum. Hatta âşık oldum. Biliyorum nişanlıyım ve çok yakında evleneceğim. Sana anlattım, bu evlilik sadece verdiğim sözü yerine getirmek için yapılacak. Kısacası evleneceğim ve kısa süre sonra boşanacağım. Senden benim teklifimi kabul etmeni ve biraz da sabretmeni istiyorum. Benim hayatımı birleştirmek istediğim insan sensin" dedi. Bu sözler beni çok şaşırtmıştı. Evet, ben de Cengiz'e karşı boş değildim ama bunu nasıl kabul edebilirdim? Ama o gece mantığımı kaybettim. Daha cevap vermeme fırsat kalmadan Cengiz beni öpmeye başladı. İtiraz bile edemedim. Kendimden geçmiştim. Onu hissetmek bende müthiş heyecan duygusu uyandırmıştı. O çay bahçesinde saatlerce öpüştük. Sonra yine eve bıraktı beni.

Nikâhına da gittim

Artık nişanlı bir erkeğin sevgilisiydim. Evli bir erkeğin sevgilisi olmam da fazla vakit almadı. Cengiz bu konuşmadan üç hafta sonra evlendi. Tüm iş arkadaşları olarak düğündeydik. Sevgilimi kendi ellerimle nikâh masasına oturtuyordum. Şu anda size garip gelen bu olay o zaman bana hiç garip gelmiyordu. Cengiz balayından döndükten sonra bana "İnan bana ona elimi bile sürmedim. Gerçeği de söyledim. 'Seninle söz verdiğim için evlendim. Benden bir şey bekleme' dedim. En fazla bir yıl sonra ayrılırız" dedi. İnandım. Hemen her akşam buluşuyorduk. Her şeyimle artık onundum. Bazen arabada sevişiyor, bazen de onun annesinin evine gidiyorduk. Ben hep umutla o bir yılın geçmesini ve Cengiz'in tamamen bana ait olmasını bekliyordum. Ne zaman bu konuyu açsam Cengiz geçiştiriyordu. Arkadaşlarım hep "Bu adam seni oyalıyor" diyordu. Bir süre sonra aramızda hiçbir iletişimin kalmadığını, sadece buluşup seviştiğimizi fark ettim. Zaten bir süre sonra da gerçekler ortaya çıkmaya başladı. Cengiz'in eşinin hamile kaldığını öğrendiğim gün dünya başıma yıkıldı. "Hani elini bile sürmüyordun ona?" dedim. "Oldu bir kere" diye yanıtladı beni. O an duyduğum öfkenin nasıl bir şey olduğunu anlatamam. Ertesi gün, epeydir benimle ilgilenen ama Cengiz olduğu için bir türlü yanıt veremediğim Salih'i aradım. Salih bizim sokaktaki bir başka otelde benim gibi resepsiyon görevlisiydi. O akşam yemeğe çıktık. Yemekten sonra Salih'in kaldığı eve gittik. Birlikte olduk. Öfkeyle yaptığım bu hareket daha sonra başıma büyük dertler açtı.

Cengiz çok kıskançtı

Cengiz'le görüşmelerimiz daha doğrusu sevişmelerimiz devam ediyordu. Salih'le bir daha buluşmak istemedim. Ama o peşimi bırakmıyordu. Bir yandan da Cengiz'in kulağına gidecek diye ödüm kopuyordu.

Cengiz çok kıskanç biriydi. Bunu duyarsa bana zarar verebilirdi. Salih ise olur olmaz zamanlarda otele gelip benimle sohbet ediyordu. Atlatana kadar akla karayı seçiyordum. Bir gün Cengiz "Bu herif bir kez daha buraya gelirse döveceğim" deyince ne yapacağımı şaşırdım. Böyle bir kavga çıkarsa Salih de mutlaka aramızda geçenleri anlatacaktı. Mecburen Salih'le bir kez daha buluştum. Yine onun evinde birlikte olduk. Ona "Bir daha görüşmek istemiyorum" dedim. Neyse ki anlayışlı davrandı ve hayatımdan çıktı.

Doktorla tanışma

Cengiz'in bana yaptığı aklımdan hiç çıkmıyordu. Ben eşinden boşanmasını beklerken o çocuk yapmıştı. Kızgınlığım hiç geçmedi. Terk de edemiyordum. Sanki bir şey beni ona çekiyordu. Oysa her şey çok açıktı. Beni sadece seks objesi olarak kullanıyordu. Bunu biliyordum ama kabullenemiyordum. Yine de bir umut vardı içimde. "Belki vazgeçer eşinden, belki sadece benim olur" diye düşünüyordum. Yani olmayacak duaya amin diyordum... Bunalımdaydım. Yemeden içmeden kesilmiştim. Sürekli kilo veriyordum, bu annemin dikkatini çekmişti. Binlerce kez "Gerek yok" dememe rağmen annem beni doktora götürdü.

Hayat bana bir kez daha oyun oynuyordu. Doktorun adı Volkan'dı. Benim bir haftalık bir beslenme kürüne girmem gerektiğini söyledi ve "Daha sonra da tekrar kontrol edip neler yapabileceğimize bir bakacağız" dedi. İstemeyerek de olsa doktorun verdiği kürü uygulamaya başladım. Bir hafta sonra da kontrole gittim. Bu kez annem yanımda yoktu. Volkan beni muayene etti, daha sonra da "Olumlu gelişmeler var ama yine de tedbiri elden bırakmayalım. Bir hafta daha devam edelim" dedi. Bu arada acil bir durumda aramam için bana telefonunu verdi. Volkan yakışıklı bir adamdı. Açıkçası çok hoşuma gitmişti. Sabaha kadar mesajlaştık. Bir akşam mesaj gönderdim. Hatırını soran bir mesajdı. Hemen cevap geldi, "Ben de evde sıkılıyordum. İyi ki mesaj gönderdin" dedi. Neredeyse sabaha kadar mesajlaştık. Artık kontrol gününü iple çekiyordum. Muayenehanesine gittiğimde beni çok sıcak karşıladı. Bana kasten en son randevuyu vermişti. Sekreterini de gönderince orada yalnız kaldık. Birkaç dakika sohbet ettikten sonra masasından kalkıp yanıma geldi ve beni ayağa kaldırdı. Sarılarak öpmeye başladı. Ben de karşılık veriyordum. Kanepede birlikte olduk. Daha sonra da beni eve bıraktı. Cengiz umurumda değildi artık. Evet, ondan ayrılamıyordum ama Dr. Volkan'la da beraber olmak istiyordum.

Şimdi ikisi de hayatımda

Şimdi Cengiz gibi ben de ikili bir ilişki yürütüyorum. Cengiz'le fırsat bulabildiğimiz zamanlar buluşuyoruz. Hiçbir şey değişmedi. Boşanmanın konusu bile geçmiyor. Böyle giderse boşanacağı da yok zaten. Beni sevdiğini söylüyor ama buna inanmıyorum. Dr. Volkan ise her şeyi baştan açık açık ortaya koydu. "Birbirimize âşık olmayalım, sadece hoş vakit geçirelim" dedi. Hiç olmazsa dürüst. Ne istediğini biliyor. Beni tatlı sözlerle kandırmıyor. Bir seçim yapacak durumda değilim. Cengiz boşanırsa Dr. Volkan'dan hemen ayrılırım. Ama boşanmazsa Dr. Volkan'la ilişkimiz bitse bile hayatımda yeni biri olacak. Cengiz'in yaptıklarının acısını ancak böyle çıkarabiliyorum. Böyle olmasını gerçekten istemezdim. İnsan bazen olayların akışına kaptırıyor kendini ve kontrolünü kaybediyor. Ben de böyleyim işte...

Türkiye-Amerika Aşk Hattı

Adı: Filiz...
Yaşı: 34...
Yaşadığı kent: New York, ABD...
Medeni hali: Boşanmış...
Mesleği: Yazılım uzmanı...

Filiz, 23 yaşında Türkiye'de evlenip eşi Serhan ile birlikte Amerika'ya göçmen olarak gitti. Beş yıl aradan sonra geldiği Türkiye'de Buğra ile tanıştı ve âşık oldu. Kocasına her şeyi itiraf etti, boşandı. Ama aradaki 10 bin kilometrelik mesafe Buğra'yla aşkını da bitirdi.

Ben Bağdat Caddesi kızıyım. Ya da bizim deyimimizle "Cadde kızı..." Bilmeyenler için açıklayayım; İstanbul'un en ünlü caddesidir. Anadolu yakasındadır. Cadde kızı olmak öyle kolay bir şey değildir. Giyiminiz, parfümünüz, ayakkabılarınız, gözlükleriniz marka olmalıdır. Konuşmanız diğer kızlardan farklıdır. Ağzınızı açtığınız an fark edilmelidir cadde kızı olduğunuz. Dünya umurunuzda değildir. Hayatınız alışveriştir, caddedeki kafelerde oturmaktır, erkeklerle ilgilenmektir. İlgi çekmek için bütün gün kafa patlatmaktır. Caddede turlarken "Küçük dağları ben yarattım" edasını üzerinize takınmalısınız. Marka giymeyen birini gördüğünüzde küçümseyerek bakmalısınız.

Mümkünse yanınızdaki arkadaşınıza "Ay ne iğrenç bluz o öyle" demelisiniz. Baba parası yemek, cadde kızı olmanın şanındandır. Gerçi cadde erkeklerinin de kızlardan farkı yoktur. Zaten erkekleri seçerken, parasına ve otomobiline bakarız. Caddeyi lastik sesiyle inleten erkeklere taparız. Hiçbir cadde kızı, bir başka cadde kızıyla dost olmaz. Onlar ancak rakiptir. Ama dostluk oyununu çok iyi oynarız. Aramızdaki çekişmeyi dışarıdakilere çaktırmayız. Birbirimizin sevgililerini kaparız ve sonra da hiçbir şey olmamış gibi arkadaşlığımıza devam ederiz.

İyi okullarda okumuşuzdur, çoğumuz kolejli, kolejli olmayanımız da en ünlü devlet liseliyizdir. Üniversiteyi kazanmama gibi bir stresimiz yoktur. Okuduğumuz kolejlerde öğrendiğimiz yabancı dil bizi en azından bir üniversitenin yabancı diller bölümüne sokmaya yeter. Hiçbirimizin çalışma gibi bir derdi yoktur. Üniversiteyi okuruz ama amacımız piyasa yapmaktır, hepsi bu. Nasılsa yine caddeden zengin bir erkek tavlayıp hayatımızı kurtaracağızdır. İşte ilk gençlik yıllarımı böyle bir ortamda yaşadım. Bir cadde kızı olarak, yakışıklı cadde erkeği Serhan'ı tavlamam hiç de zor olmadı.

Serhan'ın babası İstanbul'un ünlü restoranlarından birinin sahibiydi. Gece hayatının nabzı o restoranda atardı. Serhan benim tanıdığım yıllarda çapkın, neredeyse her gün sevgili değiştiren bir delikanlıydı. Belki çok yakışıklı değildi ama yine de kızları kendine baktırırdı. Serhan'la çıkmaya başladığımızda ben 18 yaşındaydım, o 20. Koleji bitirmiş, üniversitede okuyordum. Serhan haşarıydı ama başarılı bir öğrenciydi. O da bilgisayar mühendisliğinde okuyordu. Birbirimize âşık olduk, çıkmaya başladık. Aynı üniversitede değildik ama Serhan her gün arabasıyla gelip beni okuldan alırdı. Okulda büyük havam vardı. Kızlar kıskançlıktan çatlardı. Benimse keyfime diyecek yoktu. Serhan'a gerçekten bağlanmıştım. İyi anlaşıyorduk, ilişkimiz evliliğe doğru gidiyordu. Serhan'ın geleceği garantideydi. Bilgisayar mühendisliği bile okusa babası üniversiteyi bitirince restorandaki işleri ona devretmek istiyordu. Serhan'sa "Ben boşuna okumadım" diyerek bunu istemediğini açıkça ortaya koyuyordu. Serhan okulu bitirdi, kısa dönem askerliğini yaptı ve ailesi beni istedi. 22 yaşında nişanlandım, bir yıl sonra da evlendim. Serhan idareten babasının yanında çalışıyor ama her fırsatta bana "Gidelim bu ülkeden, Amerika'da bizi çok iyi bir gelecek bekliyor" diyordu. Dediğini de yaptı... Serhan Amerika'da çalışma ve oturma izni sağlayan Green Card piyangosuna başvurdu ve kazandı. Daha evleneli altı ay olmamıştı ki, biz tası tarağı toplayıp New York'a gittik. Babası Serhan'ı evlatlıktan reddetti. Serhan'ın biriktirdiği bir miktar parayla New York'ta küçük bir ev kiraladık. Serhan Amerika'daki arkadaşları vasıtasıyla kendisine bir bilgisayar firmasında yazılım uzmanı olarak iş buldu. Ben de yine bilgisayar konusunda eğitim veren bir üniversiteye kaydoldum. İstanbul'daki kadar rahat yaşamıyorduk ama yine de mutluyduk. Amacımız Türkiye'ye beş yıl hiç gelmeden Amerika'da kalmak ve vatandaşlık alabilmekti. Bunu da başardık...

Kavga hiç eksik olmadı

Başardık dememe bakmayın, bu beş yıl boyunca Serhan'la aslında birbirimizi yedik. Daha evliliğin ne olduğunu anlamadan Türkiye'den 10 bin kilometre uzakta bir yaşam kurmaya çalışmak bizi çok yıprattı. O beş yılın son bir yılında neredeyse kavgasız gün geçirmedik. Beni sevdiğini biliyordum ama ben artık eski heyecanımı yitirmiştim. Bazen evin içinde günlerce konuşmadığımız olurdu. Türkiye özlemi ise beni çıldırma noktasına getirmişti. Birçok kez "Allah bu Amerika'nın belasını versin" deyip ülkeme dönmeyi istedim. Ama yapamadım. "Oraya gittiler, başaramadan döndüler" denmesini istemedim. Ben hâlâ cadde kızıydım. Arkadaşlarımın arkamdan dedikodu yapmalarını, beni alaya almalarını istemiyordum. En çok da bunun için katlandım zorluklara, kavgalara. Serhan'ın en büyük problemi her şeye çok fazla alınmasıydı. Kıskançtı, bana baskı uygulardı. Kıskanılmayı her kadın ister ama Serhan'inki insanı çileden çıkaracak kadar fazlaydı. Bu arada babası Serhan'ı affetmiş ve bizi ziyarete gelmişti. Tam üç ay kaldılar ve bu da bizim için dönülmez sonun başlangıcı oldu. Nefret etmiştim ailesinden. Hele annesi... Beni bir hizmetçi gibi kullandığı yetmiyormuş gibi oğluna iyi bakamadığımı söyleyerek aşağılıyordu. Serhan'a "Bak, tamam onlar senin annenle baban, bir sözüm yok ama fazla olmadı mı? Artık gitmeleri gerekmiyor mu?" diye kaç kez söylememe rağmen Serhan her zaman ailesini korudu. Zaten çok da iyi gitmeyen seks hayatımız bu üç ay içinde tamamen öldü.

Benim içimdeki sevgi kırıntıları da birlikte... Serhan artık benim kardeşim gibiydi. Onu kardeşim kadar seviyordum.

Beş yıl sonra ilk kez...

Serhan'ın annesi ile babası gittikten bir süre sonra bizim de beş yılımız doldu. Artık Türkiye'ye gidebilecektik. Annemi, babamı, caddeyi, arkadaşlarımı çok özlemiştim. Serhan işyerinden izin alamadığı için daha sonra gelecekti. Ben bir mayıs ayında uçağa tek başıma bindim ve uzun süren bir yolculuktan sonra İstanbul'a indim. Mutluluktan uçuyordum. Annem, babam beni karşılamaya gelmişti. Serhan'ın ailesinden hiç kimse yoktu. Oysa ben de onların bir kızıydım. O an bunu hiç kafaya takmadım. Evimize gittik, ailemle özlem giderdim. Birkaç saat oturduktan sonra da kendimi caddeye attım. Tabii ki eski tayfadan kimse yoktu. Birçoğu evlenmiş, hatta çocuk bile yapmıştı. Hüzünlendim, içim burkuldu. Birden caddenin artık eskisi kadar önemli olmadığını fark ettim. Değişmiştim ben, caddede olup olmamak da çok önemli değildi benim için. Sonunda yakın arkadaşlarımdan birkaçını bulabildim ve bir kafede oturup laflamaya başladık. Biraz ilerideki masada bir adam gözlerini benden ayırmadan sürekli bakıyordu. Kızlara "Kim bu salak?" diye sordum. Hiçbiri tanımıyordu, onlar tanımadığına göre bu adam caddeden değildi. Ama bakışları beni etkilemişti. İri yeşil gözleri, bakımlı elleri ve gülümseyen dudaklarıyla çok çekici gelmişti. Klasiktir, caddede bir kız bir erkeğe konuşma fırsatı yaratmak için yerinden kalkıp tuvalete gider. Ben de öyle yaptım. Ama gelmedi... Döndüğümde de yerinde yoktu zaten. Çok da üzerinde durmadım o gün. Ertesi gün yine aylak aylak caddede tek başıma dolaşırken bir kez daha ona rastladım. Bu kez başka bir kafede oturmuş gazetesini okuyordu. Gidip tam karşısındaki masaya oturdum. Beni fark edip etmeyeceğini çok merak ediyordum. Fark etti, hatta gülümsedi. Bir süre sonra da masama geldi ve oturmak için izin istedi. "Buyrun" dedim ve sohbete başladık. Konuştukça beni mest ediyordu. Bilgiliydi, zekiydi, kültürlüydü. Büyük bir holdingde satış-pazarlama departmanında yönetici olarak çalışıyordu. Holdingin Anadolu yakasındaki şubesinde görevliydi. İşe gitmesi gerektiğini söyleyip bir süre sonra kalktı. Tabii ki kalkarken telefonumu da istedi.

Evli olduğumu söylemedim

Buğra'yla günlerce mesajlaştık. Sonra akşamları buluşmaya başladık. Bana İstanbul'u gezdiriyordu. Bu arada iki önemli ayrıntıyı söylemeyi unuttum. Buğra'ya evli olduğumu söylemediğim gibi ne olur ne olmaz diye adımı da farklı vermiştim. Filiz değildim ben, onun için Gizem'dim. Buğra'ya âşık olduğumu anladığımda ne yazık ki iş işten geçmişti. Bu işi nasıl temizleyeceğimi bilmiyordum. Mayısın sonuna gelmiştik artık. Tanışalı iki haftayı geçmişti. Bir gece beni evine davet etti, gittim. Duygularını açıkladı, karşılık verdim. Sabaha kadar defalarca birlikte olduk.

Ben sekste mutluluğun ne olduğunu çoktan unutmuştum. Bulutların üzerindeydim sanki. Ama gerçek yakamı bırakmıyordu. Evli olduğumu ve gerçek adımı söylemeliydim artık. Kocamı aldatmış gibi hissetmiyordum. Aksine bunları saklayarak Buğra'yı aldattığımı düşünüyordum. O gecenin sabahında Buğra'ya her şeyi söyledim. Şaşırdı, inanamadı. Sonra "Lütfen git evimden" diyerek beni kovdu. Dargınlığımız birkaç günde sona erdi. Aradı, "Ne olursa olsun sensiz yapamıyorum ben. Sana çok âşığım" dedi. Tekrar görüşmeye başladık. Ama bir sorunla daha karşı karşıyaydık. Haziranın başında eşim Serhan Türkiye'ye gelecek ve üç hafta kalacaktı. Buğra buna katlanamayacağını söyledi. "Bırak onu, birlikte olalım" dedi. Söz verdim Buğra'ya "Her şeyi anlatacağım" dedim. Serhan geldi, birlikte Ayvalık'a tatile gittik. O tatilde her şeyi bütün açıklığıyla Serhan'a anlattım. Beni öldürme olasılığını bile göze almıştım. "Seni sevmiyorum artık, boşanalım, benim hayatımda başkası var" dedim. Otel odasında ne var ne yok kırıp döktü. Umurumda bile değildi. Ertesi gün İstanbul'a döndük ve ben doğruca Buğra'nın yanına gittim. Her şeyi anlattım, çok sevindi. Bir kaç gün sonra Türkiye'de boşanma işlemlerine başladık. Ancak Amerika vatandaşı olduğumuz için orada da boşanma davası açmalıydık. Türkiye'deki çok çabuk bitti ve Serhan Amerika'ya döndü. Rahatlamıştım. Buğra ile istediğim gibi gezip tozuyor, yanından bir an bile ayrılmıyordum.

Döneceğime söz verdim

Bu şekilde geçen iki aydan sonra Ağustos geldi. Dönmek zorundaydım. Okulumun bitmesine bir yıl daha vardı. Ayrıca Amerika'daki boşanma davasını da halletmeliydim. Ağlaya ağlaya birbirimizden ayrıldık. Havaalanından beni uğurlarken Buğra'nın gözünde müthiş bir hüzün vardı. Sanki bir daha hiç görüşemeyecekmişiz gibi. "Merak etme" dedim. "Bir yıl çabuk geçer, döneceğim, seninle olacağım..." New York'a gittikten sonra Buğra'yla her gün telefonla görüştük. İstanbul'da olduğum süre içinde Buğra benim ufkumu, anlayışımı, hayat tarzımı değiştirmişti. Cadde kızları gibi düşünmüyordum artık. Bu tür şeyler bana boş geliyordu. Ama şimdi başka bir tehlike vardı. Amerika'da yaşamaya alışmıştım. Türkiye'de kaldığım üç ay boyunca çok bocalamıştım. Kendimi Türkiye'ye ait hissetmiyordum. Buğra'ya "Sen oraya gel, birlikte orada yaşayalım" demiştim ama kabul etmemişti. Ona deli gibi âşıktım ama mantığım Amerika'yı terk etmemem gerektiğini söylüyordu.

Görüşmelerimiz azaldı

Mesafelerin bir aşkı nasıl öldürebildiğini Buğra ile anladım. Ben kendimi okula kaptırmıştım. Buğra hâlâ okul bitince benim Türkiye'ye döneceğimi sanıyordu. Bense "Hele bir okul bitsin ben ne yapar eder Buğra'yı buraya getirtirim" diye düşünüyordum. Bu arada Amerika'daki boşanma davam bitmişti. Param çok azdı, mutlaka çalışmalıydım. Part-time bir iş bulup çalışmaya başladım. Kazandığım para yaşamama yetecek kadardı. Ayrıca devletten de öğrenim kredisi alıyordum. Ben iş, okul derken Buğra'yı çok ihmal etmiştim. Aslında o da beni etmişti. Telefon görüşmelerimiz önce iki günde bire, sonra haftada bire düşmüştü. Saat farkından dolayı beni genellikle iş çıkışı arardı. Ben de onu bizim saatle gece yarısı arardım. Onun işe gitme saatiydi. İkimiz de birbirimizi aramayı unutmaya başladık. Bazı şeyler anlamını yitirmişti. Bir gün uzun uzun telefonda konuştuk. Bir kez daha "Buraya gelmeyi niye düşünmüyorsun?" diye sordum. "Filiz ne yapacağım orada? Burada iyi bir işim var, geleceğim var. Orada benzin pompacısı mı olayım" dedi. Aslında haklıydı. Benim Türkiye'de iş bulma şansım daha fazlaydı. Onunsa burada hiç şansı yoktu.

Hiçbir şey aynı değildi

Bir yıl böyle geçtikten sonra yine mayıs ayında Türkiye'ye gittim. Bu benim kendimi denemem için çok iyi olacaktı. Buğra'yı özlemiştim ama acaba eski heyecanımız duruyor muydu? Peki ben Türkiye'de yaşayabilecek miydim? Buğra havaalanında beni karşıladı, evine götürdü. Özlemle birbirimize sarıldık, yataktan saatlerce çıkmadık. Tenlerimizi buluşturduk, ruhlarımızı seviştirdik. Bir ara ben "Hiçbir şey eskisi gibi değil" dedim... Bu söz ağzımdan istemeden çıkmıştı ama doğruydu. Çünkü öyle hissediyordum. Buğra yanımdan kalktı ve "Haklısın Filiz" dedi. "Seni çok seviyorum ama bazı şeyleri yitirdiğimizi ben de fark ediyorum." Bir yol ayrımındaydık. Uğruna eşimi aldattığım adamdan ayrılmak üzereydim. Canım çok yanıyordu ama başka çarem yoktu. Bizim başka başka hayatlarımız vardı. İkimiz de bu hayatları bırakmak istemiyorduk. İkimiz de birbirimize hayatlarımızı bırakmayı teklif edemiyorduk. Buna cesaretimiz yoktu. İleride mutsuz olursak birbirimizi suçlayacağımızdan korkuyorduk.

Tatilimi kısa kestim. 15 gün sonra New York'a döndüm. Buğra'dan ayrılalı beş yıl oldu. Buğra'dan sonra hayatıma giren hiçbir erkeği sevemedim. Şimdi Amerika'da büyük bir firmada yazılım uzmanıyım. Evli değilim, evlenmek de istemiyorum. Ayrıldıktan sonra Buğra ile telefon görüşmelerimiz ve e-mail mesajlarımız bir süre daha devam etti. Sonra o da kesildi. Duydum ki Buğra evlenmiş.

Annemi kaybettim, apar topar Türkiye'ye geldim. Buğra'yı görmek istedim ama buna cesaret edemedim. Görüşseydik belki de sevişecek ve tıpkı benim kocama yaptığım gibi o da karısına ihanet edecekti. Bunu istemedim. Onun mutlu olmasını çok istiyorum. Biz aşkımızı mesafelere kurban verdik. Hayatın bize sunduğu bu şansı iyi kullanamadık. Kim bilir, belki başka bir zamanda, başka bir boyutta buluşuruz Buğra ile. Ve sanırım ancak o zaman akıllanmış oluruz...

Kocam Beni Kaybetti

Adı: Esma...
Yaşı: 34...
Yaşadığı kent: İstanbul...
Medeni hali: Evli...
Mesleği: Finans...

Üniversiteye kadar eli erkek eline değmedi. Fakültedeki ilk flörtü Erkan'la okul biter bitmez evlendi. Evliliğinin tek nedeni Erkan'la sevişmiş olmasıydı. Eşinin kendisini aldattığını öğrenince intikam almak için Esma da aldattı. Şimdi hem evliliği sürüyor, hem de sevgilisiyle ilişkisi...

Modern bir ailede büyüdüm. Hiçbir konuda beni sıkmadılar. Asıl ben erkekler konusunda kendi kendimi sıktım. Ne yaptığını bilen bir insandım. Daha küçük yaşlarda hayatta karşılaşabileceğim zorlukların farkındaydım. İnsanlara, özellikle de erkeklere güvenmezdim. Bu yüzden lise yıllarımda flörtüm olmadı. Sevdiklerimi hep uzaktan sevdim. Hiç onlara hissettirmedim. Kendi kendime severken sevdiğim kişinin kötü bir davranışını görür, kafamdan silerdim. İlk kez lise son sınıfta bir flörtüm oldu. Altı ay kadar sürdü ve çok masum bir ilişkiydi. El ele bile tutuşmamıştık. Zaten benim istediğim ilişki türü de buydu. Kimine göre eski kafalıydım. Ama ben bu halimden memnundum. Ben hayatta utanılacak bir şey yapmamıştım. Bununla sürekli övünürdüm.

Üniversitede ilk flört

Lise bitti, Eskişehir'de bir üniversite kazandım.

Çok heyecanlıydım. Yeni bir kent, yeni arkadaşlar, üniversite hayatı... Oldum olası kendime, görünüşüme dikkat ederdim. Güzel bir kızdım. Daha okulun ilk günlerinden itibaren erkeklerden çıkma teklifi almaya başladım. Bu teklifler hoşuma gidiyordu ama korkuyordum. Üniversite ortamı çok farklıydı. Lisedeki gibi masum ilişkiler burada yoktu. Kimin eli kimin cebinde belli değildi. Kızların davranışları, konuşmaları çok farklıydı. Ben bunları duydukça, ilişkileri gördükçe utanıyordum. Ben üniversitedeki erkeklerin istediği gibi bir kız olamazdım. Ama bir yandan âşık olmak da istiyordum. Biriyle birlikte olmak, el ele dolaşmak, mevsimlerin tadını birlikte çıkarmak istiyordum. İkinci sınıfın ortalarında benden bir üst sınıfta okuyan Erkan'la tanıştım. Aslında başlarda ona âşık değildim. Hoşlanıyordum ama bu duygunun aşk olmadığını biliyordum. Bu kez kendimi kontrol etmeyi başaramamıştım. Farkında olmadan ilişkimiz çok ilerledi. "Yapmam" dediğim her şeyi yaptım Erkan'la. Sık sık onun öğrenci evinde buluşup sevişir hale geldik. Evet, mutluydum ama aynı zamanda pişmanlık da duyuyordum. Zaten her şey bu pişmanlık nedeniyle gelişti...

Yanlış bir evlilik

Erkan'la evlilik planları yapmaya başladık. Onunla evlenmeyi isteyip istemediğimi tam olarak bilmiyordum. Ben Erkan'la kendimi temize çıkarmak için evlenecektim. Kendimi ona teslim etmiştim ya, öyleyse o benim kocam olmalıydı. Ben tamamen bunu düşünüyordum. "Evliliğimiz yürür mü? Acaba anlaşabilir miyiz?" gibi soruları hiç sormuyordum. Bu büyük bir hataydı. Erkan okulu bitirdikten sonra hemen askere gitti. O askerliğini bitirdi döndü, ben okulu bitirdim ve hemen evlendik. Evlendikten sonra anladım ki, Erkan'la kişiliklerimiz çok farklıydı. Tam anlamıyla zıttık. Hiçbir konuda anlaşamıyorduk. Klasik bir laf olacak ama ayrı dünyaların insanıydık. Daha evliliğimizin ilk günü kavga ettik. Özgürlüğüne düşkündü. Evle, benimle ilgilenmiyordu. Çok sorumsuzca davranıyordu. İçkiye düşkünlüğü vardı. Sık sık dışarıda arkadaşlarıyla buluşup geç saatlere kadar içki içiyordu. Eve sarhoş gelip yatıyordu. Aramızda neredeyse hiç iletişim yoktu.

Tahammül edemiyordum
Ben evliliğim boyunca her türlü fedakârlıkta bulundum. Boşanmak bana göre değildi. O tutucu düşünce yapım devam ediyordu. Bir kız evlenir ve ölene kadar aynı adamla yaşardı. Her kavgamızda alttan alan ben oldum. Aramızdaki problemleri Erkan'a anlatmaya çalıştım ama beni dinlemedi. Sadece kendi doğrularını dayattı. Mutlu olmak istiyordum, mutluluğu eşimle yaşamak istiyordum. Onu aldatmayı hiçbir zaman düşünmedim. Ama bunalıyordum. Davranışlarına tahammül edemiyordum. O ise sadece kendisini düşünüyordu. Benimle bir hayatı paylaşmak istemedi. Yemek istedi, yaptım. Temizlik istedi, yaptım. Seks istedi, yap-

tım. Benden her isteğine boyun eğmemi bekledi. Bir süre sonra ben sadece emir alıp yerine getiren bir robota dönüşmüştüm. Çevremdeki mutlu çiftlere özeniyordum. "Tanrım neden biz böyle değiliz?" diye geceler boyu ağlıyordum. İyi bir işim vardı, güzel bir çevrem vardı. Gençtim, alımlıydım, güzeldim, bakımlıydım. Kocam bunların hiç farkında değildi.

İnternette tanışma

İşte o bunaldığım günlerde ve kocamın olmadığı gecelerde vaktimi internette geçirir olmuştum. Chat odalarından birinde Salih adlı biriyle tanıştım. Evliydi ama o da benim gibi mutsuzdu. Eşiyle problemleri vardı. Bu yüzden birbirimize çabuk ısındık. Sorunlarımızı paylaşır olduk. Aylarca internet üzerinden yazıştık. Sonunda bir gün buluşmaya karar verdik. Bir restoranda yemek yedik. Sadece o kadar... Bu bile bende pişmanlık yaratmıştı. Evet, eşimle sorunlarım vardı, benimle ilgilenmiyordu ama sadıktım ona. Bunu yapmamalıydım. Ben evli bir kadındım. İşte bu düşünceler içindeyken, pişmanlık yaşarken eşimin beni aldattığını öğrendim. 10 yıllık evliydik. Aksiliklerine, bencilliğine, içiciliğine, her şeyine dayanabilirdim ama beni aldatmasına dayanamazdım.

Ben bunu hiç hak etmemiştim. Kendimi ona adamıştım. Acı çekmiştim, mutluluk nedir bilmemiştim. Bana bunu yapmasını hazmedemiyordum. O kızgınlıkla Salih'i aradım. Amacım belliydi, kocamın bana yaptığını ben de ona yapacaktım. Aynı şekilde cezalandıracaktım. Onu Salih'le aldatacaktım.

Kocamı cezalandırdım

Salih eve geldi, birkaç dakika oturduktan sonra hiçbir şey demeden onu elinden tutup yatak odama götürdüm. Sevişmeye başladık. O güne kadar eşimden başka bir erkeğin elini bile tutmamıştım. Şimdi yatağımda bir yabancı vardı. Ağlayarak eşimi aldattım. Bunu hak etmişti. Kendi bedenimi resmen bir başkasına kullandırıyordum. Evet, Salih'ten hoşlanmıştım ama bu duygu onunla sevişmem için aslında yeterli değildi. Hiçbir şey hissetmiyordum. Salih'le ilk ve son sevişmemiz oldu bu. Bir daha onunla hiç görüşmedim. Ama benim intikam duygum tatmin olmamıştı. Kendimi o kadar kötü hissediyordum ki, eşimin canını daha fazla yakmayı istiyordum. Uzun süre kendimi toparlayamadım. Hem eşimin beni aldattığı fikriyle bunalıyordum, hem de doğru dürüst tanımadığım bir erkekle yatmış olmanın vicdan azabını çekiyordum. Aldatan bir kadındım artık. Vicdan azabım kocama karşı değil, kendimeydi. Yani bana uygun bir şey değildi bu. Eşimle beni aldatması konusunda hiç konuşmamıştık. Ben bunu bildiğimi ondan saklamıştım. İstiyordum ki, bunu kendisi söylesin. Böylece sorunlarımızı konuşma fırsatı doğsun ve yeniden mutlu olalım... Ama bu hiçbir zaman olmadı.

Semih hayatımda

Uyurgezer gibiydim, hiçbir şeyden zevk almıyordum. O bunalımlı dönemlerimde aynı işyerinde çalıştığımız Semih'le aramızda bir yakınlaşma başladı. Ama bunun eşimden almayı düşündüğüm intikamla ilgisi yoktu. Ondan hoşlanıyordum. Yanındayken huzur buluyordum. Semih bekârdı ve çok iyi bir insandı. İşte gün boyunca fırsat bulduğumuz zamanlarda konuşuyor, dertleşiyorduk. Dışarıda da buluşuyorduk. Fakat kocam sanki bir şeylerden şüphelenmiş gibi beni iyice sıkmaya başlamıştı. Her hareketime kısıtlama getiriyordu. Beni eve kapıyor, kendisi istediği gibi hayatını sürdürüyordu. Ben Semih'e âşık olmuştum. Artık onsuz yapamıyordum. Bu girdaptan nasıl kurtulacağımı da bilmiyordum. Semih'le seviştiğimizde ilk kez mutluluğun ne olduğunu anladım. O andan sonra eşimin bana dokunmasından iğrenir oldum. Eşimle aynı yatağa girdiğimiz zaman midem bulanıyordu. Ondan nefret ediyordum. Halbuki evliliğimizin ilk yıllarında bana biraz yardımcı olsaydı, evliliğimizi yürütmek için biraz çaba gösterseydi ona kul köle olurdum. Ben ailemden böyle görmüştüm. Ne yazık ki beni kendinden uzaklaştırdı. Söylediklerimi hiç dikkate almadı.

Boşanmak istemiyor
Boşanmanın hesaplarını yapıyordum. Ama buna cesaretim yoktu. Sonunda eşime beni aldattığını öğrendiğimi söylemeye karar verdim. Yine eve içkili ve geç geldiği bir gece, "Yeter artık, buna dayanamıyorum. Başka kadınlarla düşüp kalkmandan nefret ediyorum" dedim. Önce inkâr etti, erkek arkadaşlarıyla çıktığını söyledi. Ben de öğrendiğim her şeyi ona anlattım. Sustu, gerçeği kabullendi. "Bir seferlikti o, zaaflarıma yenildim" dedi. "Hayır, bir seferlik olduğuna da inanmıyorum. Ben boşanmak istiyorum" dedim. Öfkeyle ayağa kalktı, "Olmaz öyle şey, asla boşanmam" diyerek kestirip attı. Ama bu konuşma eşimi tamamen değiştirdi.

Eşim tamamen değişti

Eşim o geceden sonra eve erkenden çiçeklerle gelmeye başladı. Sürekli sürprizler yapıyordu. Hafta sonları birlikte bir yerlere gidiyorduk. Sürekli beni sevdiğini, benden vazgeçemeyeceğini söyleyip duruyordu. Hatta yıllardır evde mutfağa girmeyen eşim bir pazar sabahı bana kahvaltı hazırlamış, yatağa servis yapmıştı. İnanamıyordum ve buna çok üzülüyordum. Eşim benim için tamamen bitmişti. "Keşke bunları daha önce yapsaydı" diye düşünüyordum. Çünkü benim için artık yaptıklarının anlamı yoktu. Semih'siz bir hayat düşünemiyordum artık. Eşimle evliliğimizi düzeltmeye çabalamak için benim gücüm yoktu. Hepsini tüketmiştim.

İlgisizlik ve sevgisizlik

Şimdi evliliğim devam ediyor. Semih'le buluşmalarımız da... Gündüz Semih'leyim, geceleri kocamla. Bunun hiç de hoş bir durum olmadığının farkındayım ama buna beni kocam mecbur bıraktı. Hiçbir kadın kocasından başka erkekle birlikte olmak istemez. Ancak ilgisizlik, sevgisizlik onu buna iter. Ben de öyle oldum işte. Bu işin sonu nereye varacak bilmiyorum. Belki de yıllarca böyle devam edecek. Ama bildiğim tek şey kocam beni çoktan kaybetti. Bundan sonra beni kazanmak için göstereceği hiçbir çaba yararlı olmayacak. Tekrar onun biricik karısı olamayacağım. Üstelik ben artık kirliyim. Bununla yaşamak zorundayım. Umarım kocam bir gün beni anlar ve ayrılmama izin verir.

İhanet Çemberi

Adı: Reyhan...
Yaşı: 29...
Yaşadığı kent: Antalya...
Medeni hali: Evli...
Mesleği: Konfeksiyon...

Reyhan kadınların âşık olduğu için "töre" bahanesiyle öldürüldüğü topraklarda yokluklar içinde büyüdü. Hayatının aşkını Antalya'da tanıdı. Onunla bir geleceği olmadığı için evlenebilmek adına hatalar yaptı, aşkını aldattı. Şimdi evli ama eşini de aşkıyla aldatıyor.

Güneydoğu'da, memurların bile mecburi hizmet çıktığı zaman gitmeyip mesleklerinden istifa ettiği o küçük kentte doğup büyüdüm. Bütün öğrencilik hayatım yokluk içinde geçti. Hiçbir zaman yeni önlüğüm ve yeni kitaplarım olmadı. Ablalarımın önlüklerini parçalanana kadar giydim. Benden bir üst sınıftakilerin kullandığı ders kitaplarını kullandım. Kitaplardaki fotoğraflar kesilmiş, sayfaları hep eksik olurdu. Kışın üzerime giyecek bir hırkam bile olmadı. Arkadaşlarımın yanında hep ezik oldum. Ayakkabılarımı beş altı yerinden delininceye kadar giyerdim. Çünkü ailem alamazdı. Kalabalıktık, çok kardeştik. Sadece babam çalışırdı. Hiç kızmadım aileme, hiç gücenmedim. Sadece üzüldüm. Bütün çocukluğum, gençliğim boyunca üzüldüm, hepsi bu.

Lise son sınıftayken bir banka şubesinde staj yaptım. Lise bitince de bir mağazada kasiyerliğe başladım. Ben işe başladıktan bir ay sonra annem vefat etti. Kısa bir süre sonra da babam başka bir kadınla evlendi. Az olan maaşımı, kardeşlerime ve üvey anneme harcıyordum. Bana hiç para kalmıyordu. Daha sonra staj yaptığım o bankaya geçici memur olarak geri döndüm. İşimi çok seviyordum. Müdürüm çalışmamdan çok memnundu. Müşterilerim beni çok severdi. O bankada iki yıl çalıştıktan sonra üç yeni memur atandı. Tabii bana da yol göründü. Artık kendimi oyalayabileceğim bir işim yoktu. Bunalımdaydım. Zaten üniversite sınavına bile girememiştim. Halbuki hukukta okumak istiyordum fakat tam o sıralarda annem vefat ettiği için kimse benimle ilgilenmemişti. Üniversite sınav formumu bile yatıramamıştım.

Antalya'ya yerleştim

Artık bu şehri terk etmek istiyordum. Ağabeyim ve ablam Antalya'da yaşıyordu. Tatil bahanesiyle Antalya'ya gittim. Geri dönmeyecektim. Antalya'da kısa sürede iş buldum. Ağabeyimin yanında kalıyordum. Bütün akrabalarım geri dönmememe büyük tepki gösterdi, hepsi bana sırt çevirdi. Ağabeyim de geri dönmemi istiyordu. O evde daha fazla kalamazdım artık. Ablamın yanına yerleştim. Ablam evliydi, çocukları vardı. Maddi durumları hiç iyi değildi. Ben maaşımın büyük kısmını ablama veriyordum. Her şey düzelecek diye düşünürken eniştemin tacizleri başladı. Büyük bir çıkmazın içine girmiştim. Ablamdan ayrılıp ağabeyime gidemezdim, çünkü beni istemiyordu. Bir otele yerleşemezdim, çünkü namus meselesi yapıp beni öldürebilirlerdi. Ablama eniştemin tacizlerini anlatamıyordum. Hem çok üzülecekti, hem de düzeni bozulacaktı. Antalya'da amcam, halam, dayım da vardı ama hiçbiri benimle ilgilenmiyor, arayıp sormuyordu. Eniştem taciz edecek diye geceleri uyumuyordum. Sigara üstüne sigara içiyor, vakit geçsin diye gece yarısı ev işi yapıyordum. Sabaha karşı gözlerim kapanıyor, sızıyordum. Eniştemin tacizleri dayanılmayacak noktaya geldiği bir gün evden ayrılmak üzere eşyalarımı toplamaya başladım. Nereye gideceğimi bilmiyordum ama o evden bir an önce kaçmak istiyordum. Tam bavulumu toplarken ablam beni gördü, "Ne yapıyorsun?" dedi. Ablama gerçeği söyleyemedim, "Kıyafetlerimi düzeltiyorum" deyip evde kaldım.

Her şey ortaya çıkıyor

Ben ablamın evinde salonda, çocuklarla birlikte yatardım. Bir gece ablam yataklarımızı salona değil, odaya yaptı. Çok huzursuz oldum, çünkü o oda eniştemin tacizi için daha uygundu. Herkes uyuduktan sonra korka korka odaya gittim. Bütün gece eniştem gelir mi acaba diye düşünüp durdum. Sonra da uyuyakaldım. Bir ara ayağımın gıdıklandığını hissettim. Rüya diyordum kendi kendime. Bir yandan da eniştem olabileceği ihtimalini düşünüyor ve korkudan gözlerimi açamıyordum. Çok yorgun ve bitkindim. Üzerimde geceler boyu uykusuzluğun verdiği yorgunluk vardı. Sabah uyandığımda bu olayı hayal meyal hatırlıyordum. İşe gidip döndüğümde ablamı çok üzgün ve perişan bir halde buldum. Ne olduğunu sorduğumda beni tersledi. "Bilmiyor musun ne olduğunu?" dedi. Bilmiyordum gerçekten. Sonra olan biteni anlattı. Ablam bir süredir eniştemden şüpheleniyormuş. O gece yatakların yerini bilerek değiştirmiş. Eniştemi de bizim yattığımız odada yakalamış. Tartışmışlar, eniştem af dilemiş, benim masum olduğumu söylemiş. Bunun üzerine ben de her şeyi ablama anlattım. Neden eşyalarımı topladığımı, neden sabahlara kadar uyumayıp ev işi yaptığımı... Ben gerçekten masumdum. Eniştemi tahrik etmek için en ufak bir davranışta bulunmamıştım. Hiç erkek arkadaşım olmamıştı. Temiz bir kızdım. Sadece işime gidip gelirdim. Geceleri eniştemi salonda otururken görünce odasına gitsin diye kovardım. Uyuyor numarası yapıp kalkmazdı. Ben de kanepede otururdum, uyumazdım...

Erkeklerle ilk buluşma

Bu olay ortaya çıkınca ablamda kalmam da mümkün olmayacaktı tabii ki. Mecburen, beni istemeyen, beni kovan ağabeyimin yanına gittim. İşte o ağabeyim, ben geldikten bir hafta sonra motosiklet kazası geçirdi. Dört çocuğu vardı ve çalışamaz hale gelmişti. Artık hepsi benim elime bakıyordu. O evde 1,5 yıl yaşadım. Bütün ihtiyaçlarını ben gördüm. Maaşımdan bana sadece yol parası kalıyordu. Kendime bir çöp bile alamıyordum. Daha fazla para kazanmalıydım. Bir sigorta şirketinde işe girdim. Sigorta poliçesi pazarlamaya başladım. İşte ilk kez o zaman erkeklerin varlığından haberdar oldum. İşyerinde birlikte çalıştığımız kızların hepsinin üçer beşer erkek arkadaşı vardı. Rahatlıkla sevgililerini aldatabiliyorlardı. Bunları duydukça şaşırıyordum. Ama öyle bir hayatı da merak ediyordum. Bir gün yine işyerinden arkadaşım olan Özlem bize bir buluşma ayarladı. İki erkekle buluşup eğlenmeye gidecektik. İlk kez böyle bir şey yapacaktım. Ağabeyimi arayıp o gece ablamda kalacağımı söyledim. Ablamla da anlaşarak onların ev telefonunu kendi cep telefonuma yönlendirdim. Böylece ağabeyim beni kontrol etmek için ablamı ararsa telefona ben çıkacaktım ve durumu idare edecektim. Özlem'le de anlaşmıştık. Buluştuğumuz erkekleri beğenmeyecek olursak bir bahaneyle kalkacaktık. Kesinlikle içki içmeyecek ve sarhoş olmayacaktık. Bir pastanede buluştuk. Daha masaya oturur oturmaz adı Oktay olan, beni göz hapsine aldı. Sürekli soru sordu. Diğer erkeğin beni seçmesine fırsat vermedi. Pastaneden çıkıp bir bara girdik. Oktay'ı beğenmiştim. Bardan çıktıktan sonra da hep birlikte bir eve gittik. Özlem'le diğer erkek bir odaya çekildi, bizse Oktay'la salonda kaldık. Çok doğaldı Oktay, bu beni etkilemişti. Sabaha kadar sohbet ettik, beni dinledi. Daha 5-6 saat önce tanıdığım bu adama karşı içimde inanılmaz bir güven doğmuştu. Aramızda hiçbir şey geçmedi. Sabah oldu, birbirimizin telefonlarını alıp ayrıldık.

Ailesinin bir ferdiydim

Ertesi gün Oktay aradı, buluşmak istediğini söyledi. İş çıkışı buluştuk, yemek yedik. O günden sonra da hemen hemen her gün buluşur olduk. Oktay 43 yaşındaydı, evliydi. İki çocuk babasıydı. Evliliği iyi gitmiyordu, mutsuzdu. Mutluluğu benimle bulduğunu söylüyordu. Ben de ona âşık olmuştum. Artık onsuz olmak istemiyordum. Oktay her şeyimi anlıyordu, sıkıntılarıma çare bulmaya çalışıyordu. İşimi sevmediğimi biliyordu. Çünkü bizim çevremizde sigortacı kadınlara iyi gözle bakılmıyordu. Bir ay sonra işten ayrıldım. Oktay her şeyimi karşılıyordu, beni kurda kuşa yem etmiyordu. Anamdı, babamdı, kardeşimdi, sevgilimdi, kocamdı... Üzerime titriyor, beni ailesinin bir ferdi gibi görüyordu. Sabah erkenden beni alır, akşam bırakırdı. Bütün günü beraber geçirirdik. Ben Oktay'la zaman geçirirken ağabeyim benim işte olduğumu sanıyordu. O zamanlar 23 yaşındaydım. Hayatımın en güzel günlerini yaşıyordum. Küçük bir butik açmak istiyordum. Oktay'ın yardımıyla hayalimdeki işyerini açtım. Oktay bütün imkânlarını kullandı. Ben de sigortacılık yaptığım dönemde tanıdığım bazı toptancılardan veresiye mal alıp dükkâna koydum. İşte tam bu sırada Oktay'ın eşi ilişkimizi öğrendi. İnkâr ettik, ama Oktay'ın eşi inanmadı. Evliliği iyice sarsılmıştı Oktay'ın, evinde huzursuzluk yaşıyordu. Beni yüz üstü bırakmak istemiyordu. Bir yandan da eşini incitmek istemiyordu. Ama Oktay'ın mutsuzluğu beni de mutsuz etmişti.

Niyetim evlenmekti

İlişkimizin dördüncü yılında Oktay benimle evlenmek istediğini söyledi. Zaten son 1,5 yıldır eşiyle hiç cinsel beraberliği olmamıştı. Onu çok seviyordum ama evlenemezdim. Oktay'ı aileme kabul ettiremezdim. Kahrolası töreler böyleydi. Ben ne yapacağımı şaşırmış bir vaziyette dolanıp dururken bir arkadaşım beni Naim'le tanıştırdı. 37 yaşındaydı, bana söylediğine göre boşanmıştı. Belirsizliklerden bunalmıştım, evlenip çocuk sahibi olmak istiyordum. Naim'le bu amaçla tanışmıştım. Oktay'a da bunu söyledim. Evlenmek amacıyla biriyle tanıştığımı anlattım. Ama ona söz verdim, evlenene kadar Naim'le hiçbir şey yaşamayacaktım. Bu sözümü tutamadım. Tanıştıktan iki ay sonra Naim'le birlikte oldum. Çok sevdiğim, yerlere göklere sığdıramadığım Oktay'ı aldatmıştım. Naim Oktay'ı tanıyordu ama benim bir arkadaşım olarak biliyordu. Naim Oktay'ı hep kıskanmıştı. Ve ben şimdi ikisini de idare ediyordum. Bir süre sonra Naim'in hala evli olduğu ortaya çıktı. Çıldırdım, beni kandırdığı için üzerine saldırdım. "Boşanma davamız sürüyor, inan bana her şey bitecek ve evleneceğiz" dedi. Kandım ona, inandım. Ama söylediklerinin gerçek olmadığı birkaç ay sonra ortaya çıktı. Ortada bir boşanma davası yoktu. Naim eşiyle bir dargın bir barışık evliliğini yürütüyordu. Onun da çocukları vardı. Aradan çekilmeye karar verdim. Böylece Oktay'ı aldatmaktan da kurtulacaktım. Ama Naim bunu istemedi. Onu bırakırsam benimle yattığını bütün aileme söylemekle tehdit etti. Öyle basit ve iğrenç bir adamdı ki... Ben bunu nasıl görememiştim!...

Gerçeklerle yüzleşme

Naim'den kurtulamıyordum, sürekli arayıp rahatsız ediyordu. Her seferinde ayrılmak üzere onunla buluşuyor ama son noktayı koyamıyordum. Erkek kardeşimle birlikte oturduğumuz bir evim vardı. Butiği açtıktan beş altı ay sonra kiralamıştım. Bazen erkek kardeşim arkadaşlarında kalırdı. O zaman da Oktay bana gelirdi. Yine bir gece, arkadaşım Özlem, nişanlısı, Oktay ve ben evde sohbet ediyorduk. Naim arar diye telefonumu sessize almıştım. Telefonun ışığı yanıyordu. Oktay fark etti, "Cevap versene telefona" dedi. Açtım, arayan tabii ki Naim'di. Onu tersledim. Naim'in gözü döndü, hemen Oktay'ı aradı. Aramızda geçen her şeyi anlattı. Hatta aldırdığımız çocuğu bile söyledi. Oktay kahroldu, delirdi. Bana el kaldırdı. Sürekli vuruyordu, "Bana bunu da mı yaptın?" diye bağırıyordu. Orada arkadaşlarımın önünde rezil olmuştum. Ama ben, asıl Oktay'ın gururunu düşünüyordum. Onun gururu kırılmasın diye, Naim'in anlattığı her şeyi gerçek olduğu halde inkâr ediyordum. Sonra Özlem ve nişanlısı gitti, biz Oktay'la baş başa kaldık. Ağlayarak her şeyi itiraf ettim. Yalvarıp af diliyordum. Çok içmişti, bana sürekli vuruyordu. Sonra vurmayı bırakıyor, benimle sevişiyordu. Sevişme bittikten sonra "Nasıl yaparsın?" deyip tekrar vuruyordu.

Evliliğimi kurtarmak istiyorum

O korkunç geceden sonra Naim beni terk etmedi. İlişkimiz devam etti ama beni hiç affetmediğini biliyordum. Bir süre kendimi toparlayamadım. Hatta intiharı bile düşündüm. 6-7 ay sonra bana mal veren bir toptancının oğluyla nişanlandım. Oktay evlenmeme engel olmuyordu. İçi kan ağlıyordu, biliyordum ama benim mutluluğumu istiyordu. Oktay'la altı yıldır birlikteydik. Altı ay nişanlı kaldım. Nişanlılık döneminde birçok kez yüzüğü atıp Oktay'la birlikte olmak istedim. Ama o ihanetten sonra bunu kabul etmeyeceğini düşündüm hep. Elbette arada ailem de vardı. Onların onuruyla da oynamak istemiyordum. Geçen yıl evlendim. Eşim Adil ne yazık ki kalıbının adamı çıkmadı. Balayı günleri bittikten sonra gerçek yüzünü gördüm. Yalancıydı, aşırı kıskançtı. Bana mal getiren toptancıları bile kıskanırdı. Aslında beni seviyor. Ama ne yazık ki kendini geliştirmemiş biri. Kendine güveni yok, kompleksli. Oysa ben dünya güzeli bir kadın değilim. Aksine vasatım, öyle dikkat çekmem. Eşimi Oktay'la da tanıştırdım. İlişkimiz devam ediyor. Eşim Oktay'ı bir arkadaşım olarak biliyor. Eşimin bana ayak uydurmasını istiyorum, mutluluğu onda bulmak istiyorum, ama olmuyor. İşten dönünce yemek yer, duş alır, canı isteyince de seks yapar. İlgisiz. Sohbet yok, paylaşım yok. Çocuk gibi sanki, her şeye alınıyor. Onu annesi gibi idare ediyorum. Birazcık duyarlı olsa, yuvam için, evliliğim için çok sevdiğim Oktay'ı bile bırakabilirim. Aslında, o benim en değerli varlığım Oktay'la da ayrılmayı çok denedim. Oktay'ın hayatına benden sonra tek gecelik de olsa hiçbir kadın girmedi. Defalarca vücudunun başka bir kadını istemediğini söyledi. Oktay benim için çok şey yaptı, bağrına taş bastı. Beni kendi elleriyle gelin etti. Ben hâlâ eşimle evliliğimi yürütmeye çalışıyorum. "Bir gün düzelir" diyorum. Oktay bana geçenlerde yine "Boşan, evlenelim" dedi. Yine yapamadım...

Bir gün bitecek biliyorum ama ben Oktay'sız yaşayabilir miyim bilmiyorum. Benim için o dünyanın en değerli varlığı, Allah'ın bir lütfu...

Aşk, Dayak ve İhanet

Adı: Hande...
Yaşı: 23...
Yaşadığı kent: Antalya...
Medeni hali: Boşanmış...
Mesleği: Sekreter...

Hande, babasının ilgisizliğine kızdı, evden kaçıp Eser ile evlendi. Daha ilk gece kocasından dayak yedi. Dayaklar devam edince eşini Savaş ile aldattı. Güç de olsa boşandı ve Reha'ya âşık oldu. Reha'dan da dayak yiyince aldatmalar birbirini izledi...

Herkes aile baskısından yakınıyor ama ben şimdi, keşke bana biraz baskı uygulasalardı da başıma bunlar gelmeseydi, diye düşünüyorum. Babam emekli memur, annem ise ekonomik özgürlüğü olan bir kadın. Dört kardeşiz. Ailem benimle hiç ilgilenmedi. Ne yaptığım, neler yaşadığım konusunda hiçbir fikirleri olmadı. Hele babam... Bir kızı olduğunu hiçbir zaman hatırlamadı bile. Babamın bu ilgisizliği yüzünden ailemden nefret ettim. Babamın saçmalıklarından kurtulmak için kendimi ateşe attım. Güya kendime özgür bir hayat kuracaktım. Güya, bambaşka bir insan olacaktım. Ne yazık ki evdeki hesap çarşıya uymadı.

Ev arkadaşını ayarttım

Cahit'le, 17 yaşındayken bir düğünde tanıştım. Etkilenmiştim ama âşık olmamıştım. Bir an önce evden kurtulma isteğim ağır bastığından, karşıma çıkan ilk kişiye tutunma arzusuydu bu. Cahit'in havalı bir mesleği vardı. Hani tüm genç kızların hayalini kurduğu cinsten. Beni kurtaracak kişi Cahit olabilirdi. Ben de çevremdekilerin ilgisini çeken genç bir kızdım. Alımlı, fiziği düzgün. Cahit'in bir de Eser adında ev arkadaşı vardı. Ben asıl Eser'e âşık oldum. Cahit'i terk etmem zor olmadı. Aslında Cahit de bana öyle sırılsıklam âşık değildi. Bu yüzden kısa sürede ayrıldık ve ben Eser'le birliktelik yaşamaya başladım. Cahit'le aynı meslek dalında çalışan Eser eğlenmeyi, gezmeyi, para harcamayı seven biriydi. Bana prensesler gibi davranıyor, bir dediğimi iki etmiyordu. Babamın ilgisizliğinden sonra Eser'in davranışları ilaç gibi geldi. "İşte aradığım insan" diye düşünüyordum. Yanıldığımı anladığımda ne yazık ki çok geçti...

Kaçarak evlendik

Eser'le birlikteliğimizi ailem duymuştu. Bir erkekle birlikte olmamı kabullenemiyor, söyleniyorlardı. O güne kadar hatırlamadıkları kızlarını hayatına bir erkek girdiği zaman hatırlamışlardı. Bu durum benim sinirimi daha da çok bozuyordu. Eser'den ayrılmamı istiyorlardı. Aileme karşı gelemezdim ama Eser'i de bırakmaya niyetim yoktu. Bu arada Eser'e durumu anlatmıştım. Gelip beni istemelerini, aksi takdirde birlikte olmamızın mümkün olmayacağını söylemiştim. Ama Eser'in ailesi de beni istemeye yanaşmıyordu. Sonunda Eser'den beni kaçırmasını istedim. Aklıma başka bir yol gelmiyordu. O sırada Eser memleketinde, izindeydi.

Önce beni kaçırmayı kabul etmedi. Ancak uzun süren bir telefon konuşmasından sonra onu ikna ettim. Ertesi gün geldi ve beni kaçırdı. Birlikte Mersin'e gittik. 19 yaşındaydım. İki şahit, bir nikâh memuru, günlük kıyafetlerimizle nikâhımızı kıydırdık. Alanya'ya döndük. Ailem evliliğimi kabullendi. "Böyle olmaz, telli duvaklı gelin olmanı istiyoruz" dediler ve bize düğün yaptılar. Ve benim kâbusum da düğün gecesi başladı.

Dayakçı ve sorumsuz

Düğün sırasında bir akrabam, Eser'den içki almasını istedi. Eser bunu reddedince de akrabam ona küfür etti. Bu olayın ceremesini ise ben çektim. Davetliler gidip de yalnız kaldığımızda Eser üzerime yürüdü, "Senin akraban bana nasıl küfür eder?" diye vurmaya başladı. Ne olduğunu bile anlamamıştım. Hem bağırıyor, hem vuruyordu. Araya girmeye çalışan ablamı bile dövdü. Eser'e olan aşkım işte o gece bitti. Eser evliliğimiz boyunca bana sürekli dayak attı. Stresli bir işi vardı. İşyerinde yaşadıklarına kızar, gelip beni döverdi. Neredeyse her gün sudan sebeplerle dayak yiyordum. Eser beni aşağılıyordu. Hiçbir yere benimle birlikte gitmiyordu. "Neden beni de götürmüyorsun?" dediğimde "Seni yanıma yakıştırmıyorum. Köpek gezdirsem daha iyi" diye cevap veriyordu. Kıyafetlerimi parçalıyor, kesinlikle dışarı çıkmama izin vermiyordu. Çok sorumsuz bir kocaydı. Eşe dosta borçlanıyor, borcunu ödemiyordu. Babası imdadımıza yetişiyor, oğlunun ahlaksızlıklarını kapamaya çalışıyordu.

İhanete ilk adım

Bu arada iş nedeniyle Antalya'nın başka bir ilçesine taşınmak zorunda kaldık. Doğduğum, büyüdüğüm kentten ayrılmak bana çok zor geldi. Eşimin dayakları, hakaretleri gittiğimiz yerde de devam etti. Beni sadece seks ihtiyacını giderdiği bir makine olarak görüyordu. Bense onun koynundayken Cahit'i düşünüyordum. Eser'e âşık olunca terk ettiğim Cahit'i... Onu özlemiştim. Keşke Eser yerine Cahit'i seçseymişim, diye düşünüyordum. Hep aklımdaydı, görmek istiyordum, ağlıyordum. Ama artık uzaktık birbirimize. Sonunda ailemi görme bahanesiyle Alanya'ya gittim. Eşim çok zor izin verdi ama başarmıştım. Alanya'ya gider gitmez Cahit'i aradım. Sesimi duyunca çok şaşırdı. Hemen o akşam buluştuk. Kırgındı bana, sitem etti. Haklıydı da, ev arkadaşını tavlamış, onu terk etmiştim. O gece sadece sohbet ettik. Ama beni arzuladığını biliyordum. Ben de onu arzuluyordum. Ertesi gün buluştuk ve birlikte olduk. Cahit'le sevişirken sadece eşimden intikam alma duygusunu taşıyordum.

Zaten o sevişmeden sonra ne o beni aradı, ne de ben onu aradım. Bu Cahit'le son görüşmemiz oldu.

Çok zor boşandım

Kısa bir süre sonra eşimin yanına döndüm. Kısa ayrılık ona iyi gelmişti. Bana iyi davranıyordu, el kaldırmıyordu. Ama bende her şey bitmişti. Ondan nefret ediyordum. Kurtulmanın yollarını arıyordum. Yine bir bahaneyle ailemin yanına Alanya'ya geldim. Bir daha da Eser'in yanına dönmedim. Aileme her şeyi anlattım. Eser'in beni dövdüğü zaman vücudumda bıraktığı izleri gösterdim. Şok geçirdiler. O ilgisiz babam, bu kez benimle ilgilenmişti. Hemen bana avukat tuttu ve boşanma davasını açtık. Eser, asla boşanmam diyordu. Onu affetmemi istiyordu, bir daha el kaldırmayacağına, kötü davranmayacağına dair sözler veriyordu. Ben verdiği sözlere kesinlikle inanmıyordum. Çok acı çekmiştim, çok dayak yemiştim. Aynı şeyleri bir daha yaşamaya, aynı acıları bir kez daha çekmeye gücüm yoktu. Eser'i tehdit ettim, "Beni boşamazsan o çok değer verdiğin soyadını kirletirim" dedim. İşte bu söz Eser'e çok dokundu. Ayrılmayı istemeyen o adam, boşanmak için iki avukat birden tuttu. Nihayet dava 1,5 yılın sonunda bitti. Artık boşanmıştım ve dayaktan kurtulduğumu sanıyordum.

Bir kez daha dayak

Boşanma davası sürerken Reha'yla tanıştım. Bir barda arkadaşlarımla otururken yanımıza geldi. Masadakilerden birinin tanıdığıydı. Yemyeşil gözleri vardı, hayatımda gördüğüm en karizmatik erkekti. Önce arkadaş olduk. Sonra aramızda aşk başladı. Maddi sıkıntı içindeydim, çalışmam gerekiyordu ama o buna izin vermiyordu. "Ben sana bakarım" diyordu. Zengindi, bana her istediğimi verebilecek güçteydi. Sürekli hediyeler alıyor, beni el üstünde tutuyordu. Cinsel uyumumuz da mükemmeldi. Onu görmeden bir tek gün bile geçiremiyordum. O da bensiz olamıyordu.

Yine de çok korkuyordum. Boşanmış olduğum için bir gün beni terk edeceğini düşünüyordum. Bu korku beni deli ediyordu. Reha çok kıskançtı, evden dışarı çıkarmıyordu.

Onunla aynı evi paylaşıyorduk. Evli değildik ama karı-koca hayatı yaşıyorduk. Onu çok seviyor olmama rağmen kıskançlıklarından bunalmıştım. Gizli gizli dışarı çıkıyordum. Derken yalanlarım ortaya çıkmaya başladı. Reha çok sinirlendi, eşim Eser gibi beni dövdü. Âşıktım, gözüm ondan başka bir şeyi görmüyordu ve dayaklarına katlanıyordum. Ne yaparsa yapsın ondan vazgeçemezdim. Yeter ki beni bırakmasın, yeter ki beni aldatmasın...

Onu da aldattım

O çok sevdiğim, o her şeyine katlandığım adamın bana karşı ilgisi bir süre sonra azalmaya başladı. Bir bahane buluyor, beni terk ediyor, 10-15 gün aramıyordu. Evde çıldırıyordum, ne yapacağımı bilemiyordum. Ben güzel bir kadındım ve çevremde benimle ilgilenen çok sayıda erkek vardı. Reha bunları bile artık umursamıyordu. Canı beni çektiğinde arıyor, ben de salak gibi koşa koşa ona gidiyordum. Benimle seks yaptıktan sonra bir daha aramıyordu. Artık bu duruma dayanamıyordum. O dönemde Turhan'la tanıştım. Yakışıklıydı, zengindi. Önce telefonlaşmaya başladık. Bana âşık olduğunu söylüyordu. Turhan'ı elde etmem hiç de zor olmadı. Buluştuğumuz ilk gece seviştik. Yüzüne bakmaya kıyamadığım aşkım Reha'yı aldatmıştım. Kesinlikle pişman değildim. Hak ettiğini düşünüyordum. Turhan'la buluşmalarımız devam ederken Reha bazı şeylerden şüphelendi ve beni takip ettirdi. İşte o takip sonucu yakalandım. İhanetim ortaya çıkmıştı. Yaklaşık iki saat boyunca beni hiç durmadan dövdü. Bir yandan "Seni asla bırakmam" diyor, bir yandan da vuruyordu. Yatağa bağladı beni, tecavüz etti. Tecavüz ederken "Seni seviyorum" diyordu bir yandan da... Benimle birlikte ağlıyordu. Sonunda halime acıdı ve beni bıraktı. Ardından iki gün boyunca telefon mesajlarıyla bana hakaret etti...

Barışmak istiyor
Bu olaydan sonra Reha düzeldi. Geçici bir düzelme olduğu da on gün sonra ortaya çıktı. Ben "Artık beni asla affetmez" diye düşünürken tekrar çıkıp geldi. Sanki melek olmuştu. Beni dövmüyor, kötü davranmıyor, aldatma olayından hiç söz etmiyordu. Pişmandım, onu artık kaybetmek istemiyordum. Ama beni dövmesini de istemiyordum. Reha on gün sonra tekrar eski haline döndü. Beni dövmek için en küçük bir fırsatı bile kaçırmıyordu. Bense o dövdükçe aldatıyordum. O dövüyor, ben gidip barda biriyle tanışıyor ve yatıyordum. Şu anda da aynı şey devam ediyor. Reha ile bir dargın bir barışık ilişkimiz sürüyor. Bana kötü davrandıkça kendimi tutamıyorum ve aldatıyorum. Reha birkaç gün önce yine çıkıp geldi. Ellerinde çiçeklerle... Bana yaptıkları için özür diledi, "Tekrar deneyelim" dedi. Bense ona "Arkadaş kalalım" dedim. Aslında Reha'ya hâlâ âşığım ama artık olmayacağını biliyorum. Beni öyle çok kır-

dı, öyle çok üzdü ki tekrar birliktelik yaşayabileceğimi sanmıyorum. Hayatın içinde savrulup gidiyorum. Bir ara gecelik ilişkiler yaşadım. Kendimden iğrendim, onu da bıraktım. Çünkü bunun bir sonu yok. Ben çok şey istemedim. İşi gücü olan, kendine ve bana saygı duyan, beni şımartan, seven, koruyan, kollayan birini istedim. Her genç kız böyle birini ister. Eser'e de, Reha'ya da bunu anlatmaya çalıştım. Ben de isterdim sevdiğim adamla olmayı, onun kollarında yatmayı. Ondan bir çocuk sahibi olmayı. Şu anda bu bana öyle uzak geliyor ki. Daha 23 yaşındayım ama hayata dair hiçbir beklentim kalmadı. Bir işim var, az çok para kazanıyorum ve kendimi geçindirebiliyorum. Savrulup gidiyorum işte ve bunun sonu nereye varacak ben de merak ediyorum...

Aldatmanın Ağır Bedeli

Adı: Leyla...
Yaşı: 33...
Yaşadığı kent: Samsun...
Medeni hali: Evli, bir çocuk annesi...
Mesleği: İşsiz...

Leyla, görücü usulüyle evlendiği eşini hiç sevmedi. Yine de yıllarca ailesinin ve toplumun istediği şekilde davrandı; evine, eşine bağlı bir kadın oldu. Bir gün Bülent'le tanıştı, hayatı değişti. Eşini aldatmanın bedelini çok ağır ödedi.

Evlilik herkesin altından kalkabileceği bir şey değil. Hele benim gibi, aile zoruyla küçük yaşta evlendirilenler için. Düşünebiliyor musunuz, hiç tanımadığınız, hiç sohbetinizin olmadığı adamla bir ömür boyu birlikte yaşamaya mahkûm ediliyorsunuz. Sizin düşüncelerinizi, duygularınızı kimse dikkate almıyor. Yeter ki toplumun kurallarına uyulsun. Aileler, kızlarının sorumluluğunu taşımamak için erkenden evlendiriyor. Böylece o genç kızı koruma, kollama ve bakma görevi kocaya devrediliyor. Kocanın nasıl biri olduğu hakkında en ufak bir fikirleri yok. Evlilikte yaşanan tartışmalar, uyumsuzluklar, hatta şiddet bile kol kırılır yen içinde kalır misali dışarıya yansıtılmıyor. Yansıtılsa bile "O senin kocan" denilip üstü kapatılıyor. Hele hele duygulara önem verilmesi söz konusu bile değil. Peki ya o genç kızın durumu? Yani benim durumum? Benim yaşadığım fırtınalar, benim yaşadığım olumsuzluklar? Herkes rahat, bir ben değilim. Ailem sanıyor ki mutlu bir yuvam var. Çünkü dışarıya karşı hep öyle gösterdim. Hep kocamın övündüğü bir kadın oldum. Beni herkes öyle tanıdı. Oysa gerçek çok ama çok farklı...

Lise bitti, evlendim

17 yaşında liseyi bitirdikten sonra ailemin bulduğu biriyle görücü usulü evlendim. Erkek nedir, kimdir tanımadan. Her şey bir çırpıda olup bitti. Kendimi daha çocukluktan yeni çıkmış biri olarak görüyordum. Bir evliliğin yükünü kaldırmaya hazır değildim. Beni kimse dinlemedi. Bunu bir kez anneme söylemeye kalktım, "Hepimiz bu yollardan geçtik, sen de alışırsın kızım" deyip konuyu kapattı. Duygusal bir insanım. Genç kızlığa adım attığım ilk günlerden itibaren âşık olacağım, seveceğim bir erkekle evlenmenin hayalini kurmuştum. Böyle birini bulma imkânım hiç olmadı. Ailem, beni erkekler konusunda öyle çok korkuttu ki, lisede bir erkekle değil flört, arkadaşlık bile edemedim. Ve ben düğün gecesi kocamla birlikte olmayı başaramadım. Çünkü korkmuştum. Bu durum aylarca devam etti. Eşim anlayışlı bir insan. Bu konuda hiçbir zaman zorluk çıkarmadı. Asıl problemi annemle yaşadım. Annem sürekli, "Gözünü kapat, dişini sık, olsun bitsin. Bu işi yapmazsan kocan bırakır seni, rezil oluruz" diyordu. Onun tek derdi rezil olmaktı zaten. Benim yaşadıklarımın ne önemi olabilirdi ki?..

Kocam iyi bir insan

Bu problemi eşimin anlayışı sayesinde aştım. Cinselliği keşfettikten sonra da içimdeki ateşli kadın ortaya çıktı. Kocamla cinsel yaşamımız gayet uyumluydu. Zaten kocam çok iyi bir insan. Biz orta halli bir aileyiz. Kocam bir fabrikada işçi olarak çalışıyor. Kimi zaman gece vardiyalarına kalıyor. İşte o gecelerde çok sıkılıyordum. Evet âşık değildim, sevmiyordum ama yine de kocamdı. Hiç olmazsa eve geldiği zaman sohbet ediyor, sıkıntıdan kurtuluyordum. Ben sosyal bir insan değildim. Öyle komşuluk ilişkilerini falan da sevmezdim. Oturduğumuz apartmandaki kadınların hepsi benden çok yaşlıydı. Birkaç kez onların toplantılarına katıldım ama çok sıkıldım. Sürekli kocalarını çekiştiriyorlardı. Hepsi de kocasını kötülüyordu. Hele aralarında biri vardı ki, kocasını aldattığını açık açık anlatıyor, hatta bununla övünüyordu. "Neden ayrılmıyorsun?" dediğimde, bana "Ondan iyisini mi bulacağım, hem zaten evlilik böyle bir şeydir. O da beni aldatıyor, biliyorum. Sen de yakında anlarsın" diye cevap veriyordu. O kadınların evlilikleri, yaşam tarzları beni iğrendirmişti. Zaten bir daha da onlarla görüşmedim.

Aynı şeyi yaptılar

Ailem bana yaptığını kız kardeşime de yaptı. Onu da 17 yaşında hiç tanımadığı bir adamla evlendirdiler. Kız kardeşim benim gibi değildi, biraz daha asiydi. Evlilikleri daha bir yılı doldurmadan ayrıldılar. Ailem kız kardeşimin ayrılmasına çok karşı çıktı. Ama o direndi ve istediğini kabul ettirdi. Aslında o zaman ben de cesaret bulup kocamdan ayrılabilirdim. Nedense yapamadım. Bir kabullenmişlik içindeydim. Benim kaderim böyleymiş diyordum. Bu sırada eşim çocuk istediğini söylemeye başlamıştı. Artık bir karar vermek zorundaydım. Çocuğumuz olursa ayrılmam kesinlikle mümkün olamayacaktı. Çünkü çocuğuma bu haksızlığı yapamazdım. Kardeşimin ayrıldıktan sonra düştüğü boşluk da beni etkiledi. Onun gibi olmak istemiyordum. Karar verdim, çocuk doğuracaktım. Kısa süre sonra da hamile kaldım. O zaman 21 yaşındaydım. Nur topu gibi bir kızım oldu. Kendimi tamamen kızıma vermiştim. Annelik başka bir duyguydu. Kızımdan başka hiçbir şeyi düşünmüyordum. Artık kocam da gözüme batmıyordu. Sonuçta çocuğumun babasıydı.

Sorunlar başladı

Kızım 1 yaşına gelmişti. Kocamla aramızda bazı sorunlar başladı. Beni çocuğumla ilgilendiğim için ona zaman ayırmamakla suçluyordu. Ona hak veriyordum ama içimden gelmiyordu ki. Kocamla uzun süredir cinsel ilişkiye bile girmemiştik. Ben artık istemiyordum. Bana sanki kızıma haksızlık edecekmişim, anneliğim kirlenecekmiş gibi geliyordu. Derken kocam eve çok geç saatlerde gelmeye başladı. Vaktini ev dışında, arkadaşlarıyla geçiriyordu. Bu durum canımı sıkıyordu. "Neden böyle yapıyorsun?" diye sorduğumda "Ne yapmamı bekliyorsun ki?" diye cevap veriyordu. Bugüne kadar kocama sevmediğim halde katlanmıştım. Bunun sebebi onun hep iyi bir insan olması ve beni hiç üzmemesiydi. Ama bu gerekçe ortadan kalkıyordu, çünkü artık üzmeye başlamıştı. Kocamdan uzaklaşmaya başladım. Artık tamamen kızımla ilgileniyordum. Evliliğimi sürdürmemin tek nedeni kızımdı.

Fulya ile tanışma

O günlerde üst katımıza yeni evli bir çift taşındı. Bizle yaşıtlardı. Kısa sürede ısındık, sürekli görüşür olduk. Kızın adı Fulya, eşininki Cemil'di. Neredeyse yediğimiz içtiğimiz ayrı gitmiyordu. Eşim eve sürekli geç geldiğinden ben akşamlarımı Fulya ve Cemil'le geçiriyordum. Çok iyi insanlardı. Fulya ile her şeyi konuşuyorduk. Bütün hayatımı ona anlattım. Fulya benim gibi değildi, severek evlenmişti. Bu yüzden mutluydu. Onlar da ilişkilerini ailelerine kabul ettirene kadar çok çekmişti ama sonunda başarmışlardı. Bana, "Mutsuzsan ayrıl, cesaretli ol" deyip duruyordu. Bense bu cesareti bir türlü kendimde bulamıyordum. Her şey sadece lafta kalıyordu. Bu arada annem de bendeki mutsuzluğun farkındaydı. Kendini suçlamaya başlamıştı. "Kızımın başını ben yaktım" deyip duruyordu. Bir de onu teselli etmekle uğraşıyordum. Mutsuz olmadığımı göstermek için sürekli rol yapıyordum. Annemin üzülmesine dayanamıyordum.

İlk görüşte aşk

Yıllar böyle geçti. Artık 30 yaşındaydım. Evliliğimi kör topal yürütüyordum. Fulya ve Cemil'le dostluğum devam ediyordu. Bir gün yine Fulya'nın evindeyken kapı çaldı. Gelen Fulya'nın uzun süredir görmediği kuzeni Bülent'ti. Bülent 32 yaşında, uzun boylu, geniş omuzlu yakışıklı bir adamdı. Hiç evlenmemişti. Türkiye'nin çeşitli yerlerinde çeşitli işler yapmış, sonunda memleketine dönmeye karar vermişti. Fulya bizi tanıştırdığında kalbimin hızlı hızlı attığını hissettim. Bu benim başıma ilk kez geliyordu. İlk kez bir erkeği gördüğümde heyecanlanıyordum. O da benden etkilenmiş olacak ki, o günden sonra sık sık Fulya'ya gelip gitmeye başladı. Bülent ne zaman gelse, Fulya beni yukarı çağırıyordu. Sürekli konuşuyor, gülüşüyorduk. Onunla birlikte olmak çok hoşuma gidiyordu. Bir gün Fulya bana, "Bülent senden çok hoşlandı. Bunu söylememi istedi. Seninle dışarıda buluşmak istiyor" dedi. Çok şaşırmıştım. Ben evliydim, böyle bir şeyi nasıl yapabilirdim ki? Ama Fulya ikna etti beni. "Bir kez çıkarsın işte ne olacak ki, arkadaşça görüşürsünüz" dedi. Ama işler hiç de sandığım gibi gitmedi.

Artık çok mutluydum

Öğle saatlerinde Bülent'le buluştuk. Kızımı annemenyahabırakmış, çarşıya çıkacağımı söylemiştim. Bülent, "Sen evli bir kadınsın, burası küçük kent. Sokaklarda benimle görünmen hoş olmaz. Eve gidelim, daha rahat oluruz. Merak etme, başka bir amacım yok" diyerek beni ikna etti. Bülent'in evi şehrin biraz uzağındaydı. Oralarda kimsenin beni tanımasına olanak yoktu. Evine çıkıp sohbete başladık. Ancak Bülent öyle çekici bir erkekti ki ona karşı koymamın imkânı yoktu. Bir süre sonra kendimizi yatakta bulduk. Sanki yıllardır ona hasret kalmıştım, öyle sarılıyordum. Sanki benim kocam Bülent'ti de uzun süren bir iş seyahatine çıkmış ve yeni gelmişti. Vücudunu hiç yadırgamamıştım. Bana dokunması, beni okşaması aklımı başımdan alıyordu. Bir kadına nasıl davranılması gerektiğini çok iyi biliyordu. Kibardı, efendiydi. Bambaşka biriydi. Lise yıllarımda hayalini kurduğum aşkı yaşamaya başlamıştım. Şimdi deli gibi âşıktım. O gün eve döndüğümde bambaşka biri olmuştum. Yıllardır ilk kez dünyaya gülerek bakıyordum. Mutluluğum kocamın dikkatini çekmişti. Bana "Bunca yıllık evliyiz, seni hiç böyle görmedim" diyordu. Bense yaşadıklarımı gizleyebilmek için "Artık böyle olacağım" diyor, geçiştiriyordum.

Tehdit ve şantaj

Bülent'le artık her fırsatta buluşuyorduk. Buna Fulya da yardımcı oluyordu. Evden çıkamadığım zamanlarda Bülent Fulya'ya geliyor, ben de üst kata çıkıyordum. Fulya evden gidiyor ve bizi yalnız bırakıyordu. Birbirimize doyamıyorduk. Birlikteyken dakikalar çok çabuk geçiyor, ayrıyken geçmek bilmiyordu. Fakat Bülent'in gerçek yüzü kısa sürede ortaya çıktı. İlişkimizin ikinci ayında Bülent'in cep telefonuna bir mesaj geldi. O sırada Fulya'nın evindeydik ve Bülent duş almaya girmişti. Hiç böyle huylarım olmamasına rağmen o mesajı okumak istedim ve Bülent'in cep telefonunu karıştırdım. Mesaj Serap diye bir kadından geliyordu ve "Seni çok özledim, beni görmeye ne zaman geleceksin?" diye yazıyordu. Beynimden vurulmuşa döndüm. Hemen o kadının telefonunu not ettim ve Bülent'e hiçbir şey söylemedim. Bülent gittikten sonra Serap'a telefon ettim. Kadın şaşırdı, "Ben Bülent'le iki yıldır birlikteyim" dedi. Bu kez şaşırma sırası bendeydi. Evet, ben evliydim. Ama bunu Bülent'e söylemiştim. Bülent de bana bir sevgilisi olduğunu söyleseydi belki yine aynı şeyleri yaşardık ama hiç olmazsa bana karşı dürüst olurdu. Bunu kendime yediremiyordum. Ertesi gün Bülent'e durumu bütün açıklığıyla anlattım ve ayrılmak istediğimi söyledim. Bülent bu sözüm üzerine deliye döndü. Bana küfürler yağdırmaya, "Benden ayrılırsan her şeyi kocana anlatırım" diye tehdit etmeye başladı. Ağlıyordum. Benim tanıdığım o kibar, efendi Bülent yoktu artık. Bana "Benim altımda inlerken hiç bunları düşünmüyordun. Ancak ben istersem ayrılabiliriz. Ne zaman istersem geleceksin ve benimle yatacaksın" diyordu.

Kardeşimi kandırdı

Bu tehditler bir ay daha sürdükten sonra artık dayanamaz hale geldim. Bülent'le birlikte olmak bana işkence gibi geliyordu. Evet, ona âşıktım ama bu işi zorla ve tehditle yapıyor olmak çok farklıydı. Yaşadığım o duyguyu anlatmama olanak yok. Kendimi bir fahişe gibi görüyordum. Sonunda Bülent'e "Yeter artık, söyleyeceksen söyle kocama. En fazla başıma bir kurşun sıkar, beni bu rezillikten kurtarır" dedim. Bunun üzerine Bülent geri adım attı. Benim her şeyi göze aldığımı görünce tehditlerinden vazgeçti. Ama çok daha başka planları olduğunu sonradan öğrenecektim. Ben Bülent'ten kurtulduğuma sevinirken kardeşim bir gün bana gelip "Abla çok iyi biriyle tanıştım. Benimle ciddi düşünüyor" dedi. Bizim oralarda evlenip ayrılmış kadınların yeniden koca bulması çok zordur. Hele hele hiç evlenmemiş biriyle evlenmeleri neredeyse imkânsızdır. İşte bu nedenle kardeşim o kişiden çok etkilenmişti. Ben o kişinin Bülent olduğunu öğrenince neye uğradığımı şaşırdım. Hemen onu arayıp, "Neden böyle bir şerefsizlik yapıyorsun?" diye sordum. Bana "Önce senden intikam almak için başladım. Ama sonra sevdim kardeşini. Sana karşı hiçbir şey hissetmiyorum artık" dedi. Başıma gelenlere inanamıyordum.

Bana inanmadı

Kardeşime durumu anlatmaya karar verdim. Eve çağırdım ve saatlerce onunla konuştum. İnanmadı bana, "Beni kıskanıyorsun o yüzden böyle yalanlar uyduruyorsun" dedi. Ne dediysem, ne anlattıysam inanmadı. Bülent'le birlikte çektirdiğimiz fotoğraflar vardı. Ama ben kocam görür diye onları evde bulundurmuyordum. Hepsi Bülent'teydi. Bana gönderdiği cep telefonu mesajlarını da hemen siliyordum. Bu yüzden Bülent'le bir ilişki yaşadığımıza dair hiçbir kanıtım yoktu. Bülent'e defalarca bu işten vazgeçmesini söyledim. Vazgeçmedi. Anneme anlatmak istedim ama cesaret edemedim. Annemin gözünde değerimin düşmesini göze alamadım. Bülent'in annesi beni tanıyordu, aramızdaki ilişkiyi biliyordu. Buna rağmen gelip kardeşimi ailemden istedi. Bülent'in yaptığı şerefsizliği belki anlayabilirim ama ya bu kadının yaptığı? Çok yakında söz kesilecek ve kardeşim Bülent'le evlilik için ilk adımı atacak. Hep bozulur diye bekledim ama olmadı. Şimdi bu duruma katlanmak zorundayım. Ben bunu kocamı aldatmamın bedeli olarak görüyorum. Tanrı'nın bana verdiği bir ceza olmalı.

Sonum ne olacak?

Bazen intiharı bile düşünüyorum ama çocuğuma kıyamıyorum. Onlar evlendikleri zaman yüz yüze bakmak zorunda kalacağız. Peki ben kardeşimin düğününe nasıl gideceğim? Bir zamanlar koynuna girdiğim adamın kardeşimle birlikte olmasını nasıl hazmedeceğim? Olayların bu noktaya gelebileceğini hiç düşünmedim. Zaten nasıl düşünebilirdim ki? Bülent'in böyle bir intikam yolunu bulacağını nasıl tahmin edebilirdim ki? Tek dileğim, bu evliliğin bozulması. Kardeşimin Bülent'in gerçek yüzünü görmesi. Bu, şimdilik çok zor görünüyor. Evliliklerini engelleyecek gücüm yok. Bir de Bülent kardeşimle evlendikten sonra bana da askıntı olur diye korkuyorum. Ya yeniden benimle yatmak isterse? Ya tehditlere başlarsa, ne yaparım? Yaşadığım bu kâbusun nasıl biteceği konusunda en ufak bir fikrim yok. Hayatın bana neler getireceğini zaman gösterecek...

Çokeşlilikten Vazgeçmem

Adı: Seyhan...
Yaşı: 30...
Yaşadığı kent: İstanbul...
Medeni hali: Evli, iki çocuk annesi...
Mesleği: Bankacı...

Seyhan, en iyi okullarda okudu, hiç maddi sıkıntı çekmedi. Ama kendi deyimiyle "şımarık"tı. Tanıştıkları sırada eşi başkasıyla evliydi. Boşanmasını sağladı, onunla evlendi. Elde etme duygusunu bir türlü tatmin edemedi. Eşini de hep evli erkeklerle aldattı.

Yazar Nazlı Eray, bir yazısında "Aşk zeki insanların işidir" demişti. Ben buna "Aldatma da zeki insanların işidir" diye bir eklemede bulunmak istiyorum. Kadınların bu konuda daha başarılı olduğuna inanıyorum. Çünkü biz hiçbir ayrıntıyı atlamıyoruz. Her şeyi enine boyuna düşünerek planlıyoruz. Bu nedenle yakalanmamız söz konusu olmuyor. Eşimi defalarca aldattım. Hatta birkaç sefer beni yakalaması için ona bilerek ipuçları bile verdim. Ama anlayamadı, yakalayamadı. Çünkü benim onu aldatmayacağımdan o kadar emindi ki, yakalaması mümkün değildi. Benim ihanetlerimin sorumlusu ne eşim, ne de ailem. Tamamen kendi tercihim. Ülkemizin toplumsal şartları bunu kaldırmasa da, ben çok eşli yaşam tarzını benimsedim. Biliyorum, bu yazıyı okuyanlar beni kınayacak, hatta belki ağza alınmayacak küfürler edecek ama önemli değil. Üstelik çok eşliliği benimsemiş tek kadın ben değilim. Böyle yaşayan birçok tanıdığım kadın var. Ortaya çıkmıyoruz elbette ama bir yolunu bulup mutlaka yaşıyoruz. Bir erkeği elde etme heyecanını hiçbir şeye değişmem. O heyecan başka hiçbir şeyde yok. Eşimi seviyorum ve onun da beni sevdiğinden en küçük bir şüphem yok. Belki de o da beni aldatıyordur. Araştırmıyorum, soruşturmuyorum. Bir tek konuda vicdan azabım var. Çocuklarım...

Maddi durumum iyi

Ticaretle uğraşan zengin bir ailenin iki kızından biriyim. Hiçbir zaman para sorunumuz olmadı. Özel okulda okudum. Oklumuzda burslu okuyan fakir öğrenciler vardı. Ben onlara özenirdim. Bazen hayaller kurar "Keşke bizim de paramız olmasa, ben de onlar gibi yaşayabilsem" derdim. Merak ederdim onların yaşamını. Ellerindekinin kıymetini daha iyi bildiklerini düşünürdüm. Oturduğumuz semt, İstanbul'un en iyi semtlerinden biriydi. Hem okulda hem de semtimizde, kızlar erkekleri, flörtü çocuk denecek yaşlarda keşfetmeye başlardı. İlk flörtüm, ortaokul son sınıftayken oldu. Okulda herkesin peşinden koştuğu Berk adlı yakışıklı bir çocuk vardı. Bütün kızlar onunla flört edebilmek için birbiriyle yarışırdı. Bense hiç ilgilenmezdim. Daha doğrusu ilgilenmez görünürdüm. Zaten bu umursamaz tavrımın erkekleri elde etmek için en büyük kozum olacağını ilerleyen yıllarda anlayacaktım. Berk benimle ilgilenmeye başlamıştı. Bana teklifte bulundu, şaşırdım. Tabii kabul ettim, okulda kızlar arasında büyük havam olmuştu. O yıl sonu gelince Berk'ten ayrıldım. Ayrılmayı da ben istedim. Onu terk ettim. Bütün kızlar benim deli olduğum konusunda hemfikirdi. Ama deli değildim, sıkılıyordum. Çabuk çözüyordum bir erkeği. Bir süre sonra konuşacak bir şey kalmıyordu. Bana göre erkekler çapsız yaratıklardı. Lisede de flörtlerim devam etti. Hiç kimse için kendimi zorlamadım. Hep bana gelip teklifte bulundular. Kabul ediyor, iki üç ay çıkıyor, sonra bırakıyordum. Bunu bildikleri halde erkekler peşimden ayrılmıyordu. Ama bir gün fena çakıldım...

İlk kez âşık oldum

Lise bittikten sonra yine Türkiye'nin en iyi üniversitelerinden birinde işletme okumaya başladım. İlk kez o zaman âşık oldum. Adı Mehmet'ti. Öyle yakışıklı falan değildi. Bir Anadolu kentinde fakirlik içinde büyümüş, başarılı bir öğrenciydi. Okulda hiç kimseye takılmaz, kendi halinde bir köşede otururdu. Hep dikkatimi çekiyordu Mehmet. Konuşmak istiyordum ama nedense o cesareti bulamıyordum. Çıldıracaktım. Çok merak ediyordum Mehmet'i. Sonunda onunla konuşmayı başardım. Bir sınav öncesi ders notlarıyla ilgili bir şey sorma bahanesiyle yanına gittim. Konuşurken sesim titriyordu. Mehmet beni güler yüzle dinledi, sonra da yardımcı olacağını söyledi. Çok sevinmiştim. Ertesi gün Mehmet ders notlarını getirdi. Yanımdan gitmesini istemiyordum. "Beni bu derse çalıştırır mısın?" diye sordum. Kabul etti. O andan itibaren okuldaki her saatimizi beraber geçirmeye başladık. Mehmet benim gibi değildi, parasını çok dikkatli harcamak zorundaydı. Bense okul kantininden dilediğimi alıyor, yemeden bırakıyordum. Bir süre sonra Mehmet'in rahatsız olduğunu hissetmeye başladım. Bana "Ben senin yanında mahcup oluyorum. Sana bir çay bile ısmarlayamıyorum" dedi. Çok üzüldüm. O günden sonra dikkat etmeye başladım. Ben de Mehmet gibi yaşamaya başladım. Daha doğrusu bir fakir gibi yaşıyordum. Lisedeyken özlemini kurduğum şekilde...

Mehmet'e âşık olmuştum. Bunu ona söylemek istiyordum ama hiç cesaretim yoktu. Bir gün yine kantinde ders çalışırken masanın altından bacağımı Mehmet'in bacağına dokundurmaya başladım. Kızardı, birden bacağını çekti. Bana dönüp "Seyhan, ben haddimi bilen bir insanım. Senden etkilenmemek mümkün değil ama bu birlikteliğin sonu olmaz. Bu okulu başarıyla bitiremezsem hayatım söner. Benim babamın parası yok. Ya okulu bitirip iyi bir iş bulacağım ya da inşaatta amele olacağım. Sen de bir süre sonra zaten benden sıkılırsın. Ben senin gittiğin yerlere gidemem, yediğini yiyemem, giydiğini giyemem. Vazgeçelim zorlamaktan. Böyle arkadaş kalmamız çok daha iyi" dedi. Yıkılmıştım. O ana kadar istediği her erkeği elde eden ben, bu kez yere çakılmıştım. Günlerce ağladım. Dünyayla ilişkimi kestim.

İlk kez âşık olmuştum ve aşkıma karşılık bulamamıştım. Mehmet'le arkadaşlığımı kestim, çünkü onun yanında olmaya dayanamıyordum. Onun yanında olup da ona dokunamamaya katlanamıyordum. Sessizce uzaklaştım Mehmet'ten...

Mehmet bunu zaten bekliyordu. Hiçbir şey söylemedi bana, ikimiz de yaşamımıza devam ettik...

Mustafa'yı eşinden ayırdım

Üniversitenin üçüncü sınıfındayken ilk cinsel deneyimimi yaşadım. Yine kolaylıkla elde ettiğim biriydi. Benimle birlikte olmak için bir yalvarmadığı kalmıştı. Nasıl olsa bir gün olacak deyip onunla seviştim. O gün dişiliğimi de keşfettim. Daha sonra dünyadaki en tehlikeli silahın dişilik olduğunu öğrendim. Bu silahı çok iyi kullanmaya başlamıştım. Yine lisedeki gibi bir erkekle iki üç ay çıkıyor, sonra sıkılıp bırakıyordum. Arkamdan konuşulduğunu biliyordum ama umurumda değildi. Ben kendi istediğim gibi yaşıyordum. O dönemde kimseyi aldatmadım. Çünkü aldatmaya ihtiyacım yoktu. Sıkıldığım birini kolaylıkla bırakabildiğim için aldatmama gerek kalmıyordu.

Üniversite bittikten sonra yüksek lisans yapmak üzere bir Avrupa ülkesine gittim. Artık 22 yaşındaydım. Mustafa'yı o ülkede tanıdım. Evliydi, eşiyle birlikte küçük bir dükkân işletiyorlardı. O zaman 30 yaşındaydı. Çok sevimli, güler yüzlü, düzgün konuşan ve iyi eğitimliydi. Yurtdışında yüksek lisans yapmış, bir daha Türkiye'ye dönmemişti. Eşi yabancıydı, çalıştırdıkları dükkân da eşinin babasınındı. İki yıl olmuştu evleneli, çok mutlulardı. İşte bu mutluluğu kıskanmaya başladım. Mustafa'yı elde etmek istiyordum. Neredeyse her gün dükkâna gidiyordum. Eşi bana çok iyi davranıyordu. Planlarımı bilse elbette böyle davranmazdı. Bir gün Mustafa'yı ve eşini kaldığım küçük evime davet ettim. Geldiler, uzun uzun sohbet ettik. İkisi de beni seviyordu ama ben Mustafa'nın beni farklı duygularla sevmesini istiyordum. Aradığım fırsatı birkaç gün sonra buldum...

Yakışıklı doktor Suat

Yine bir gün dükkâna gittiğimde Mustafa'yı sıkıntılı gördüm. Eşi yoktu. Tartışmışlardı. "Konuşmak istiyorsan dinlerim seni, istersen akşam bana gel" dedim. Akşam geldi. İşte dişilik silahını ilk kez kullanmam da o akşam oldu. Mustafa'yı baştan çıkardım. Yaralı bir adamı baştan çıkarmak kolaydı. Birkaç saat konuştuktan sonra kendimizi yatakta bulduk. Mustafa benimdi artık, onu eşinin elinden alacaktım. Bunu başarmam zor olmadı. Sadece altı ay sonra boşandı Mustafa. Birlikte Türkiye'ye döndük. Bana evlenme teklif etmişti. Sıkılacağımı bile bile evlendim. Çünkü çocuk istiyordum. Anne olmak istiyordum. Evlendiğimde 24 yaşındaydım. Mutluyduk, babamın aldığı güzel bir evde oturuyorduk. Mustafa'yı kendi yaşam biçimime uydurmam zor olmadı. Babamla çalışmaya başladı. Bense çalışmıyordum, arkadaşlarımla gezip günümü gün ediyordum. Mustafa ile bütün denemelerimize rağmen hamile kalamamıştım. Sorun kimdeydi bilmiyordum o zaman.

Yakın arkadaşım Lale'nin ağabeyi Suat doktordu. Kadın doğum uzmanı değildi ama Lale bana "Ağabeyimin çalıştığı hastaneye gidelim, o bize birini bulur" dedi. Hastaneye gittik. Suat çok yakışıklı bir doktordu. 35 yaşında ve evliydi. Onu görür görmez beğendim. O bize yardımcı olmaya çalışırken ben aklımdan sadece onunla birlikte olmayı geçiriyordum. O günden sonra birkaç kez daha hastaneye gittim. Anlaşılan o da beni beğenmişti. Muayenehanesine çağırdı. Gittim. O gün orada birlikte olduk. Bu arada ben kadın doğum uzmanını falan unutmuştum. Derken hamile kaldım...

Yine elde etme isteği

Çocuğun kimden olduğu konusunda kuşkularım vardı. Ama ne olursa olsun çocuğumu doğuracaktım. Eşime söylediğimde havalara uçtu. Dokuz ay sonra kızım Selin doğduğunda babasının hangisi olduğunu anlamam zor olmadı. Selin, Suat'a çok benziyordu. Eşim Mustafa "Bu çocuk tıpkı ben" diyordu ama gerçek öyle değildi. Bunu Suat'a söyleyip söylememe konusunda kararsız kalmıştım. Bir gün bana telefon etti, anne olmamı kutladı ve sordu: "Bu çocuk kimden?" Gerçeği ona anlatamadım, babasının Mustafa olduğunu söyledim. İnandı mı inanmadı mı bilmiyorum, ama o günden sonra bir daha asla aramadı. İki yıl geçti, kızım büyüyordu. Onu çok seviyordum. Eşim de kendini tamamen işine vermişti. Başarılıydı, babamla birlikte işleri çok büyütmüşlerdi. Ben artık evde sıkılmaya başlamıştım. Çalışmak istediğimi söyledim. Tabii ki kimse karşı çıkmadı. Bir bakıcı tuttuk ve ben bankada çalışmaya başladım. Eğitimimi gören banka müdürü kısa sürede beni terfi ettirdi. Ekim'i de o bankada tanıdım. Hatırlı müşterilerimizden biriydi. O da ticaretle uğraşıyordu. Eşimi de, babamı da iyi tanıyordu. Evliydi, iki de çocuğu vardı. 40'lı yaşlardaydı. Özel konuşmalarımızda mutlu olduğunu söylüyordu. İşte bu beni tahrik ediyordu. Yine elde etme isteğim kabarmıştı.

Bir de oğlum oldu

Ekim'le sürekli telefonlaşıyorduk. Beni bir gün öğle yemeğine davet etti. Buluştuk, yemek yedik. Daha sonra arabasına bindik. Beni bankaya bırakacaktı. Arabaya bindiğimizde birden sarılıp öpmeye başladı. Ona karşılık verdim. Arabanın içinde deliler gibi öpüşüyorduk. Ellerimiz de boş durmuyordu. "Bir otele gidelim" dedi. Bankayı arayıp bir saat gecikeceğimi söyledim. Otele gittik otele ve odaya girer girmez sevişmeye başladık. Ekim'i de elde etmiştim. Buluşmalarımız günlerce sürdü. Ve ben bir kez daha hamileydim. Bu kez çocuğun babasının Ekim olduğunu önceden biliyordum. Çünkü eşimin çocuğu olmuyordu, bunu anlamıştım. Karnımdaki çocuğu aldırıp aldırmama konusunda kararsız kaldım. Evet, belki kötü biriydim, belki bir şeytandım ama bir bebeği öldürecek kadar değil... Doğurmaya karar verdim. Ama bu kez gerçeği çocuğumun babasına söyleyecektim. Ekim'e durumu anlattım. Ondan hiçbir şey beklemediğimi, bu çocuğu doğurmak istediğimi söyledim.

Önce bana bunun iyi bir fikir olmadığını söyledi. Eşimin şüpheleneceğinden korkuyordu. Bunun üzerine ona ilk çocuğumla ilgili gerçeği de anlattım. O kadar şaşkındı ki, sadece "Senden korkulur" dedi. Hamile olduğumu eşime söylediğimde o da şaşırdı. Çünkü ikimiz de korunuyorduk. Ama bana inandı ve sevindi.

Bir aday daha var

Oğlum doğduğunda dünyalar benim olmuştu. Artık iki tane çocuğum vardı. İsteyerek birlikte olduğum adamlardan iki ayrı çocuk... Eşim beni seviyordu, ben de onu seviyordum. Evet, çocuklarımın babaları başkaları olabilirdi ama sonuçta biz bir aileydik. Vicdan azabı duymuyor değilim çocuklarım konusunda. Belki de babalarını bilme hakları var. Buna da ilerleyen yıllarda karar vereceğim. Kim bilir belki ikisine de büyüdüklerinde gerçeği açıklarım.

İşime geri döndüm. Kızım dört, oğlum iki yaşında. Eşim çocuklarımızın üzerine titriyor. Bu aralar hayatım gayet normal bir şekilde devam ediyor. Oğlum dünyaya geldikten sonra Ekim'le birkaç kez daha dışarıda görüştük. Ancak ben bunun bitmesi gerektiğini söyledim. Anlayışla karşıladı. Ekim, oğlunu gördü. Şimdi yine bankacı-müşteri ilişkimiz devam ediyor. Her bankaya geldiğinde oğlunun nasıl olduğunu soruyor. İyi olduğunu öğrenince mutlu oluyor. Eşimi yeniden aldatacağımdan hiç şüphem yok. Dedim ya, benim yaşam tarzım böyle. Ben çok eşliyim. Bir kişiyle yetinemiyorum, ne yapayım. Bu aralar yine başka bir müşterimiz benimle aşırı ilgileniyor. O da evli. Yaşı 50'ye yakın. Sürekli çeşitli bahanelerle beni görmeye geliyor, telefonlar ediyor. Ben yine dişiliğimi kullanıyorum. Hayatı gerçekten çok seviyorum...

Alkol, Uyuşturucu ve İhanet

Adı: Gamze...
Yaşı: 26...
Yaşadığı kent: İstanbul...
Medeni hali: Evli, bir çocuk annesi...
Mesleği: Muhasebeci...

Çok varlıklı bir ailenin tek çocuğu olarak büyüdü. Üniversite yıllarında alıştığı uyuşturucu ve alkol yüzünden hayatına giren herkesi aldattı. Karşısına şans eseri saygın bir işadamı çıktı. Gamze'yi kötü alışkanlıklarından kurtardı ve evlendiler. Şimdi bir çocukları var ve çok mutlular.

Ben hiçbir zaman hiçbir konuda sıkıntı çekmedim. Ne erkekler konusunda, ne de para konusunda... İstanbul'da doğup büyüdüm. Hiçbir şeyim eksik değildi ama mutsuzdum. Babam tam bir işkolikti. İşinden başka hiçbir şeyle ilgilenmezdi. Annem ise kendi dünyasındaydı. Dilediği gibi yaşıyordu. Babamı aldattığından emindim. Ama zaten biz babamın da umurunda değildik. Evde sürekli odama kapanırdım. Annemle de babamla da iletişim kurmazdım. Bana biraz deli gözüyle bakarlardı, bulaşmazlardı. Zaten böylesi işime gelirdi. Lise yıllarımda da pek arkadaşım olmadı. Sevgi eksikliği, beni içine kapanık biri haline getirmişti. Tüm bunlara rağmen başarılı bir öğrenciydim. Odamda yalnız olduğum zamanlarda sürekli ders çalışırdım. Aslında amacım başka bir şehirde iyi bir üniversite kazanıp bu evden, annemden ve babamdan ayrılmaktı. Ama bir şey daha vardı, ben de annem gibi olmak istiyordum. Dünyayı umursamamak, günümü gün etmek istiyordum. Kimseye bağımlı olmayacaktım. Evlenmeyecektim, canımın istediği gibi yaşayacaktım. Bunu da ancak başka bir şehirde üniversite okuduğum takdirde hayata geçirebilirdim. Deli gibi ders çalıştım ve sonunda Ankara'da saygın bir üniversitede iyi bir bölümü kazandım. Gerçek hayatla da üniversiteye gittiğimde tanıştım...

Alkolle ilk tanışma

Üniversiteyi kazandığımda 17 yaşındaydım. İstanbul'dan tanıdığım bir çocukluk arkadaşım sayesinde Ankara'da çok güzel bir ev tuttum. Ailem bana maddi destek veriyordu. Bunun dışında başka hiçbir destekleri de olmadı. Okullar açıldı, ilk dönem çok iyi gitti. Derslerim iyiydi. Üniversitede de ilk dönem fazla arkadaş edinmemiştim. Yine sürekli ders çalışıyordum. Sonra bir gün Arda ile tanıştım. Onunla bir ortak noktamız vardı. Arda da benim gibi ailevi problemler yaşıyordu. Daha tanıştığımız ilk gün bunları birbirimize anlattık. İkimizin de sorunlu olması bizi birbirimize yaklaştırdı. Zamanla her şeyimizi paylaşır olmuştuk. Dersleri pek iplemiyordum artık. Okula gidiş gelişlerim azalmış, ders çalışmaz olmuştum. Zamanımın tamamını Arda ile geçiriyordum. Arda da varlıklı bir ailenin oğluydu. Bir gün Arda evinde parti verdi. Evet, ben sorunlu bir çocuktum ama o güne kadar birkaç bira dışında hiç içki içmemiştim. Arda'nın verdiği partide içki su gibi aktı. İlk kez o gece sarhoş oldum. Ne içtiğimi, ne kadar içtiğimi hiç hatırlamıyordum. Sabah uyandığımda Arda'nın yatağında ve çıplaktım. Kendimden utanıyordum, ben neler yapmıştım? Benim o halimi görünce sarıldı Arda, "Lütfen korkma, ben seni seviyorum. Niyetim de ciddi, gerekirse hemen evleniriz" dedi. İnandım ona, çünkü inanmak istiyordum.

Sıra uyuşturucu haplarda

Aslında Arda çok iyi bir gençti. Sorunları olmasına karşın diğerleri gibi değildi. Bazı garip yanları vardı ama yine de bana her zaman sahip çıkardı. Arda'yla aramızda artık güzel bir ilişki başlamıştı. Sürekli onun evinde kalıyordum. Sonunda Arda bana "Seninle birlikte yaşamak istiyorum, benim evime taşın" teklifinde bulundu. Buna çok sevindim. Eksikliğini hissettiğim sevgi dolu ortamı Arda'nın evinde bulacağımı sanıyordum. Teklifini kabul ettim, kendi eşyalarımı satıp evimi boşalttım ve Arda'nın evine yerleştim. Her şey çok güzel gidiyordu. Hayatım düzene girmişti. Okula da devam etmeye başlamıştım. Ama Arda neredeyse her gece içki içiyordu. Ben de ona eşlik ediyordum. Arda'nın arkadaşları da beni kabullenmişti. Sürekli beraberdik. Arda'nın en yakın arkadaşı Fatih'ti. Ankara'da o dönem çok ünlü olan bir barı işletiyordu. Biz de o bara çok sık gidip geliyorduk. Bir akşam Arda eve Fatih'le birlikte geldi. Yedik içtik, sohbet ettik. Bir ara Fatih cebinden bazı haplar çıkardı ve Arda'ya ikram etti. "Bunlar ne?" diye sorduğumda rahatlamak için içtiklerini söylediler. Benim de denememi istediler. Önce karşı çıktım. Onlar hapları içtikten sonra gerçekten çok mutlu görünüyorlardı. Sürekli kahkahalar atıyorlardı. "Bir hap insanı bu kadar mutlu yapabilir mi?" diye düşünürken ben de bir tane yuttum. İşte o an hapı zaten yuttum...

Dünyadan kopmuştum

Hapın etkisi gerçekten olağanüstüydü. Bir anda tüm sorunlarımı unutmuştum. Her şey gözüme mükemmel görünüyordu. Çok rahatlamıştım. Dünya artık bambaşkaydı. Ne ailem ne de okul umurumdaydı. O an için dünyanın en mutlu insanı bendim. Kendi tipimi hiç beğenmezdim. Ama o hap sayesinde en alımlı, en çekici, en güzel kız ben oluyordum. Artık her şeye âşıktım. Yaşamaktan dolayı ilk kez bu kadar mutluydum. Arda ve Fatih bu hapın hiçbir zararının olmadığını söylüyordu. Ben de öyle düşünüyordum. İnsanı bu kadar mutlu eden bir hap niye zarar versin ki? Beni bu ilaçla tanıştırdıkları için Arda ve Fatih'e binlerce kez teşekkür ettim. Hapla birlikte içki de alıyorduk. Bu bizi dünyadan daha da koparıyordu. Sorun yoktu, sadece mutluluk vardı. Kanım damarlarımda çok hızlı akıyordu. O kadar içkiye rağmen enerji doluydum. Sokağa çıkıp kilometrelerce koşabilecek kadar dinç hissediyordum kendimi. O gece Arda erken sızdı, Fatih'le baş başa kaldık. Ben de yatmak için ayağa kalktım. Bu sırada Fatih bana arkadan sarılıp "Seninle uyumak istiyorum. Seni ilk tanıdığım günden beri içimde bir şeyler var" dedi. Bu durum bana hiç garip gelmedi. Hapın ve içkinin etkisiyle kabul ettim.

İkisiyle de birlikteydim

Fatih'le bir odada birlikte olduk. Sevişirken canımı çok yakıyordu ama bu durum hoşuma gidiyordu. Sevgilimi, onun evinde en yakın arkadaşıyla aldatıyordum. Ertesi gün uyandığımda kendimi çok kötü hissediyordum. Zaten bu hap insanda böyle bir etki yaratıyordu. Önce uçuruyor, etkisi geçince de insan kendisini çok kötü hissediyordu. İnsanın içini yokluk, ezilmişlik duygusu kaplıyordu. Bu yüzden sürekli o haplardan almak istiyordum. Bana bu hapları sağlayacak olan kişi de Fatih'ti. Fatih'le görüşmelerimiz devam ediyordu. Onun işlettiği bara gidiyor, yanında sabaha kadar kalıyordum. Arda artık umurumda bile değildi. Zaten kendimi uyuşturucunun ve alkolün etkisine tamamen kaptırmıştım. Fatih bana hap, içki veriyor, sonra da deliler gibi sevişiyorduk. Okulla ilişkim tamamen bitmişti. Zaten sonunda beni devamsızlıktan attılar. Ailemin gönderdiği parayı tamamen içkiye, uyuşturucuya yatırıyordum ama yetmiyordu. Çünkü bu haplar pahalıydı ve ben hap almadığım zamanlarda çok sinirli ve mutsuz oluyordum.

Barda çalışmaya başladım

Sonunda Fatih bana barda çalışmamı teklif etti. Böylece hem birlikte olacaktık, hem de para kazanacaktım. Tabii ki kabul ettim. İyi para kazanmaya başlamıştım. Güya Arda'nın evinde kalıyordum ama pek uğramıyordum. Arda bara geliyor, beni görüyor ve gidiyordu. O da içkinin ve uyuşturucunun etkisi altındaydı. Bizim için tek amaç bir hap bulmaktı. Bunun için yapmayacağımız şey yoktu. Haplıyken yaptığım şeyleri şimdi düşündükçe kendimden iğreniyorum. Arda ile Fatih'i uzun süre idare ettim. Bu arada hayatıma başkaları da girdi. Hatta bunlardan biri bana çok âşık oldu. Ben de onu sevebilirdim ama olmadı. Uyuşturucu ve alkol yüzünden düzenli bir hayat yaşamama imkân yoktu. Aileme birkaç kez kötü durumda olduğumu söylemeye çalıştım ama beni dinlemediler bile. Onlar yine kendi âlemlerindeydi. Annem her gece dışarıda, babamsa işinin başındaydı. Ankara'da kaldığım yıllar boyunca bir kez olsun beni ziyarete gelmediler, ne durumda olduğumu hiç sormadılar. Sadece bana para gönderdiler. Oysa para her şeyin çözümü değil ki... Ben para istemiyordum, ilgi istiyordum, sevgi istiyordum. O dönemde benimle biraz ilgilenselerdi, ben alkol ve uyuşturucu illetinden daha çabuk kurtulurdum.

Aldığım en güzel teklif

Neyse ki karşıma melek gibi bir adam çıktı. Bara gidip gelen ve her zaman iyi giyinen bir adamın gözleriyle sürekli beni takip ettiğini fark ettim. Ben barmaidlik yapıyordum. Müşteri çok olduğunda da masaların arasında gezerek garsonlara yardım ediyordum. Bu adam neredeyse her gün bara gelirdi. Her geldiğinde de benimle konuşmak için bahaneler yaratırdı. Barın sakin olduğu bir gün bana "Sen daha iyi yerlere layıksın, buralarda işin yok" dedi. İnanamıyordum buna. Benim gibi alkol ve uyuşturucu bağımlısı birinde ne bulmuştu ki? Üstelik öyle güzel ve alımlı biri de değildim. Bara gelen çok sayıda güzel, seksi kız vardı. Bu adam neden onlarla ilgilenmiyordu ki? Zamanla samimiyetimiz arttı. Adı Ahmet'ti. Ankara'da tanınan, bilinen, saygın bir işadamıydı. 41 yaşındaydı. Evlenmiş, boşanmıştı. Çocuğu yoktu. Sonunda bana "Bu işi bırak, gel benim asistanım ol" diye teklifte bulundu. Şaşırdım, kartını aldım ve "Size daha sonra cevap veririm" dedim.

Her şeyi ona anlattım

Bu teklife çok sevindim ama korkularım vardı. Her şeyden önce ben bir bağımlıydım. Böyle bir işadamının asistanı olduğum zaman ne yapacaktım? Kafayı bulmuş bir vaziyette işe gidemezdim ki! Üstelik ilişkilerim berbattı. İki erkek arkadaşı birden idare ediyordum ve arada başkalarıyla da birlikte oluyordum. Bunları ona anlatırsam beni yine de asistanı olarak ister miydi? Hayatımın kararını vermek zorundaydım. Ya Ahmet'in teklifini kabul edecek ve ona her şeyi anlatacaktım ya da reddedip bu sefil ve iğrenç hayata devam edecektim. Sonunda Ahmet'e yaşadığım her şeyi anlatmaya karar verdim. Ertesi gün Ahmet'e telefon ettim ve işyerine gittim. Yaşadığım her şeyi en ince ayrıntısına kadar anlatmaya kararlıydım. En fazla beni istemez, ben de eski yaşamıma geri dönerdim. Ama beni anlaması, bana bir şans vermesi için içimden dua ediyordum. Çünkü benim başka kurtuluş şansım yoktu. Zaman zaman gazetelerde uyuşturucudan ölenlerin haberlerini görüyordum. Bir gün benim sonum da onlar gibi olacaktı.

İkisini de terk ettim

Ahmet beni dikkatle dinledi, sorular sordu. Neden uyuşturucuya ve alkole düşkün olduğumu öğrendi. Ben sözlerimi bitirdikten sonra da "Üzülme, seni bu illetten kurtaracağım. Yeter ki sen de kurtulmak iste ve bana yardımcı ol. Seni bir tedavi merkezine yatıracağım. Tüm masraflarını ben karşılayacağım. Tedavin olumlu sonuç verirse de sana bir ev tutacağım ve orada yaşayacaksın" dedi. Karşımda duran bir insan değil, resmen melekti. Tanrı'nın bana gönderdiği bir melek... Kalkıp Ahmet'in boynuna sarılmak istiyordum.

İşyerinde olduğu için yapamadım bunu ama orada sevinçten ölebilirdim. Ahmet'e bir tek Fatih'i ve Arda'yı aynı anda idare ettiğimi söylemedim. Beni yargılamasından korktum. Hemen işyerinden çıktım, bara gittim ve Fatih'e "Ben işten de senden de ayrılıyorum" dedim. Ardından Arda'yı buldum ve ona da "Buraya kadar Arda, ben bu hayattan sıkıldım. Kendime bambaşka bir yaşam kuracağım" dedim ve giysilerimi bir bavula doldurup evi terk ettim.

Uzun süren tedavi

Ahmet beni tedavi merkezine yatırdı. Tedavi süreci çok sancılı oldu. Zaman zaman tekrar hap almanın kıyısından döndüm. Sanmayın ki tedavi merkezlerinde uyuşturucu bulunmuyor. İsterseniz satıcılar sizin odanıza kadar servis yapabiliyor. Tedavi merkezinde tanıdığım birçok kişi orada da uyuşturucu almaya devam etti. Ben hep direndim. Çok acı çektim, çok kâbus gördüm ama bu illetten kurtulmaya kararlıydım. Çektiğim acıların karşılığını da gördüm. Tedavi merkezinden temiz olarak çıktım. Ahmet tedavi süresince neredeyse her gün beni ziyaret etti. Çıktığımda da o karşıladı. Bana eşyalı bir ev tutmuştu. O eve yerleştim ve işe başladım.

Mutluluğu buldum

Ahmet hiçbir zaman bana birlikte olma teklifiyle gelmedi. Zaman zaman Ahmet'in tüm bu iyilikleri benimle yatmak için yaptığını düşündüm. Ama bir kez olsun bunu hissettirmedi. Bir kez olsun beni iş dışında bir yere götürmedi, çıkma teklif etmedi. Hayatım düzene girmişti. Ağzıma içki koymuyordum, eski çevremden tamamen uzaklaşmıştım. Bu arada çıkan af sayesinde tekrar okuluma da dönmüştüm. İstanbul'daki ailem bile artık beni üzemiyordu. Zaten umurumda da değillerdi. Bir süre sonra Ahmet bana evlenme teklif etti. Mutluluktan uçuyordum artık. Kabul ettim. Hiç vakit geçirmeden evlendik. Aileme sormadım bile, hatta onları düğünümüze de davet etmedim. Evlendiğimi çok sonra öğrendiler ve ona bile tepki göstermediler. Şimdi Ahmet'le çok mutluyum. Bir kızımız var. Ahmet benim için dünyanın en yakışıklı, en efendi, en kibar, en iyi erkeği. Bana ve kızımıza çok düşkün. Ben gerçekten Tanrı'nın sevgili kullarından biriymişim. Annemde, babamda bulamadığım ilgiyi, sevgiyi, huzuru şimdi eşimle ve kızımla yaşıyorum. Eşimi aldatmayı aklımın ucundan bile geçirmiyorum. Onun da beni aldatacağını hiç sanmıyorum. Çünkü biz birbirimize çok bağlıyız. Zamanında yaşadığım tüm o iğrençlikler bana elimdekinin kıymetini bilmeyi öğretti.

Evliliğim Aşklarımı Bitirdi

Adı: Neslihan...
Yaşı: 30...
Yaşadığı kent: Antalya...
Medeni hali: Evli, iki çocuk annesi...
Mesleği: Ev hanımı...

Neslihan istemediği biriyle evlendi. Maddi problemi olmadı ama hep mutluluğu aradı. Âşık olduğu ilk insan olan Haldun evli olduğu için Neslihan'ı istemedi. Daha sonra internette tanıştığı Özgür de yine aynı gerekçeyle Neslihan'ı terk etti. Aşklarıyla fiziksel teması olmadı ama eşini sanal olarak aldattı.

Bir köyde doğdum. Üç kardeşiz, iki ağabeyim var. Ailem çiftçilikle uğraşıyor. Tütün, pamuk, zeytin ekip biçiyor. Ben çocukken tarlada çalışmayı hiç sevmezdim. Ama başka seçeneğim yoktu. Ailem çok tutucuydu. Beni hiçbir yere göndermezlerdi. Annem bana sürekli kızlığımı iyi korumam gerektiğini aşılardı. Her fırsatta, "Kızlığını muhafaza et. Sana sadece onu soracaklar, başka bir şeyi sormayacaklar" derdi. Ben o zamanlar kızlığın bile ne olduğunu bilmiyordum ki...

Bizim evimiz anayolun üzerindeydi. Bir süre sonra köyümüzün bulunduğu bölge turizme açıldı. Yerli, yabancı çok sayıda turist gelip gitmeye başladı. Ağabeylerim ve babamla konuşup bir lokanta açmayı önerdim. Önce kabul etmeseler de sonra bu fikre olumlu baktılar. Sonunda lokantayı açtık. Kısa sürede çok para kazanmaya başladık. Ama sabahtan akşama kadar çalışmaktan dolayı canım çıkıyordu. Gerçi mutluydum, hiç olmazsa tarlaya gitmiyordum. Bu sayede lokantamıza gelip yemek yiyen çok sayıda insan tanıdım. Onların adreslerini alıyor, kışın mektuplaşıyordum. Köyümüzün gelenekleri doğrultusunda başıma yemeni takardım ama tesettürlü değildim. Oldukça güzel bir kızdım. Güler yüzlüydüm, sempatiktim. Zaman zaman gelen turistlerden bazı teklifler alıyordum. Ama ailemden korktuğum için değerlendiremiyordum. Çevre köylerden kısmetlerim çıkıyordu. Onları da ben istemiyordum. Babamın niyeti beni bir an önce evlendirmekti.

Babam vermeye kararlıydı

Bir gün lokantamıza müşteri olarak gelen bir aile beni babamdan istedi. Aile İstanbul'da yaşıyordu ama aslen Kürt kökenliydi. Babam "Ben Doğulu aileye kız vermem" deyip onları geri çevirdi. Zaten ben de o genci çok sevmemiştim. Ama babam bana danışmaya bile gerek görmeden "Hayır" demişti.

Lokantaya gıda malzemeleri aldığımız toptancı her hafta işyerimize uğrardı. Bir hafta, kardeşi Sadık'la birlikte lokantaya geldi. Sadık çok yakışıklı, çok hoş bir gençti. Birkaç kez daha bize geldi. Gözüm hep ondaydı, âşık olmuştum. Onun da bana karşı bir şeyler hissettiğini anlıyordum. Ama hiç gelip benimle konuşmadı. Ağabeyiyle ona mektup bile yolladım, cevap vermedi. Tam üç yıl ondan bir ışık bekledim. Sonunda ağabeyinin eşine neler olduğunu sordum. "Sadık benden mi hoşlanmadı?" dedim. "Hayır" dedi yengesi, "O da seni çok sevdi ama babası seni istemedi. Sadık'ı başka bir kızla evlendirmek istiyorlar" dedi. Dünyam yıkılmıştı. Babam da bir yandan "Sen evde kalacaksın" diye sıkıştırıp duruyordu. Daha 19 yaşındaydım. Sonunda babam beni bir tanıdığımızın oğluna vermeyi kafasına koydu. "Bu sefer vereceğim seni, karşı çıkıp da beni kızdırma" dedi. Oysa benim aklımda Sadık vardı. Başkasıyla nasıl evlenebilirdim? Evleneceğim genci sadece bir kez görmüştüm ve hiç beğenmemiştim. Sonunda gelip beni istediler, babam da verdi. Babamın istediği gibi bir aileydi. Varlıklıydılar. Antalya'nın bir ilçesinde oturuyorlar, turizmle uğraşıyorlardı. Babamla kavga ediyordum, neden beni evlendirmek istediğini soruyordum. Babam bana, "Kızım, evleri var, arabaları var, işleri var, sen Allah'tan belanı mı arıyorsun? Rahat edeceksin işte" diyordu. Sanki ben arabayla, evle, parayla evlenecektim...

Kocam bana göre değil

Nişanımız yapıldı, yüzüm hiç gülmüyordu. Bir yıl sonra da anlı şanlı bir düğünle evlendik. Antalya'nın o turistik ilçesine gelin gittim. Kocamla cinsel hayatımız hiçbir zaman iyi olmadı. Çoğu zaman görevimi yerine getirir gibi gözlerimi kapadım. Genellikle yorgunum deyip ilişkiden kaçtım. Kocamın beni sevdiğinden emindim. Onun bir problemi yoktu. Ama ben onu sevmiyordum. Bir de ailesiyle sorunlar yaşıyordum. Aynı apartmanda oturuyorduk ama yememiz içmemiz birdi. İki evin de bütün işlerini ben yapardım, yine de yaranamazdım. Kayınvalidem, görümcem çok cahil insanlardı. Her şeye karışırlardı. Kocamsa hiç sesini çıkarmazdı. Ailesine çok bağlıydı, babasından izinsiz hiçbir şey yapamazdı. İki çocuğum oldu, kendimi onlara adadım.

Bu arada ben de değişiyordum. Araba kullanmayı öğrendim, ehliyet aldım, sürekli alışverişe çıktım. Eşimin bazı hareketleri de beni ondan giderek daha fazla uzaklaştırıyordu. Arkadaş çevresi yoktu, giyinmeyi bilmiyordu. Bazen onu yönlendirmeye çalışıyordum ama başaramıyordum. Çok denedim, olmadı. Ne benim doğum günümü hatırladı, ne de evlilik yıldönümümüzü. Ancak cinsel anlamda beni istediğinde "Canım, gülüm, bir tanem" derdi.

Giyim mağazası açtım

Kayınpederimin sahibi olduğu üç katlı işyerindeki kiracı o yıl çıkacaktı. Ben orada iş yapmak istiyordum. Bir giyim mağazası açmak istedim. Zor da olsa bunu eşime ve kayınpederime kabul ettirdim. O mağaza için çok uğraştım. İstanbul'a gidip toptancılardan mal aldım. Eşim sözde bana yardımcı olacaktı. Ama bir süre sonra yapamadı. Yine turist gezdirmeye başladı. "Mağazanın açılmasını sen istedin, ne halin varsa gör" dedi. O zaman çocuklarım küçüktü. Ben de bana yardımcı olsun diye bir eleman buldum ve çalışmaya başladım. İlk yılı zor da olsa tamamladım. Ertesi yıl (yani geçen yıl) sezon pek iyi geçmedi. Ağustos ayı gelmişti ama pek iş yapamamıştık. Bu arada eşimle ilişkimiz iyice kopmuştu. Ona "Bir yerlere gidelim, biraz yalnız olalım" dedim ama kabul etmedi. Bir gün büyük bir kavga ettik. O gün alyansımı çıkardım. Cinsellik de yok denecek kadar azdı. Ayrı yatmaya başladık. Ben bu sorunlarla uğraşırken yanımda çalışan eleman da üniversiteyi kazandı ve ayrıldı. Tek başıma kalmıştım. Mecburen hep işyerindeydim. Çocuklarımı da kayınvalideme bırakıyordum.

Bir gün bizim yanımızdaki lokantada çalışan birinin sürekli beni izlediğini fark ettim. Çok yakışıklıydı, giyim tarzı değişikti. Ben de işyerinde hep şık olmaya özen gösterirdim. Çok dekolte olmamak şartıyla yakışanı giyerdim. Bir gün o gençle merhabalaştık. Adı Haldun'du. Bir zamanlar gemilerde çalışmış, görmediği ülke kalmamış. Artık yorulmuş, bırakmış. Evli olup olmadığımı sordu, yalan söylemezdim. Günler geçtikçe sohbetimiz ilerledi. Ona her şeyi anlatmaya karar verdim. Evliliğimi, mutsuzluğumu... Anlattım da. Beni ilgiyle dinledi. Ve bir gün duygularımı da açıkladım. Hoşlandığımı söyledim. Anlatırken çok kasılıyordum, çünkü ben evliydim. Ona kocamı aldatmayı düşünmediğimi de söyledim. Dünyanın en kötü insanı da olsa o benim kocamdı. Cinsel hayatımızı sordu, utandım, cevap veremedim.

Benimle olmak istemedi

Daha sonra telefonla görüşmelerimiz devam etti. Beni evine çağırdı, gitmedim. Dışarıda buluşmaya çağırdı, yine gitmedim. Yaşadığımız yer küçük bir ilçe, dedikodu çıkmasından korkuyordum. Ama bir süre sonra Haldun aramayı kesti. Telefonlarıma bakmıyor, mesajlarıma cevap vermiyordu. Bense onun için kocamdan boşanmayı göze almıştım. Sonunda bana "Bizim birlikte olmamamız gerekiyor. Senin eşin, çocukların var" diye mesaj gönderdi. Ağlamaya başladım. Dışarı çıktım, oradaydı. Bana "İçeri gir, konuşalım" dedi. "Şimdi üzülürsün ama sonra bana hak vereceksin. Sen tanınmış bir ailenin gelinisin. Böyle bir birlikteliği kimse onaylamaz. Hayat ikimize de zehir olur" dedi. Haklıydı, olacakları önceden kestirebiliyordu. Ona kızamıyordum ama kendimde değildim. O akşam evde bir kutu ilaç içtim. Arkadaşım gelip ilaç içtiğimi fark etti. Doktoru aradı, beni kusturdular. O gece sabaha kadar uyumadım. Eşim hiçbir şeyi fark etmedi. Sezon bitti, Haldun gitti. Kendimi toparlayamıyordum. Yemeden içmeden kesilmiştim. Tam 20 kilo verdim.

Bilgisayarla tanışma

Haldun'u unutmak için İngilizce ve bilgisayar kursuna gitmeye başladım. Evde olduğum zamanlarda da odama kapanıyordum. Çocuklarımla ilgilenmeye çalışıyordum ama onda da başarılı olamıyordum. Kursta bana internette arkadaş bulabileceğimden söz ettiler. Sıkıntıdan kurtulmak için evde internete girmeye başladım. Chat (sohbet) odalarında dolaşıyor, konuşacak birilerini arıyordum. Eğlenmeye başlamıştım. Kimseye kimliğimi açıklamıyordum ama hoş vakit geçiriyordum. Bir gün 'Deniz Mavisi' rumuzuyla sohbet eden biriyle konuşmaya başladım. Adı Özgür'dü. Ben de adımın Duygu olduğunu söyledim. Muhasebeciydi, 28 yaşındaydı. Ankara'da ailesiyle yaşıyordu. Ona insanlara güvenmediğimi söyledim. "Bana güvenebilirsin" dedi. Ev telefonunu verdi, aradım. Sesi beni çok etkiledi. Evli olduğumu ondan saklamıştım. Sürekli internette konuşuyorduk. Benden telefonumu istememişti, "Bana güvendiğin zaman verirsin" diyordu. Ben de vicdan azabı duyuyordum. Bir insanın duygularıyla oynamaya hakkım yoktu. Sonunda ona "Beni ister suçla, ister küfür et ama sana doğruyu söylemek zorundayım. Ben evliyim" dedim. Yıkıldı, inanamadı. "Ben senden etkilenmiştim" dedi. Ardından çocuklarımın olduğunu öğrenince bir kez daha yıkıldı. Ona her şeyi anlattım, adımı, yaşımı, nasıl evlendiğimi, kocamla ilişkilerimizi... Benden vazgeçmedi, görüşmeye devam ettik. Onun beni görebilmesi için bilgisayarıma kamera aldım. Ama ben ikinci bir aşk acısı yaşamak istemiyordum. "Neden ben? Neden bu kadar bekâr kız varken benimle ilgileniyorsun?" diyordum. "Belki de kalbime hitap ediyorsundur" diye cevap veriyordu.

Sanal seks yaptım

Özgür bu konuşmalarımız sırasında seksten de bahsetmek istiyordu. Ama ben kaçınıyordum. Sanal seks diye bir şey duymuştum fakat nasıl olduğu konusunda hiçbir fikrim yoktu. Bir gün dayanamadım ve "Ne konuşmak istersen ben hazırım" dedim. Çünkü ona âşıktım. O gün hayatımda ilk kez orgazm oldum. Üstelik Özgür bunu bana dokunarak değil, sadece yazarak başarmıştı. Kocamı aldatmayı düşünmüyordum ama Özgür'ü de çok istiyordum. Aslında belki de kocamı aldatmıştım. Evet, belki fiziksel temasımız olmamıştı ama zihinsel olarak çoktan aldatmıştım. Özgür yanıma gelmek istediğini söyledi. Korktum, onu engelledim. Özgür her şeyimi paylaştığım tek erkekti. Sadece internette yazışarak değil, telefonda konuşarak da seks yapıyorduk. Birbirimizi sürekli tahrik ediyorduk.

Özgür işyerinde canı sıkkın olduğu zaman bunu bana yansıtıyordu. Böyle durumlarda beni aramıyor, yalnız kalmak istediğini söylüyordu. Buna bazen saygı duyuyor, bazen duymuyordum. Çünkü beni bırakmasından korkuyordum. Bu arada artık yanıma gelmesini çok istiyordum. Sürekli ne zaman geleceğini soruyordum ama hep benimle dalga geçiyordu. Derken uzaklaştı, aramaları seyrekleşti. Ben aradığım zaman da iki kelime konuşuyor, sonra telefonu kapatıyordu. Sonraları aradığım zaman açmamaya başladı. Telefonu meşgule düşürüyordu. İnanın bana, her seferinde saatlerce ağlıyordum. Ben bunları hak edecek ne yapmıştım? Hayatında bir başkası mı vardı? İşte buna dayanamazdım. Özgür'ü kimseyle paylaşamazdım.

Bana gönderdiği cevap

Üstüne gitmeye başladım. Bana karar aşamasında olduğunu söyledi. Neyin kararıydı? Hiçbir açıklama yapmıyordu. Sonunda "Bilet aldım, yarın Ankara'ya geliyorum. Beni otogardan al" dedim. "Gelme, biletini iptal ettir" diye cevap yazdı. "O zaman sen gel" dedim, "Gelemem" diye yanıt verdi. Artık sorunun benimle ilgili olduğunu anlamıştım. Bitmişti ama bunu bana söyleyemiyordu. İkinci bir aşk acısını kaldıracak gücüm yoktu. Ona bir e-mail gönderdim. İçimi döktüm. Sorunun evliliğim olup olmadığını öğrenmek istedim. Aslında baştan beri her şeyi bildiğini de ona hatırlattım. Bana şöyle bir cevap geldi... "Bazı şeyleri çok iyi düşündüm. Evet, sen bana evli olduğunu söyledin ama çok geç söyledin. İlk başta söyleseydin seninle asla konuşmazdım. Ben evli olsaydım karımın böyle bir şey yaşamasına izin vermezdim. Yine seni düşünerek konuşmama kararı aldım. Senin yerin çocuklarının ve kocanın yanıdır. Sevmesen de bu böyle olmalı. Benim yaptığım doğru değil. Yuva yıkan biri olmak istemiyorum. Sonra o iki çocuğun hakkını asla ödeyemem. Vebali benden ve doğacak çocuklarımdan çıkar. Ayrıca seninle geleceğe nasıl bakarım? Bunun sonu yok. Sen boşanacaksın ki bunu ben istemem. Haydi boşandın diyelim, seninle biz evlenemeyiz. Benim ailem bu işe karşı çıkar. İşte bunlar son iki haftadır beynimi kurcalıyor. Seni üzmek istemem. Hayatta her gün üzüleceğine bir hafta üzül daha iyi. Tamam, ben hatalıyım. Son zamanlarda bunları düşündükçe senden kaçar oldum. Umarım beni anlarsın. Seni düşünmesem her gün arar, konuşurum. Mantığım duygularımın önüne geçince bu sonuca vardım. Sen çok iyi bir insansın. Ne yap et, evliliğine sahip çık. Hayatımda da kimse yok benim."

Hiçbir pişmanlığım yok

Bu e-maili okuyunca yıkıldım, göz yaşlarımı tutamaz oldum. Evet, haklı ama ben onsuz nasıl yaşarım? O benim adeta nefesimdi. Maili okuduktan sonra telefon ettim ve onunla konuştum. Ayrılmaya kararlıydı, vazgeçiremedim. Bu olay çok taze. Yine yemiyor, içmiyorum. Hayata küstüm. Artık geleceğe dair hiçbir şey düşünemiyorum. Yarın ne olur bilmiyorum. Ama Özgür hayatımda yoksa ben de olmayacağım. Benim aşk acısını taşıyacak gücüm kesinlikle yok. Bana Özgür'den başka kimsenin dokunmasını istemiyorum. İki aşkımı da evliliğim yüzünden kaybettim. Ama onlar da cesaretsiz çıktı. Benim göze aldığım çok daha fazla şey vardı. Yuvamı, çocuklarımı bırakmaya hazırdım. İnsan sevince yapamayacağı şey yoktur. Hikâyemi okuyanlar beni yargılamasın. Lütfen suçlamasın. İnsan duygularının önüne geçemiyor. Yaşadığım hiçbir şeyden de pişman değilim...

Boşanmanın Ağır Yükü

Adı: Gülce...
Yaşı: 43...
Yaşadığı kent: Ankara...
Medeni hali: Boşanmış, iki çocuk annesi...
Mesleği: İş kadını...

Gülce, eşi tarafından aldatılınca boşanma davası açtı. Dava sürerken, yurtdışında tanıştığı bir yabancıyla eşini aldattı. Daha sonra internetten tanıştığı biriyle çok sorunlu bir ilişki yaşadı. Bu ilişkinin etkilerini hâlâ üzerinden atamadı.

Saf, salak, mutlu olduğunu sanarak geçen onca yıldan sonra ölünceye kadar süreceğine inandığım büyük aşkımın avuçlarımın içinde kocaman bir hiçe döndüğünü görüp on beş yıllık bir evliliğe son noktayı koyduğumda; "Hayat kırkında başlar (ya da başlamalı, başlamak zorunda)" diyordum. Kocamı aldatmak asla aklımın köşesinden geçmemişti. Ben kendime hep tek eşli bir dünya kurmuştum. Oysa eşim borsadan kazandığı paralarla Bilkentli kızların, İzmirli körpe dulların tadına bakmıştı hep. "Neden? Benim neyim eksikti de gözü dışarılara kaydı?" diye düşündüğümde doktor olan ablam bence mantıklı bir cevap verdi: "Erken antropoz belirtileri bunlar. Sana, yani her zamanki partnerine karşı heyecan ve erkekliği kalmayınca, yitirmeye başladığı erkekliğini gençlerde yakalamaya çalışıyor..."

Boşanırken aldattım

Genç kızlığımda biraz çapkınca sayılırdım. Gerekli altyapı olan zekâ, güzellik ve cinsel cazibe de mevcut olunca çapkınlık hiç zor olmadı. Çapkınlık derken aynı anda iki erkeği birlikte idare etmekten bahsetmiyorum. Birinden sıkılıp diğerine fazla vakit kaybetmeden geçerdim. Bana öyle geliyor ki, bu çabuk sıkılma ve bırakma olayı, ilişki belli bir noktaya gelip de erkeğin daha ileri seviyede bir şeyler istemeye başlamasından kaçıştı. "Bekaretimi, evleneceğim ya da gerçekten çok fazla seveceğim, buna değdiğine inanacağım erkeğe vermek isterim" demek istemiyordum. Çünkü bunun sonucunda "Geri kafalı, çağın gerisinde kalmış kız" damgası yiyebilirdim. Bana gerçekten inanan, sadakatime, ondan başkasına yan gözle bile bakmayacağıma güvenen ilk erkeğe bizzat ben evlenme teklif ettim. Yakışıklı, uzun boylu, güçlü-kuvvetli olmasının da bunda etkisi vardı tabii. On beş yıl süren evliliğim boyunca ihanet etmek aklımın köşesinden asla geçmedi. Ancak eşimin beni aldatmaları sonucunda boşanmak için mahkemeye başvurdum. Boşanmanın en iyi çözüm olduğuna eşimi de inandırdım. Ve boşanma davası sürerken, henüz eşimin nikâhı altındayken ihanet olayını gerçekleştirdim. Floransa'da bir sempozyumda tanıştığım bir Uzakdoğulu masaj ustası, bir mühendis ve bir ekonomistle birlikte oldum. Açıkçası hiç de pişmanlık duymadım.

İnternetle tanışma

Evliliğimin bitişi ve internetle tanışmam (mutlu bir tesadüf olarak) 1997 sonuna rastladı. Böylece evlilik sonu yaşanan yalnızlığı ve çöküşü kolay atlattım. Gerek erkek arkadaş, gerekse dost bulma açısından hiç sıkıntı duymadım. Bir gece yine chat (sohbet) yaparken birinden peş peşe mesajlar gelmeye başladı. Benimle mutlaka konuşmak isteyen, beklemeye tahammülü olmayan, 45 yaşlarında yalnız bir adam vardı. İki gün konuştuk ve hemen ev, iş, cep ne kadar telefonu varsa yazıverdi. Aramamı bekliyordu. Yalnızlığına üzüldüm ve aradım. Karşı taraftan hoş bir ses tonu duydum, kaliteli, kibar, beyefendi biri. 29 Haziran 1999 için ilk buluşma teklifi benden geldi. Ertesi gün tam kararlaştırılan saatte gittim ve beklemeye başladım. Gelmedi. O zamanlar cep telefonum da yoktu. Eve döndüm. Son bir ümitle cebini aradım ki, tam da o beni arayacakmış. Kız kardeşi ile bir işi çıkmış, onu halletmek zorunda kalmış, sakıncası yoksa kardeşi ile beni evden almaya gelecekmiş. Gerçekten de boyu ve fiziği ona son derece benzeyen bir hanımla geldi, tanıştık ve onu evine bıraktık. Biz de geceyi beraber bir balık restoranında rakı içerek ve daha sonra da bir kulüpte dans ederek geçirdik. Sabaha kadar... İlk görüşte aşk dedikleri şey her nedense hep benim başıma gelir. Çarpıldım. Eşimle de yolda çarpışarak tanışmıştık. Eee, daima hayalini kurduğu keçisakallı, kilosuna dikkat eden, genç görünümlü, enerjik, kırmızı-lacivert pantolon askıları takan, çılgın mimar tipli, dans etmeyi, yaşamayı, kahkaha atmayı seven, iyi giyimli, altında son model kırmızı spor bir arabası olan harika bir adam bulunca bir kadın âşık olmaz da ne yapar? Bir hafta inanılmaz bir hızla geçti. Sürekli aranıyordum. Buluşmasak bile sesimi duymak istiyor, o anda neler yaptığımı öğrenmek istiyordu. Yatakta, mutfakta ve dışarıda müthiş bir uyum içerisindeydik.

Bin bir türlü bahane

Büyük mutluluklar neden hep kısa sürer? Birden aramalar bıçak gibi kesildi. Oğlunun doğum günü varmış. Hafta sonlarını annesi ve kız kardeşleriyle geçirirmiş. Babasını kaybettikten sonra ne de olsa ailede tek erkek o kalmışmış. Esasen oğulları başka kadınlarla beraber olmasından hoşlanmıyormuş. Hem zaten tam olarak da boşanamamış. Tanıştığımız gün nüfus cüzdanında da evli yazıyordu ama aldırmamıştım. Benim onunla olabilmek için bir anne olarak çocuklarımı ihmal etmem onu rahatsız ediyormuş (Bu benim sorunum değil mi?). İsmim ona hiç sevmediği baldızını hatırlatıyormuş.

19 Ağustos 1999 depreminde ilk onu aradım, cevap vermedi. İş ortağı olan hanımla berabermiş. Sibel Hanım. Evli, mutsuz, çocuğu olmuyor. Aynı zamanda ayrılmaya çalıştığı eşinin de apartman komşusu. Sanırım aslında çocuklarının yanına gitmiş de, bana karşı ortağına gitmiş havalarında. Deprem sonrası tam bir hafta gene beraber oluyoruz. Gündüzleri iş yerlerimizde, geceleri onun yatağındayız. Şimdi düşünüyorum da, yaşayamadıklarımızı yaşama telaşı diye adlandırıyorum. Çocuklarımı ihmal ediyormuşum, kimin umurunda? Ama bir sabah 5'te içime doğan bir şeylerden işkillenip kendi evime döndüğümde, altı yaşındaki oğlumu yatağın içinde oturmuş ağlarken bulduğum-

da, aslında onun haklı olduğunu, bir annenin, bir başka adamı ne kadar çok severse sevsin, bir küçük masum varlığı çaresiz bırakmaya hakkı olmadığını düşünüyorum pişmanlıklar içerisinde...

Artık beni aramıyor

Derken ekim sonu geliyor. Artık o aramıyor. İki üç günde birben arıyorum. Bir akşam saat 8 gibi işyerini arıyorum. Telefonu açan sevdiğim adam değil. Karşımda buz gibi bir ses... Bir başkasını seviyormuş, benim de evlenmeyi düşündüğüm, mantık evliliği yapsam dediğim bir başkası varmış ya zaten. Şimdi o sevdiği genç kızla berabermiş. Birlikte yemeğe gideceklermiş. Yaşı 27. Doğduğu günden beri tanıyormuş kızı, eline doğmuş. Ama ben biliyorum ki kızla internette tanıştı... Bu kendi yaşıtım olup da gençleri bana tercih eden kaçıncı erkek? Kocam ve şimdi de işte bu! Yine mi antropoz?

Şimdi yıkılmak değil, ayakta durmak zamanı. Ama hikâye bitmedi. Araya altı ay ayrılık girdi. 7 Nisan 2000'e kadar "Onu unuttum" masalıyla kendimi kandırdıktan sonra bir tek telefonla ona doğru koştum. Maddi durumu bozulmuş, kutlama için ucuz bir şampanya almış, kendince yiyecek bir şeyler hazırlamış, evine çağırıyor. O siyah saçları bembeyazlaşmış, sakalını kesmiş. TV seyrediyoruz. Kolunu omzuma atmış, sımsıkı sarılmış, kokumu içine çekiyor. "Beni gerçekten özledin mi sen?" diye soruyorum. Diğer kızı sormaya dilim varmıyor. "Evet" diyor. "O zaman göster bakalım ne kadar özlediğini" diyorum. Gösteriyor. Sular, seller, pınarlar, çağlayanlar gibi kaynaşıyoruz sabaha kadar. Sabaha doğru bir ara korkarak soruyorum:

-Artık o yok değil mi?

-Kim o?

-Hani şu 27 yaşındaki?

-Haa o mu, daha gencini de buldum. Bu en yenisi 24 yaşında, onları da seviyorum, ama ben şimdi seni seviyorum...

Yine aynı salaklık! Ne?... Demek böyle... Sen de sonunda değerimi anladı da, bana döndü diye düşünüp uça koşa geldin adamın ayağına. Salak Gülce. Salaksın sen! Yaşın 43 olmuş, senin yaptığını 23 yaşındakiler bile yapmıyor artık.

"Peki biz ne olacağız esmerim?" diye soruyorum.

"Belli olmaz ki Gülce. Bugünden yarını kim bilebilir? Hele bir yarın sabah olsun. Belki de tek sen olursun artık hayatımda..."

Başka sabahlar da oluyor ama beni hiç aramıyor. Ben de aramıyorum. Aradan kaç ay geçmiş, 18 Ağustos 2000 gecesi telefonda o çok tanıdık bildik merhaba diyen boğuk erkek sesi var. Çocuklarımla tanışmak istiyor. "Olur, gel" diyorum. Kızım eve bir erkek arkadaşımın gelmesinden rahatsız. Oğlum çok mutlu, eve misafir geliyor diye (hem de belki hayal kuruyor baba adayı olabilir diye). Beraber sofra hazırlıyoruz, annesinin erkek arkadaşına. Geliyor ve zaten iki oğlu olduğu için oğlumla hemen kaynaşıyor. İşten çıkınca artık sürekli bana gelmeye başlıyor. 24'lükten sonra 18 yaşında biriyle beraber olduğunu, ama onların hiçbir şey bilemediğini, benimle çok mutlu olduğunu söylüyor. Yakında beraber yaşayacağız galiba, ama o hâlâ evli görünüyor, bir türlü boşanamıyor. Nasıl olur bilemem ki, etraf ne der? Komşular "Hayatını yaşa deyip duruyor bana ama iş gerçeğe dönünce de o kadar olumlu karşılarlar mı?

Bu adamı mı sevdim?

Eylülde okullar açılmış… Kızım ve oğlum uykuda. Telefon gece 2'de çalıyor. İçmiş, evimin önünden geçiyormuş. Beni beş dakika görmek istemiş. "Gelme" diyorum, "Uyuyoruz biz." "5 dakikacık yüzünü göreyim" diyor. Geliyor ama leş gibi alkol kokuyor, o muhteşem erkekliği bile yerinde değil. İş yemeğinden evine dönüyormuş. Yemek hiç iyi geçmemiş, anlatmak istemiyor. Saat 5 gibi ikna edip, rezalet çıkarmadan evine yolluyorum. Sabah kızım kalkıp okula gitmek üzere hazırlanırken birden, "Anne akşam evde biri geziyordu, benim odamın kapısını iki kez açtı, ben iki kez kalktım kapattım, üçüncüde çok fena yapacaktım. O senin erkek arkadaşın mıydı?" diyor. Yıkılıyorum. Bu defa gerçekten yıkılıyorum. Anne olmak ne kadar zor bir şeymiş. Ne büyük sorumluluk. Ben bu adam için mi ölmeyi düşündüm? Bu adamı mı sevdim? İçkinin esiri, alkolik, zavallı biriymiş. Beni hâlâ arıyor. "Artık içkiyi bırakmalısın" diyorum ona ve sadece dost olabileceğimizi, içkiyi bırakana kadar kesinlikle görüşmeyeceğimi söylüyorum. O devamlı beni arıyor. Bir gün ona "Gel" diyeceğim günü beklediğini söylüyor. Hiç olmazsa son telefonunda hayatında kimselerin olmadığını söyledi. Bugünlerde düşündüğü bir tek ben varmışım! Tek ben!...

İhanet, Hayatımın Bir Parçası

Adı: Sera...
Yaşı: 25...
Yaşadığı kent: Düsseldorf...
Medeni hali: Bekâr...
Mesleği: İşsiz...

Sera, Hakan'ı çok sevdi ama ailesi bu birlikteliğe onay vermedi. Bunun üzerine hiç kimseyi umursamadı, bütün erkek arkadaşlarını aldattı. Hakan'dan bir türlü vazgeçemedi. Şu andaki sevgilisi Tarık'la iyi bir ilişkisi var. Ama onu da Hakan'la aldatmaya devam ediyor.

Hakan'la tanıştığımda 18 yaşındaydım. Alımlıydım, çekiciydim. Uzun boyum ve sarı saçlarımla bir görenin dönüp bir daha baktığı bir fiziğim vardı. Hakan'ı bir konserde görmüştüm. Bizi ortak arkadaşlarımız tanıştırmıştı. Ondan etkilenmiştim. Telefonumu verdim. Beni aradı ve randevulaştık. Pazar günü buluşacaktık. Randevu saatimiz geldiğinde kalbim yerinden fırlayacak gibi atıyordu. Gelip beni aldı ve bir kafeye gittik. Uzun uzun sohbet ettik. Sonra beni eve bırakırken dudaklarıma bir öpücük kondurdu. Heyecandan ölecektim. İlk kez bir erkekle öpüşüyordum. Hakan'a âşık olmuştum. Buluşmalarımız sıklaştı. İlişkimiz ciddileşti. Hakan benimle evlenmek istiyordu ama annem karşıydı. "Baba evinde rahatsın, bu kadar erken evlenme, mutsuz olursun" diyordu. Gerçekten de benim maddi hiçbir problemim yoktu. Ama Hakan'ı seviyordum, evlenmek istiyordum. Annemin baskıları beni iyice bunaltmıştı. Çok sevdiğim halde Hakan'dan ayrılmalıydım. Ayrılmak istediğimi söylemek için buluştum. Delirdi, üzerime yürüdü. Ondan başkası ile evlenmeyeyim diye bana zorla sahip oldu. Sevdiğim genç bana tecavüz etmişti. Yine de onunla evlenmeyecektim. Çünkü aileme karşı çıkmak istemiyordum. Hakan bana kaçmayı teklif etti, onu da kabul etmedim.

Bir çocuk aldırdım

Hakan'la görüşmeyi kesmiştim ama hep aklımdaydı. Onu unutabilmek için başka birini hayatıma sokmam gerektiğini düşünüyordum. Ama bunun büyük bir yanılgı olduğunu bir süre sonra öğrenecektim. Kuzenimin düğününde Cenk'le tanıştım. İyi bir çocuktu, yakışıklıydı. Çıkmaya başladık. Cenk'le çıkarken birkaç kez bazı ortamlarda Hakan'la karşılaştım. Benim yüreğim hâlâ ondaydı. Hakan'ı gördüğümde canım acıyordu. Cenk umurumda değildi. İşte bu acı beni çok farklı yerlere savurdu. Evet, Cenk de beni çok seviyordu, hatta evlenmek istiyordu. Beni el değmemiş bakire kız sanıyordu. Bense sürekli Cenk'ten kaçıyordum. Çeşitli bahanelerle tatile çıkıyordum. İşte bu tatillerden birinde Cenk'i aldattım. Tanıştığım biriyle birlikte oldum. Ve sonra birkaç kişiyle daha... Aslında hepsinde Hakan'ı aradım. Ahmet adlı bir gençten hamile kaldım. Çocuğumu aldırmak zorunda kaldım...

İhanet çok normaldi

Aldatmak benim için artık çok normal bir şeydi. Kimseyi Hakan gibi sevmediğimden, aldattığım zaman pişmanlık da duymuyordum. İhanet yaşamımın bir parçası olmuştu. Salih'le o dönemde internette tanıştım. Başka bir şehirdeydi. Evlenip ayrılmıştı. Bir kızı vardı. Tatile gittiğim yere Salih de geldi. Yakışıklı, karizmatik bir erkekti. Aslında tam hayalimdeki erkekti. Ama ben onunla evlenemezdim. Çünkü kıskançtım. Salih'i ayrıldığı eşinden bile kıskanıyordum. Kızına tapıyordu. Her iki kelimesinden biri kızıydı. Bu yüzden ilişkimiz fazla uzun sürmedi . Ne garip ki Salih'le cinsel birliktelik yaşamadım. Aslında ben ciddi olarak baktığım her erkekten bakire olmadığım gerçeğini sakladım. Hepsi beni tertemiz bir kız olarak bildi. Salih'ten ayrılmış olmam da içimi çok acıttı. Bu arada Cenk'le ilişkimiz devam ediyordu ama kopmaya başlamıştım. Sonunda bir gün Cenk'in ailesi beni istemeye geldi. Ailem beni Cenk'e vermedi. Bu kez de gerekçe olarak mezhep ayrılığını gösterdiler. Cenk de Hakan gibi onunla kaçmamı istedi, yapmadım. Doğal olarak Cenk'le ilişkim de bitti. Yine günübirlik ilişkilerin içindeydim. Hakan'la da sürekli karşılaşıyordum. Biz tanışalı artık dört yıl olmuştu. Selamlaşıyor, karşılaştığımız yerlerde kısa sohbetler ediyorduk. Gecenin sonunda bana "Sana yine doyamadım sarı çiçeğim" diye mesaj çekiyordu. Bense cevap vermiyordum. Cevap vermek istiyordum, ama bir sonumuzun olmadığını bildiğim için bundan kaçıyordum.

Annemin durumu

Biraz da madalyonun öteki yüzünden bahsetmeliyim. Hani beni kimseye layık görmeyen, kimseyi beğenmeyen annem var ya, işte ondan söz etmeliyim. Annem kendini internete fena kaptırmıştı. Halbuki babamla evlilikleri çok iyi gidiyordu. Babam dünyanın en iyi, en efendi adamıydı. Çok iyi bir kocaydı. Ama annem babamı aldatıyordu. İnternette tanıştığı erkeklerle yatıyordu. İğrenç bir durumdaydı. Benden gizlemeye çalışıyordu ama ben onu yakalıyordum. Babamın yatağına giderken, "Acaba annem babamın koynuna girdiğinde internetteki sevgililerini mi düşünüyor?" derdim hep. Bir genç kızın, annesini bu şekilde yakalaması ne kadar acıdır biliyor musunuz? Ya benim aldatmalarım? Acaba annemden mi geçmişti bana? Acaba kanımda mı vardı ihanet etme geni?

Hakan beni kovdu

Hakan'ı iyice kafaya takmıştım, artık annem de umurumda değildi. Ne olursa olsun evlenecektim onunla ve mutlu olacaktım. Bir süredir Hakan'la hiç karşılaşmamıştık. Evi, bizim oturduğumuz yere 40 kilometre uzaklıktaydı. Bir arkadaşımdan beni Hakan'a götürmesini rica ettim. Gittik. Evde yoktu. Evinin önünde beklemeye başladım. Arabasıyla göründüğünde çok heyecanlıydım. Beni gördü ama durmadı. Ben beklemeye devam ettim. Bir süre sonra Hakan geldi. "Ne işin var burada?" diye sordu. Bana ilk şoku yaşatmıştı. Bu şekilde davranmasını beklemiyordum. Soğukkanlılığımı koruyarak "Sana geldim Hakan, seninle olmaya geldim" dedim. "Biraz geç kalmadın mı?" diye cevap verdi... "Konuşalım" dedim, istemedi. Yalvardım ve yumuşattım. Arabanın içine oturup konuşmaya başladık. Hakan "Sözlendim" dedi. "Sözlümü de çok seviyorum, onunla evleneceğim..." Ağlamaya başladım, yıkılmıştım. "Yapma Hakan" dedim, "Aradan o kadar zaman geçti, ben seni unutamadım. Benim seni sevdiğim gibi sen de beni seviyorsun, bunu biliyorum..." "Hayır, unut beni. Bendeki sevgin bitti. Ben yakında evleniyorum. Bir daha buralara gelme. Seni görmek istemiyorum. Ben, her gün geleceksin diye seni tam dört yıl bekledim. Ama yeter artık" diye cevap verdi bana. Ağlamaktan neredeyse bayılacaktım. Ama Hakan'ın umurunda değildi. Son olarak "Göreceksin, biz bir gün mutlaka kavuşacağız. Seni sonsuza kadar bekleyeceğim" deyip yanından ayrıldım.

Tarık gerçeği biliyor

Bu şoku atlatmam kolay olmadı. Yine birine sarılma ihtiyacı duyuyordum. Yine aynı hatayı yapıyordum. Hakan'ı unutmak için kendimi yine bir başkasının kollarına atıyordum. Tarık'la beni bazı ortak arkadaşlarımız tanıştırdı. Bir süre sonra bana deli gibi âşık oldu. İlk kez bir erkeğe gerçeği anlattım. Bakire olmadığımı söyledim. Tarık "Seni her halinle kabul ediyorum. Benden önceki hayatının hiçbir önemi yok" diye cevap verdi. Bana sımsıkı sarıldı. Hayatımda ilk kez bir erkekle sevişirken rahattım. Çünkü ona bütün gerçeği anlatmıştım. Ama Tarık'la da aramızda engeller vardı. Ailem Tarık'ı da kabul etmiyordu. Gerekçe yine aynıydı: Mezhep ayrılığı... Annem her zaman olduğu gibi karşı çıkıyordu. Biliyor musunuz, oysa annemi tehdit edebilirdim. "Babamı aldattığını biliyorum, bana karışırsan her şeyi anlatırım" diyebilirdim. Ama bunu yapmadım. Ailemin küçük düşmesini istemedim. Evden kaçmayı da zaten bu yüzden düşünmedim. Yüzleri yere eğilsin istemedim.

Beni başkasıyla gördü

Hakan'la yolumuz bir kez daha kesişti. Bir gün Tarık'la her zaman gittiğimiz kafede oturup sohbet ederken içeriye Hakan girdi. Yanında sözlüsü vardı. Beni görmeden geçip arka tarafta bir masaya oturdu. Şaşırmıştım. Ben ona en son "Seni bekleyeceğim" demiştim ama şimdi yanımda bir erkek vardı. Hakan, ondan ayrı olduğum dört yıl boyunca beni hiç başka erkekle görmemişti. O an utandım. Yanımda bir erkek vardı ve o şekilde Hakan'ın görmesini istemiyordum. Elimi Tarık'ın elinden çektim. "Bana şu an sakın aşkım deme. Sevgili olduğumuzu belli etme. Arka masada oturanlar benim akrabam. Bizi böyle görmesinler" dedim. Telaşlı halim Tarık'ı şüphelendirdi. İnanmadı bana ve "Ya bu kafeden el ele çıkarız, ya da o masaya gidip seni tanıyıp tanımadıklarını sorarım" dedi. Ne yapacağımı şaşırmıştım ama rezalet çıkmasını istemiyordum. Çaresiz, kafeden Tarık'la el ele çıkmayı kabul ettim. Hakan'ın beni bir başka erkekle el ele görecek olması canımı çok sıkıyordu. Biliyordum ki o an her şey bitecekti. Zaten Hakan beni kovmuştu, bundan böyle asla birlikte olmazdı.

Antalya'ya kaçtım

Başka bir şey daha vardı tabii. Ben de Hakan'ı sevdiği kızla görmüştüm. Asıl bu beni deli ediyordu. Hakan'ın evlendiği gün ölürdüm ben. Onu bir başkasıyla evli olarak düşünemiyordum. Bu kentte kalamazdım, kaçmalıydım. Tarık'a "Ben tatile gidiyorum, döneceğim" dedim ve Antalya'ya gittim. Aylardır Antalya'dayım. Tarık'la ilişkimiz devam ediyor. Hâlâ benim dönmemi bekliyor. Evleneceğimizi düşünüyor. Hakan ise karşılaştıktan bir süre sonra beni aradı. "Bana beddua mı ettin, ayrıldım sözlümden" dedi. Ne diyeceğimi, ne yapacağımı bilemedim. Sonra da "Hani sen bana 'Seni sonsuza kadar bekleyeceğim' demiştin ya, ben artık seninle olmak istiyorum. Senden başkasıyla evlenemem" diye devam etti. Şimdi bir yanda beni tüm yaşadıklarımla kabul eden iyi insan Tarık var. Diğer yanda da yıllardır âşık olduğum Hakan... Ben şimdi ne yapayım? Kimle evleneyim? Ailemi düşünürsek Hakan'ı asla kabul etmeyeceklerini biliyorum. Çünkü onu hiç sevmediler. Hakan için "Bu kadar zaman başkalarıyla yattı, şimdi sıra sana mı geldi?" derler. Tabii Hakan'ın gözündeki yerim de ayrı bir konu. Onun hayatına bir sürü kız, benim hayatıma bir sürü erkek girdi. Ama Hakan bunları bilmiyor. Cinsel birliktelik yaşadığım tek erkeğin kendisi olduğunu sanıyor.

Sürekli arıyor

Hakan, evlenmek istediğini söylüyor. Ya Tarık? O beni her şeye rağmen kabul etti. Hakan'ı gördüğümüz gün kafede gerçeği anlamıştı. Hakan için onu kırmıştım ama Tarık yine de benimle birlikte olmak istiyor. Beni deli gibi sevdiğini, çok mutlu edeceğini biliyorum. Şimdi Hakan'la mı olmalıyım, Tarık'la mı? Veya ikisi de değil. Çünkü ailem ikisini de istemiyor. Belki de ailemin bulacağı başka biriyle evlenmeliyim... Evlenince aldatır mıyım? Ya ihanet? Yeniden aldatır mıyım? Bugüne kadar tüm erkek arkadaşlarımı aldattım. Hakan'ı da, Cenk'i de, Tarık'ı da... Diğerlerini de... Evlenince de aldatır mıyım diye çok düşünüyorum. Annem babamı aldatmaya hâlâ devam ediyor. "Anne yaparsa kız da yapar" diye düşünmekten kendimi alamıyorum. Çıkmazdayım. "Neden bu kadar dikkat çekici bir kızım ben" diye düşünüyorum bazen. Sevmesinler beni, beğenmesinler, istemesinler... Ne garip, dünyada en çok sevdiğim insan Hakan, bana evlenme teklif ediyor ve ben onunla olamıyorum. Beni çok seven Tarık'la birlikteyim ama onu da Hakan ile aldatıyorum. Sanırım ben bundan hiç vazgeçemeyeceğim...

İhanetin Sorumlusu Ailemdir

Adı: Güliz...
Yaşı: 30...
Yaşadığı kent: İstanbul...
Medeni hali: Evli, iki çocuklu...
Mesleği: İşsiz...

Kocasını sevmeyen Güliz, ikiz kardeşi Yeliz'in mutluluğunu kıskandı. Eniştesi Cüneyt'i baştan çıkardı. İlişkileri uzun sürdü. Sonra Yeliz ve kocası başka kente taşınınca bitti. Derken Güliz'in hayatına garson Sedat girdi. Dört aylık ilişki Sedat'ın Güliz'le ilgili gerçekleri öğrenmesiyle bitti. Güliz'in iki çocuğundan birinin babası Cüneyt, diğerininki Sedat...

Biz ikiziz. Güliz ve Yeliz... İkiziz ama huylarımız, kişiliklerimiz çok farklı. Baskıcı bir ailede büyüdük. Yaşımız 18 olana kadar dışarıya hiç tek başımıza çıkamadık. Annem lisede erkeklerle konuşmamamız konusunda bizi sürekli uyarırdı. Bir okul arkadaşımızı yanımızda görse hemen aramızda bir şey olduğunu sanırdı. Ama annem bu tutumuyla beni erkeklere doğru ittiğini hiç anlamadı. İşte ikizim Yeliz'le aramızdaki fark burada ortaya çıkıyordu. Yeliz halinden memnundu. Annemin, babamın baskıcı tutumundan hiç şikâyet etmiyordu. Ne derlerse yapıyor, adeta evin hizmetçisi gibi davranıyordu. Bense öyle değildim. Daha özgür bir ruha sahiptim. Bir genç kızın evinde hizmetçi gibi çalışmasını aklım almıyordu. Biz bu dünyaya hizmet etmek için mi gelmiştik? Bu muydu görevimiz? Sürekli annemizi babamızı hoş tutup kendi hayatımızı yok mu sayacaktık? Bana göre tek bir erkekle birlikte olmak bile sıradandı. Böyle düşünüyordum. Tabii bu düşüncelerin daha sonra başıma büyük belalar açacağını o zaman tahmin edemiyordum.

Piyango Yeliz'e vurdu

Ne kadar isyan etsem de anneme ve babama karşı çıkamadım. İkizim Yeliz ve ben, birer yıl arayla ailemizin uygun gördüğü erkeklerle evlendik. Bize seçim şansı bırakılmadı. Babam bizi verdi, biz de tanımadığımız erkeklerin koynuna gözümüz kapalı girdik. Bu bir piyangoydu sanki. İkizim Yeliz büyük ikramiyeyi kazanmıştı ama bana amorti bile vurmamıştı. Ben evliliğimde mutsuzdum. Eşimle anlaşamıyordum. Yaradılışlarımız, mizaçlarımız, kişiliklerimiz farklıydı. Daha evliliğimizin ilk günlerinde mutsuz olacağımı anlamıştım. Tabii ki annemi, babamı suçluyordum. Beni istemediğim biriyle evlendirdikleri için asıl suçlu onlardı. Yeliz'le ben evden gittikten sonra rahatlamışlardı sanki. Öyle ya, üzerlerinden sorumluluğu atmışlardı. Bir genç kız hep mutlu olacağı bir evlilik yapmak ister. Eşi onunla ilgilensin, sevsin, korusun... Bir genç kız âşık olmak ister. Âşık olduğu zaman kocasına kul köle olur. Ben aşk nedir bilmiyordum ki... Genç kızlığımda değil aşk, erkeklerle konuşmam bile yasaktı. Nasıl âşık olayım? Peki ya kocam? Bana ilgi gösteriyor muydu? Hayır... Seviyor muydu? Belki evet ama ben onu sevmiyordum ki... Yeliz ise çok mutluydu. Kocasıyla her konuda anlaşıyorlar, örnek bir evlilik sergiliyorlardı. O da, ben de görücü usulüyle evlenmiştik. Ama onun kocası çok iyi çıkmıştı. İşte piyango buydu.

Mutluluğunu bozmalıydım

Yeliz'in mutlu evliliği sinirimi bozuyordu. Benim mutsuzluğum artıkça kıskançlığım da artıyordu. Evet, ikiz kardeşimin mutluluğunu çok kıskanıyordum. Neden benim evliliğim onlarınki gibi değildi? Neden ben de eşimle bu kadar iyi anlaşamıyordum? Madem ben mutsuzdum, ikizim Yeliz de mutsuz olmalıydı. Onun ve kocasının arasını bozmalıydım. Bunu da ancak dişiliğimi kullanarak yapabilirdim. Benim evliliğim iki, Yeliz'in evliliği üçüncü yılını doldurmuştu. Yeliz'in eşi Cüneyt işten çıkarılmıştı. Maddi sıkıntı yaşamaya başlamışlardı. Aramasına rağmen iş bulamıyordu. Bu sırada ikizim Yeliz mecburen çalışmaya başladı. Yeliz işe gidiyor, Cüneyt ise bütün gün evde gazetelerdeki iş ilanlarına bakıyordu. Yeliz çalışmaya başladıktan sonra bana, "Güliz arada bir bizim eve de uğra, Cüneyt'e göz kulak ol. İşsizlik yüzünden zaten bunalımda. Yalnız bırakmayalım onu" demişti. İşte benim aradığım fırsat da buydu. İkizim, büyük bir iyi niyetle kocasına göz kulak olmamı istiyordu ama benim amacım başkaydı: Cüneyt'i baştan çıkarmak...

Eniştemi baştan çıkardım

Bir gün Yeliz'in evine gittim. Kapıyı çaldım, Cüneyt açtı. Yaz olduğu için üzerinde sadece bir şort vardı ve üzeri çıplaktı. Benim de üzerimde askılı bir bluz ve kısa etek vardı. İçeri girdikten sonra bir şeye ihtiyacı olup olmadığını sordum. "Yok" dedi ama gözlerini de benden alamıyordu. Mutfağa girdim ve ortalığı toplamaya başladım. Bu arada bir kahve yapıp Cüneyt'e götürdüm. "Dertleşmek istersen konuşalım" dedim. İşsiz olmanın canını çok sıktığını, son günlerde hiçbir şeyden zevk almadığını söyledi. Bacak bacak üzerine atmıştım. Bakışları benim bacaklarımın üzerindeydi. "Üzülme, geçecek bunlar" deyip elini tuttum. Aramızdaki kıvılcımı da işte bu ateşledi. Birden öpüşmeye başladık. Sonra da kendimizi yatakta bulduk. Yeliz'in yatağında, ikiz kardeşimin kocasıyla yatıyordum. Kocamı da, eniştemle aldatıyordum. Kendime inanamıyordum ama bunu ben istemiştim.

Bu anı yaşayabilmek için her şeyi planlamıştım. Ancak işler hiç de planladığım gibi gitmeyecekti...

Gerçekleri sakladım

Eniştem Cüneyt'in işsizliği sürüyordu. Biz de Yeliz'in evinde buluşmalara devam ediyorduk. Kimse şüphelenmiyordu. Sonuçta o eve gitmemi Yeliz istiyordu. Bunu kocam da biliyordu. Ama elbette eniştemle aramda bir şey geçeceğine ihtimal veremezdi. Zaten kocam bana çok güvenirdi. Hiçbir kıskançlığı yoktu. Oysa ben kıskanmasını isterdim. Bir tek gün bile bana

"Senin ne işin var yalnız bir erkeğin olduğu evde?" diye hesap sormadı. Sorsaydı, belki de bunları yaşamayacaktım. Kocamı suçlamıyorum ama bana bu kadar kayıtsız kalmasına da kızıyorum. Derken hiç hesaplamadığım bir şey oldu... Cüneyt'le birlikteliğimizin üçüncü ayında hamile kaldım. Karnımdaki çocuğun babasının Cüneyt olduğundan çok emindim. Yani ikiz kardeşim Yeliz'in kocası... Günlerce, gecelerce düşündüm: bunu Cüneyt'e söylemeli miydim? Çocuğumun babasının bunu bilmeye tabii ki hakkı vardı. Peki ya sonra? Tam bir rezalet çıkabilirdi. Cüneyt bunu Yeliz'e söyleyebilirdi. Annem, babam, kocam devreye girebilirdi. Bunların hiçbirini göze alamadım. Cüneyt'ten sakladım. Sadece bir kez Cüneyt, "Bu karnındaki çocuk benden olmasın? Bundan emin misin?" diye sormuştu. Ben de ona "Saçmalama" demiştim ve konu kapanmıştı.

Ankara'ya taşındılar

Hamile olduğumu eşim İbrahim'e söylediğim zaman çok sevindi. Bu uzun süredir istediği bir şeydi. Ben bunu hep ertelemiştim. Çünkü İbrahim'den çocuğumun olmasını istemiyordum. Aklımda hep bir gün boşanmak vardı. Çocuk, bunu zorlaştırabilirdi. İbrahim havalara uçuyor, beni el üstünde tutuyordu. Ama bunlar umurumda değildi. Benim aklım fikrim Cüneyt'teydi. Hamileliğim nedeniyle ilişkimize ara vermiştik. Dünyaya sağlıklı bir kız bebek getirdim. Neyse ki babasından çok bana benziyordu. Bu yüzden kimse şüphelenmedi. Ben doğum yaptıktan iki ay sonra da ikizim Yeliz hamile kaldı. Yani Cüneyt ikinci kez baba olacaktı. Tabii bunu sadece ben biliyordum. Cüneyt'le ilişkimiz doludizgin devam ediyordu. Kardeşim hamile olduğu için işten ayrılmıştı. Cüneyt ise sürekli iş değiştiriyordu. Artık onlarda buluşma şansımız yoktu. Cüneyt fırsat buldukça bizim eve geliyordu. Yeliz de benim gibi bir kız bebek dünyaya getirdi. Bebek doğduktan sonra bir karar aldılar. Cüneyt hiçbir işte dikiş tutturamadığı için Ankara'ya ailesinin yanına yerleşeceklerdi. Bunu öğrendiğimde yıkıldım. Başta, kardeşimin mutluluğunu bozmak için bu ilişkiye başlamıştım ama daha sonra Cüneyt'e âşık olmuştum. Kocamda arayıp da bulamadığım ilgiyi, sevgiyi, heyecanı Cüneyt'te bulmuştum. Evet, kocam iyi bir insan olabilirdi, bana ve bebeğime çok iyi bakıyor olabilirdi ama bütün bunlar onu sevmeme yetmiyordu. Hatta kocamdan nefret ediyordum. Onu Cüneyt'le aramızdaki engel olarak görüyordum. Cüneyt'e birçok kez "gitmeyin" diye yalvardım. Beni dinlemedi, bir gün toplandılar ve Ankara'ya taşındılar...

Aramalar azalmıştı

Ankara'ya taşındıktan sonra Cüneyt'le sürekli telefonda konuşuyorduk. Telefon elimizden adeta düşmüyordu. İlk günler, bu ilişkinin bitmeyeceği yönünde umutlanmıştım. Ama daha sonraları aramaları seyrekleşti, bir süre sonra da tamamen kesildi. Beni hiç aramıyordu. Ben aradığımda ise cep telefonu hep kapalı oluyordu. Akşamları evden aradığımda ise telefona Yeliz çıkıyordu. Ben de doğal olarak, Yeliz'den kocasını telefona vermesini isteyemiyordum. Hatta Yeliz bana "Abla sen eskiden bana bu kadar düşkün değildin, öyle sık arıyorsun ki gözlerim yaşarıyor" demişti. Gerçeği bilse böyle konuşur muydu? Tabii ki hayır... Bir çıkmazın içindeydim. Hayattan zevk almıyordum. Kocama kötü davranıyordum. Kızıma baktıkça aklıma Cüneyt geliyordu. Yüzünü görmemek için kızımı anneme bırakıyor, kendimi dışarı atıyordum.

Kafedeki garson Sedat

Hata yapmaya öyle müsait bir ruh durumundaydım ki, birine kapılmam fazla zaman almadı. Sedat'ı böyle dışarılarda dolaştığım bir gün bir kafede tanıdım. Kafenin garsonuydu. Benden sekiz yaş küçüktü. Ben o zaman 29 yaşındaydım, Sedat ise daha 21. Benimle çok ilgileniyordu. Yalnız olmam hep dikkatini çekiyordu. Gelip aynı masaya oturuyor, kahvemi söylüyor, sigaramı yakıyor ve kimseyle konuşmadan üç saat geçiriyordum. Sonra Sedat'la küçük küçük sohbetlerimiz başladı. Yaşı küçüktü ama olgundu. Benim moralimi düzeltmeye çalışıyor, espriler yapıyordu. Evli olduğumu ondan saklamıştım. Zaten ben evlendikten iki ay sonra yüzüğümü parmağımdan çıkarmıştım. Sohbetimiz ilerledi, Sedat izinli olduğu bir gün benimle dışarıda buluşmak istedi. Çünkü çalıştığı kafede rahat olamıyordu. Kabul ettim ve buluştuk. Önce güzel bir yemek yedik. Sedat yalnız yaşıyordu. Yemekten sonra beni evine davet etti. Gittik ve seviştik. Hiç konuşmadan...

Aramızda duygu yoktu. Sanki hem kocamdan hem de Cüneyt'ten intikam alıyordum. Sadece kendimi kaptırmıştım. Sedat'tan hiçbir şey beklemiyordum.

Beni evinden kovdu

Sedat'la ilişkimiz dördüncü ayını doldurmuştu. Bir gün ona her şeyi anlatmaya karar verdim. Evliliğimi, Cüneyt'le ilişkimi... Ona hayatımın özetini çıkardım. Gözleri büyüdü dinlerken, öfkelendi. Bana bir fahişe gibi bakmaya başladı. Biraz kızacağını ummuştum ama böyle büyük bir tepki göstereceğini tahmin etmemiştim. "Sen bir şeytanmışsın" diyerek, beni evden kovdu. O günden sonra da bir daha aramadı. Aslında Sedat'tan ayrılmış olmam bana çok koymadı. Asıl problem bir hafta sonra ortaya çıktı. Yine hamileydim... Karnımdaki çocuğun babası yine eşim değildi... Bu kez çocuğumun babası gerçeği bilmeliydi. Sedat'ı aradım ama ulaşamadım. Çalıştığı kafeden ayrılmıştı. Oturduğu evi boşaltmıştı. Beni hayatından silmek istiyordu. Telefonları cevap vermiyordu. Ne olursa olsun çocuğumu doğuracaktım. Ve eşime yine hamile olduğumu söyledim. Eşim bir kez daha havalara uçtu, bir kez daha mutlu oldu...

Eşim kendini bize adadı

Şimdi, Sedat'tan olan oğlum 11 aylık, kızım üç yaşında. Eşim kendini bana ve çocuklarımıza adadı. İşini geliştirdi, maddi hiçbir problemimiz kalmadı. Çocuklarımı çok iyi bir gelecek bekliyor. Ben ise hep bir tarafım buruk olarak yaşıyorum. Hem eşime, hem de çocuklarımın babasına karşı... Bazen insan istemediği şeyleri yaşayabiliyor. Benim bunları yaşamamın tek sebebi annem ve babamdır. Elbette ben günahsız değilim. Ama keşke bana biraz güvenselerdi, keşke erkekleri tanımama izin verselerdi. Beni evden kovar gibi ilk isteyen kişiyle evlendirmeselerdi. Âşık olduğum biri olsaydı hayatımda bunların hiçbirini yapmazdım. Annelerin ve babaların bu baskıcı tutumları daha sonra çok kötü sonuçlar doğuruyor. İşte ben bunun örneğiyim. Bazen Yeliz ve eşi Cüneyt Ankara'dan bizi ziyarete geliyorlar. Cüneyt'e söylemek istiyorum, "Yeğenim diye sevdiğin çocuk aslında senin kızın" diye... Sonra kocamı düşünüyorum. Ona yazık olacağını, hayal kırıklığına uğrayacağını biliyorum. Bunu ona yapmamam gerekiyor.

Herkes hata yapabilir

Hayatıma yeni bir yön çizdim. Çocuklarımın iyi bir şekilde yetişmesi için elimden gelen her şeyi yapacağım. Onları baskıcı bir ortamda yetiştirmeyeceğim. Dünyayı, insanları tanımalarını istiyorum. Âşık oldukları insanlarla mutlu beraberlikler kurmalarını istiyorum. Benim yaşadıklarımı yaşamasınlar, benim gibi mutsuz olmasınlar istiyorum. Kocamla bazen bu konuları konuşuyoruz. Diyorum ki ona, "Kızımız erkek arkadaşıyla eve gelse, bizi tanıştırmak istese tepkin ne olurdu?" Bana, "Biz iyi bir kız yetiştirirsek eğer, onun tercihlerine de saygı duymamız gerekir. Eğer evlatlarımıza güvenmiyorsak bu bizim suçumuzdur. Güvenli evlatlar yetiştirmemişiz demektir" diyor. İşte bu beni çok mutlu ediyor. Kocama karşı hâlâ soğuğum. Ama bir gün düzeleceğimi sanıyorum. Artık bu tür maceralara girmek istemiyorum. Yaşadığım iki ilişki beni çok zor durumlara itti. Hiç kimsenin benim yaşadıklarımı yaşamasını istemem. Bunu düşmanım için bile dilemem. Çocuklarım her şeyim. Hele kızım, sevdiğim adamın kanını taşıyor. O bir aşk çocuğu. Oğlumu da kızımdan ayırmıyorum. Hem bana, hem babalarına, yani kocama çok düşkünler. Hata insana mahsustur, bu hikâyeyi okuyanların beni yargılayacağını da biliyorum. Ama gerçekler değişmiyor. Eğer zamanı geri alabilseydik, beni evlendirmek isteyen babama ve anneme ne olursa olsun karşı çıkardım. Böyle bir şansım olmadığına göre, kaderimi yaşayacağım.

Hayatımı O Ev Değiştirdi

Adı: Oya...
Yaşı: 25...
Yaşadığı kent: İstanbul...
Medeni hali: Evli, bir çocuk annesi...
Mesleği: İşsiz....

Oya, küçük kentten kurtulmak için evlendi. Kocası iyi biriydi ama Oya ona âşık değildi. Karşı komşularının oğlu Sadık'la aşk yaşamaya başladı. İlişkilerini, kocası hariç herkes duydu. Sadık'tan ayrılınca Oya'nın psikolojisi bozuldu, tedavi gördü. Tüm bu zor günlerde yanında olan tek kişi yine kocasıydı...

Küçük bir şehirde doğup büyüdüm. Sıradan, problemli bir aileydik. Despot bir baba, vurdumduymaz bir anne ve bizi hep üzen bir ağabey... Ağabeyim öyle çok problem çıkarırdı ki, evimizde neredeyse her gün bir olay vardı. Annem ve babam ağabeyimle uğraşmaktan bana kesinlikle zaman ayırmıyordu. Oysa ben okul hayatında çok başarılı bir öğrenciydim. Öğretmenlerim beni hep takdir ederdi. Ama bir tek gün bile aynı takdiri annemden, babamdan göremedim. Ben onların umurunda değildim. Varsa yoksa ağabeyimdi. Zaten o tutucu çevrede kız çocuklarının varlığı ile yokluğu birdi. Tüm dünya erkeklerin üzerinde dönerdi. Bir kızın görevi, kocasını memnun etmekti. Hepsi bu kadar... Liseyi başarıyla bitirip üniversiteyi kazandım. Kız-erkek farkı burada da kendini gösterdi. Kız olduğum için üniversiteye gönderilmedim. Düşünebiliyor musunuz? Birçok gencin kazanmak için neredeyse hayatını verdiği üniversiteye girme hakkım vardı ama ailem "Burası küçük şehir, üniversiteye gidersen hakkında dedikodu yaparlar, 'O kız bozuldu' derler" diyerek beni göndermiyordu. İsyan edemedim, sesimi çıkaramadım, kaderime boyun eğdim.

Ailemi hiç sevmiyordum
İçimde aileme karşı en küçük bir sevgi kırıntısı dahi yoktu. Hem onlardan hem de yaşadığım bu boğucu şehirden bir an önce kurtulmak istiyordum. Madem beni üniversite için büyük kente göndermemişlerdi, o zaman ben de karşıma çıkan en uygun kişiyle evlenip giderdim. Alımlıydım, girdiğim ortamlarda dikkat çeken bir kızdım. Kısmetlerim çoktu. Zaten bizim orada liseyi bitirmiş kız artık evlenmeye hazır demektir. Çok sayıda görücü geliyordu. Ben, çoğunu tanımıyordum. Ama İstanbul'da yaşayan birini bulduğum an evlenmeyi kafama koymuştum. Buradan kurtulmamın başka çaresi yoktu. Sonunda öyle bir kısmet çıktı. Adı Erdal'dı. İyi bir işi vardı. Babam "Seni buna vereceğim" dediğinde sesimi çıkarmadım. Gerçi sesimi çıkarsaydım da bir şey fark etmeyecekti. Nasıl olsa benim fikrimi soran yoktu. Babam kararını vermişti. Çok kısa sürede, nişan düğün derken evlendim. Artık İstanbul'daydım.

Şans yüzüme gülmüştü

Kocam Erdal çok iyi bir insan. İyiden öte, mükemmel biri. Ani bir kararla yaptığım bu evlilik çok kötü de olabilirdi. Tanımadan evlendiğim bu adam berbat biri de çıkabilirdi. Demek ben Tanrı'nın şanslı kuluydum. Ama bir kusuru vardı Erdal'ın. İşine düşkündü, yorgun argın eve gelir, televizyonun karşısına geçip uyuklardı. Bense ondan ilgi beklerdim. Biraz da bana zaman ayırmasını isterdim. Bunu yapmazdı. Yalnızlığa gömülmüştüm. Eşimle cinsel birlikteliğimiz dışında pek bir ilişkimiz yoktu. Aslında o da sadece bir yıl sürdü. İlk yıl cinsel birlikteliğimiz çok iyiydi, uyumluydu. Daha sonra neredeyse tamamen bitti. Eşim, yorgunluktan hiçbir şey yapamıyordu. Oysa ben istekli bir kadındım. Herkes kendi hayatını yaşıyordu. Ben gündüzleri evde sıkılmaya başladım. Çalışmak istiyordum. Hiç olmazsa kendimi işe verir, eşimin bu ilgisizliğini düşünmezdim. Evliliğimin ikinci yılında işe girdim. Bir büroda sekreter olarak çalışmaya başladım. Çalıştığım yerde fiziğimle herkesin dikkatini çekiyordum. Takılanlar, rahatsız edenler oluyordu ama aldırmıyordum. Yalnızlığım devam ediyordu.

Ev alma komşu al

Evliliğimiz üçüncü yılını bitirdiğinde bir oğlum oldu. Aslında eşimin normal yollardan çocuğu olmuyordu. Problemliydi. Tüp bebek yöntemini denedik ve ilk denemede sonuç aldık. Artık anneydim ve bundan dolayı çok mutluydum. Bu arada eşim bu kadar çok çalışmasının karşılığını almıştı. Maddi durumumuz çok iyileşmişti. Kirada oturuyorduk. Eşim "Ev alalım" dedi. Gittik, birlikte evimizi beğendik. Çok güzeldi, tam istediğim gibiydi.

Ama içimde garip bir his vardı. O evi aldığımız gün hayatımın değişeceğini hissetmiştim sanki. Taşındık, komşularım çok iyi insanlardı. Beni çabuk kabullendiler. Hele karşı komşumuz... Orta yaşlı karı-kocaydı. İki oğullarıyla birlikte yaşıyorlardı. Beni kızları gibi kabul etmişlerdi. Tadamadığım aile sevgisini onlar bana veriyorlardı. Bir süre sonra o kadar samimi olduk ki, yediğimiz içtiğimiz ayrı gitmemeye başladı. Oğluma bakmak için işten ayrılmıştım. Neredeyse tüm günümü komşumda geçiriyordum. Oğlum iki yaşına gelmişti. Oğluma da çok düşkündüler.

Oyun olarak başladı

Evin büyük oğlu Sadık'tan önceleri hiç hoşlanmamıştım. Çekiniyordum ondan, garip bir şekilde korkuyordum. Bu yüzden de uzak duruyordum. Bir gün yine komşuda otururken Sadık'ın annesi "Haydi, oğluma bir mesaj gönderip onu işletelim" dedi. Mesajı benim cep telefonumdan gönderdik. Çünkü benim numaramı bilmiyordu, tanıyamazdı. Ben onu beğendiğimi, hoşlandığımı anlatan mesajlar gönderiyordum. O da bunlara karşılık veriyordu. Sonra da annesiyle bu mesajları okuyup kahkahalarla gülüyorduk. Ancak bir süre sonra Sadık'ın bu mesajları gönderen kişiye, yani bana bağlanmaya başladığını hissettim. Durumu hemen annesine anlattım, artık bu işe bir son vermeliydik. Annesi Sadık'a gerçeği söyledi, onu bizim işlettiğimizi anlattı. Sadık önce annesine kızmış, sonra da birlikte gülmüşler. O gece telefonuma "Demek beni işleten sendin, görürsün sen, bunu ödeyeceksin" diye bir mesaj attı. Tehdit mesajı değildi bu, çünkü cümlesinin sonuna gülme işareti yapmıştı. Ben de ona "Sen de bu kadar çabuk kanmasaydın" diye cevap gönderdim.

Hoşlandığını itiraf etti

Derken, bu kez birbirimizin kim olduğunu bilerek arkadaşça mesajlaşmaya devam ettik. Başta çekindiğim o insana karşı içimde birtakım hisler belirmeye başlamıştı. Onun da bana karşı ilgisi olduğunu anlamıştım. Zaten mesajlarında bunu belli ediyordu. Zaman zaman konuşmalarımız erotik boyuta taşınıyordu. Örneğin bana "Şu an üzerinde gecelik mi var?" gibi sorular soruyordu. Hatta iç çamaşırlarımın rengini bile öğrenmek istiyordu. Bu mesajlar beni de etkiliyordu. Ancak ikimiz de birbirimize birtakım şeyleri henüz itiraf etmemiştik. O günlerde şirketi eşimi bir iş için şehir dışına gönderdi. Eşim de beni karşı komşumuza emanet ederek gönül rahatlığıyla o seyahate çıktı. Aslında kuzuyu kurda teslim ettiğini bilmiyordu tabii ki... Eşimin seyahate çıktığı gece Sadık bana ilk itirafını yaptı, "Senden etkileniyorum, çok hoşlanıyorum" diye mesaj gönderdi. Bense bu durumu itiraf edemiyordum. O benim karşı komşumun oğluydu. Hep yüz yüze bakıyorduk. Annesi ne düşünürdü? Ya kocam öğrenirse ne yapardı? Bir yandan da bu ilişkiyi yaşamak istiyordum. Sonunda dayanamadım, ben de ondan etkilendiğimi itiraf ettim.

Benden dört yaş küçüktü

Aramızda mükemmel bir ilişki başladı. Bulduğumuz her fırsatta bir araya geliyor, sevişiyorduk. Sadık benden dört yaş küçüktü. Bana âşık olmuştu, ben de ona. Sürekli bana, "Boşan kocandan. Benim ailem seni çok seviyor. Kabul edeceklerinden en küçük bir kuşkum yok" diyordu. Bense bunu yapacak cesareti bulamıyordum. Sadık, bana olan aşkı yüzünden yemeden içmeden kesilmişti. Annesi "Bir kız oğlumu bu hale getirdi. Kim bu kız?" diye sorup duruyordu. Sonunda mesajlarımız bizi ele verdi. Sadık'ın annesi, bir gün o kızın kim olduğunu bulmak için oğlunun cep telefonunu karıştırırken mesajların benden geldiğini gördü. Kadın yıkıldı. Evlat diye bağrına bastığı ben, oğlunu baştan çıkarmıştım. Sadık'la ayrılmaktan başka çaremiz yoktu. Ben bir yandan da bu olayı kocamın duymaması için uğraşıyordum. Ayrıldık ama pek de fazla uzak kalamadık. İlişkimiz iyice çıkmaza girmişti. Sadık kesinlikle benim eşimden ayrılmamı istiyordu. Nihayet buna cesaret edebildim. Bir bahaneyle evi terk ettim ve yine o küçük kente, ailemin yanına döndüm. Babam beni kabul etmedi, "Senin yerin kocanın yanıdır" dedi. Mecburen İstanbul'a dönmek zorunda kaldım. Eşim beni anlayışla karşıladı, "Bunaldın biliyorum, geçer merak etme" diye teselli etti.

Hastane günleri

Döndüğümde karşımda çok farklı bir Sadık buldum. Daha ilk gün kavga ettik. İntihara teşebbüs ettim, kurtarıldım. Hastaneye kaldırıldım. Hastanedeyken hiç telefon etmedi, bir mesaj bile göndermedi. Benim gönderdiğim mesajlara da ters cevaplar verdi. Psikolojim tamamen bozulmuştu. Tedavi görmem gerekiyordu. Bir klinikte yatarak uzun süre psikolojik tedavi gördüm. Ben sağlığımla boğuşurken Sadık annesinin bulduğu bir kızla birlikte olmaya başlamıştı. Bunu duyduğumda kahroldum. Benim Sadık'ta aradığım şey cinsellik değil aşktı, sevgiydi. Sadık annesinin gönlünü yapmak için bizi bitirmişti. Hâlâ aynı yerde oturuyoruz. Hâlâ komşuyuz.

Bu evi satmalıyız

Herkes bana soruyor, "Nereye gitti o eski Oya?" diye... Bilmiyorum ki... Ben sonunu bilmediğim bir yola çıktım. En küçük bir pişmanlığım dahi yok. Sağlığımı kaybettim ama toparlanıyorum. Eşim bunların hiçbirini hak etmedi. Ben hayatım boyunca mutlu olmayacağım, bunu biliyorum. Ama bundan sonra eşim Erdal ve çocuğum için yaşayacağım. Erdal'ın hiçbir şeyden haberi yok. Ben tüm bu problemleri yaşarken yanımda olan tek kişi Erdal'dı. Beni hastanede yalnız bırakmadı, her zaman desteğini hissettirdi. Hatta benim yaşadıklarımdan dolayı kendini sorumlu tuttu, "Ben sana ilgi göstermediğim için bunlar oldu. Artık böyle şeyler yaşamayacaksın, sana söz veriyorum" dedi. Sadık yine karşı dairemde oturuyor. Huzurlu mu, mutlu mu, bilemiyorum. Komşularımızla ilişkimiz tabii ki kesildi. Onu görmekten hep kaçınıyorum. Onu görürüm diye kapının gözetleme deliğinden dahi dışarı bakmıyorum. Bu aralar eşimi evi satmak için ikna etmeye uğraşıyorum. Bir an önce bu evden kurtulmalıyız.

Yalanlarla Dolu Dünya

Adı: Özlem...
Yaşı: 22...
Yaşadığı kent: İstanbul...
Medeni hali: Bekâr...
Mesleği: Tezgâhtar...

Özlem, ilk aşkı Eray tarafından aldatılınca intikam hissiyle doldu. İkinci sevgilisi Serkan'ın kendisini kandırdığını öğrendi ve aldatmaya başladı. Serkan'ı aldattığı adama âşık oldu. Olay ortaya çıkınca âşık olduğu adam tarafından da terk edildi. Şimdi yalnız ve umutsuz.

İhanete çok uzaktım. Sadece yalansız sevmek, sevilmek istiyordum. Meğer yalanlarla dolu bir dünyanın içindeymişim. Meğer bu devirde dürüstlük para etmiyormuş. Ne kadar kandırırsan o kadar iyiymişsin. İhanet, yemek yemek, su içmek gibi olağan bir şeymiş. Kaçındığım, korktuğum ne varsa hepsi başıma geldi. Beni aldatana, aynı şekilde karşılık verdim. Dişe diş, göze göz... Herkes hak ettiğini yaşar diye düşünüyorum. Demek benim hak ettiğim de buymuş... Annemle babam zıt kişiliklere sahip insanlardır. Birbirleriyle didişirler ama hiç vazgeçemezler. Maddi problemi olmayan bir ailede büyüdüm. Üzerimde baskı yoktu. Ama diğer kızlar gibi lise yıllarında kendimi dağıtmadım.

Duygusal bir insanım. Hayatımda sevebileceğim, âşık olabileceğim birini istiyordum. Öyle gelip geçici ilişkiler bana göre değildi. Arkadaşlarım sevgililerini aldatırdı, ben bunu anlayamazdım. İnsanın hayatında biri varsa bir başkasına neden ihtiyaç duysun ki? Neden bir ilişkiyi yalanlarla kirletsin ki?

Lisedeyken tanışmıştık

Eray'la lisedeyken tanıştım. Onu beğeniyordum. Onda beni çeken bir şeyler vardı. Aslında birbirimizi pek tanımıyorduk ama ben yavaş yavaş ona kendimi kaptırıyordum. Aslında onun da benden etkilendiğini anlıyordum. Arkadaş ortamlarında bir araya geldiğimizde hep benimle ilgileniyordu. Çok geçmeden duygularını bana itiraf etti. Sonra uzun uzun sohbetlere başladık. Eray bir aşk yarası taşıyordu. Aldatılmış ve terk edilmişti. Bunu bir daha yaşamaktan çok korkuyordu. O gün ona "Hayatımda yapmayacağım tek şey aldatmaktır. Zaten insanların bunu neden yaptığını anlayamam" dedim. Böylece ona bir söz vermiş oluyordum. Eray'ın da ihanet acısını yaşadığı için beni aldatmayacağını düşünüyordum. Çok sevinçliydim. Birbirimizi bulmuştuk. Üstelik annem ve babam gibi zıt kişiliklere de sahip değildik. Aynı şeylerden hoşlanıyorduk. Birlikte vakit geçirmekten çok zevk alıyorduk. O zamanlar büyük konuşmamak gerektiğini bilmiyordum. "Yapmam" dediğim şeyleri yapacağımı hiç aklıma getirmiyordum...

Eskisi gibi değildi

Lise bitti, yaz geldi. Ailemle birlikte 25 gün sürecek bir tatile çıktık. Eray'dan bu kadar uzun süre ayrı kalmak beni çok üzüyordu. Sürekli telefonlaşıyorduk. Saatler süren bu telefon konuşmalarında birbirimize aşk sözcükleri fısıldıyor, hatta ileride evlenmenin planlarını yapıyorduk. Beni sevdiğinden en küçük bir şüphem bile yoktu. Eray yakışıklı bir çocuktu ama ben de güzel bir kızdım. Onun talipleri olduğu kadar benim de vardı. Hele gittiğimiz tatil merkezinde öyle çok teklif aldım ki, anlatamam. Hiçbiri umurumda değildi. Ben Eray'ı seviyordum, Eray'la olmak istiyordum. Gittiğimiz yeri beğenmeyince babam tatilden erken dönme kararı aldı. Buna en çok ben sevindim. Eray'a kavuşabilecektim. Biz tatildeyken Eray da İstanbul'da bir kafede gitar çalmaya başlamıştı. Eray'a sürpriz yapmak istiyordum, geleceğimizi haber vermedim ve o kafede yer ayırttım. İstanbul'a döndük ve ben akşam kafeye gidip en ön masaya oturdum. Eray sahneye çıktığında beni gördü. Garipti, sanki hiç sevinmemişti. Gitar çalıp şarkı söylerken bana bakmıyordu bile. Gittiğimiz yerden ona hediyeler getirmiştim. Programı bitince yanıma geldi, hediyelerini verdim. Bana doğru dürüst sarılmamıştı bile. "Senin neyin var?" diye sorduğumda "Burası benim işyerim, rahat olamıyorum" diye cevap verdi. Bunun bir bahane olduğunu çok geçmeden anlayacaktım.

Eray'ı ablam yakaladı

Yaz devam ediyordu ve biz Eray'ın işi nedeniyle pek sık görüşemiyorduk. Sadece hafta sonları birkaç saat bir araya gelebiliyorduk. Derken Eray, hafta sonları da çeşitli bahanelerle beni atlatmaya başladı. Bir şeyler olduğunu hissediyor ama konduramıyordum. Sorun yaratan insan olmak istemiyordum. Bu yüzden anlayışlı davranmaya çalışıyordum. Bir hafta sonu yine buluşmak istediğimde Eray, "Annemle alışverişe gideceğim" diyerek beni atlattı. Yine sesimi çıkarmadım. Akşamüstü ablam telefonla aradı: "Eray şu anda bir kafede bir kızla sarmaş dolaş oturuyor. Tam karşımdalar. İstersen telefonu vereyim Eray'a" dedi. Başımdan aşağı kaynar sular inmişti. Kimdi Eray'ın yanındaki? Ablama "Gerek yok, gerekirse ben ararım onu" deyip telefonu kapattım. Arayıp aramamakta kararsızdım. Çünkü Eray o telefonu açmazsa ablamın söylediklerinin gerçek olduğu ortaya çıkacaktı. Benimse bununla yüzleşmeye cesaretim yoktu. Bir süre bekledikten sonra "Ne olacaksa olsun artık" deyip aradım. Telefon açılmadı. Bir daha aradım, yine açılmadı... Gerçek ortadaydı, Eray beni aldatıyordu...

Hayal kırıklığı yaşıyordum

Bu ağırlığı üzerimde taşıyamıyordum, bir şeyler yapmalıydım. Bir süredir peşimde koşan ama benden pek yüz bulamayan Yalçın'ı aradım. Kararımı vermiştim. Yalçın'la el ele Eray'ın oturduğu kafeye gidecektim. Yalçın geldi, birlikte kafeye gittik. El eleydik. Eray oradaydı, yanındaki kızı tanımıyordum ama çok samimi oturduklarını görebiliyordum. Eray'ın beni görebileceği masaya oturdum. Gördü, şaşırdı. Hiçbir şey demedi. Ben Yalçın'la abartılı bir şekilde gülerek sohbet ediyordum. Eray'ı umursamadığımı göstermek, "Sen yaparsan ben de yaparım" diye mesaj vermek istiyordum. Bir süre sonra Eray ve sevgilisi kalkıp kafeden gitti. Biz de kalktık. Yalçın daha sonraki günlerde de aradı ama bir daha onunla buluşmadım. Bu bizim Eray'la son görüşmemiz oldu. Bir daha hiçbir yerde ona rastlamadım. Bu ilk aldatma deneyimim masumdu. Aslında aldatma bile sayılmazdı. Can havliyle yapılmış saçma bir hareketti. Eray'la aramızda cinsel anlamda sadece yüzeysel bir şeyler geçmişti. Belki de Eray, seks açısından bende bulamadığını başkasında bulmuştu. Eray yüzünden ilk aşk acısını yaşamıştım. Büyük bir hayal kırıklığı içindeydim.

Serkan'ın peşindeydim

Sonra bir gün karşıma Serkan çıktı. Bir ay peşimden koştu. Aslında belki de ben onun peşinden koştum. Serkan'dan hoşlanıyordum. Yaralıydım ama aşktan vazgeçecek de değildim. İkimizin de duygularımızı açıklayacak cesareti yoktu. Sonunda ilk konuşan ben oldum. Her şey açıktı artık, birlikteydik. Yavaş yavaş Serkan'a bağlandım. Birbirimizi seviyorduk. Eray'ın kalbimde açtığı yarayı kapatmıştım. Üç yıl geçmişti. Aşkın büyüsüne kendimi kaptırmıştım. Sıkıntılar da, sorunlar da yaşadık ama bunlar ilişkimize zarar vermedi. Ben her şeyimle Serkan'ındım. İlk kez onunla sevişmiştim. Bu muhteşem bir duyguydu. Sevdiğim adamın kollarında olmak, onun tenini hissetmek, kokusunu içime çekmek... Bir rüya âlemiydi sanki. Ama gerçekler yavaş yavaş kendini göstermeye başlamıştı. Serkan benimle pek ilgili değildi. Babam fabrika sahibi ya, Serkan para için benimleydi. Bir de seks için... Bir yandan bu gerçeği görüyor, bir yandan da beni Serkan kadar kimsenin sevemeyeceğini düşünüyordum. Nedendi bu çelişki? Neden yıllar sonra bu noktadaydık? Her şeyi birlikte aşmamış mıydık? Yoksa ben tek başıma aşmıştım da o sadece yanımda izlemiş miydi? Ben onca şeyin şimdi mi farkına varıyordum. Derken bir alışveriş merkezinde ayrı ayrı mağazalarda çalışmaya başladık. Birbirimize ayıracak çok fazla zamanımız yoktu. İşte ilişkimiz de kopma noktasına bu zamansızlık nedeniyle geldi. Ardından kavgalar, kıskançlıklar, anlaşmazlıklar başladı. Ve en kötüsü de Serkan bana yalan söylüyordu. Ben sevdiğim için bunu görmek, kabullenmek istemiyordum. Bir gün iş çıkışı uzun uzun konuştum, tüm hissettiklerimi anlattım. "Neden böyle olduk?" diye sordum. Özür diledi, "Seni kazanmak benim elimde. Ben tekrar yeşerteceğim bu sevgiyi" dedi... Ona bir kez daha inandım. Ama asıl problemim ilişkideki erkek rolünün bende olmasıydı. Yemek yenir, hesabı Özlem öder... Parası yoktur, cebine harçlığını Özlem koyar... Kıyafete ihtiyacı vardır, Özlem alır... Ama o aldıklarımı ya beğenmezdi ya da bir bahane bulup kavga çıkarırdı. Aynı evde yaşamıyorduk ama evli gibiydik. Canı seks istediğinde, aşkı, her şeyi oluyordum. İşi bittiğinde de eskiye dönüyorduk.

Askere gitti

Bir gün askere çağırıldığını söyledi. Çok üzüldüm, ondan bu kadar uzun süre ayrı kalmaya katlanmak bana çok zor geliyordu. Her ikimiz de bu zorunlu ayrılığa alışmalıydık... Eve her gittiğimde uykusuz geceler ve gözyaşları beni esir alıyordu... Sorunlu bir ilişkimiz de olsa Serkan benim sevdiğim insandı. Ayrılık günü geldi çattı. Uğurlamaya gelmemi istemedi. Beni ağlarken görmek istemiyormuş... Bunun da bir bahane olduğu bir süre sonra ortaya çıkacaktı. Gider gitmez aramaya söz verdi. Sonuçta orası asker ocağıydı. Belki de aylarca hiç konuşamayacaktık. Aradı, "Birazdan teslim oluyorum" dedi. Telefonda hüngür hüngür ağlıyordum. Bir yandan da gururluydum. Sevdiğim adam vatan borcunu yerine getirecekti. Vedalaşıp telefonu kapattık. İki saat sonra telefonum çaldı, arayan Serkan'dı. Çok şaşırdım, sevinçle açtım. "Burası çok rahat, arayabiliyorum" dedi. Dünyalar benim olmuştu. Demek ki asker ocağı o kadar da korkulacak bir yer değildi. Çünkü ben Serkan'la acemi eğitimi bitene kadar görüşemeyeceğimizi sanıyordum. Bu aramalar sıklıkla devam etti. Serkan'dan mektup yazmak için adresini istemiştim. Önce vermedi, "Şu anda kimseye mektuplarını vermiyorlar. Gönderirsin, bana ulaşmaz" dedi. Bu garip bir çelişkiydi. Telefon edecek kadar rahattılar ama mektuplarını alamıyorlardı. Önceleri üzerinde durmadım. Ama sonra ısrar ettim. Çünkü gerçekten yazmak istiyordum. Bana bir adres verdi, mektup gönderdim. Mektup bir süre sonra "Böyle bir adres yoktur" diye bana geri geldi. Şaşırdım. Sonunda askerlik yaptığını söylediği şehirdeki tüm birliklere telefon etmeye başladım. Her yerden aynı yanıtı aldım: "Bizde bu isimde bir asker yok..."

Yalanı ortaya çıktı

Bayılacaktım sanki, dünya üzerime üzerime geliyordu. Bir insan böyle bir yalanı nasıl söylerdi? Böyle kutsal bir görevi yalanlarına nasıl alet ederdi? Hemen telefon ettim, kapalıydı. Ben de sesli mesaj bıraktım. Her şeyi bildiğimi söyledim. Birkaç saat sonra beni aradı. Sadece kendisini dinlemek, ilişkimizi gözden geçirmek için bu yalana başvurduğunu söyledi. Ağlıyordu, af diliyordu. Gerçeğin öyle olmadığını biliyordum. Mutlaka başka kadınlar vardı. Ben onun için nasıl olsa cepteydim. O başka çiçekleri koklamak istiyordu. Dayanamadım affettim. Ama içimdeki canavar harekete geçmişti. Serkan'a bu yaptığını ödetmeliydim. Serkan yüzünden benim çocuğum olmayacaktı. Çocuk aldırmıştık ve ne yazık ki o operasyon sırasında bir problem çıkmıştı. Sonsuza kadar anne olamayacaktım. Bu durum Serkan'a olan kızgınlığımı daha da artırıyordu. Tam o bunalımlı günlerimde liseden eski bir arkadaşım aradı. Adı Cemil'di. Cemil lise yıllarında da benden hoşlanıyordu. Bunu birkaç kez belli etmiş ama benden karşılık görememişti. Buluştuk. Lisedeki halinden çok farklıydı. Olgunlaşmıştı. Birlikte bir yemek yedik. Ondan etkilenmiştim. O akşam sabaha kadar cep telefonuyla mesajlaştık. Ertesi gün tekrar buluştuk. Bu kez geceyi onun evinde geçirdik. Serkan'ı aldatmıştım ama bu hiç umurumda değildi. Çünkü hak etmişti.

İkisi de beni terk etti

Cemil ve Serkan'ı birlikte idare ediyordum. Foyam kısa sürede ortaya çıktı. Telefon hattım Serkan'ın üzerineydi. Serkan bir gün konuşma ve mesaj dökümlerini içeren listeyle yanıma geldi. Hep aynı numarayla konuşmuş, aynı numarayla mesajlaşmıştım. Serkan o numaranın kime ait olduğunu da öğrenmişti. Aslında bunu ortaya çıkarabileceğini biliyordum ama umursamıyordum. Nasılsa o beni aldatmıştı, ben de onu aldatabilirdim. Hem ratık Cemil'le olmak istiyordum. Bu da Serkan'la ayrılmamız için bahane olurdu. İnkâr etmedim, Cemil'le bir ilişki yaşadığımı söyledim. Önce köpürdü, kızdı. Sonra da "Siz asla bir araya gelemeyeceksiniz" diye tehdit ederek çıkıp gitti. Bu tehdidi ciddiye almamıştım. Ancak Serkan, Cemil'i bulup her şeyi ona anlatmış. Cemil benim hayatımda başka birinin olduğunu bilmiyordu. Bunu saklamıştım. Serkan'la konuştuktan sonra Cemil beni aradı. Telefonda resmen küfrediyordu. "Sen bir fahişesin. Senin yüzünü bile görmek istemiyorum" diyordu. Nitekim bir daha da beni aramadı. Serkan yüzünden Cemil'le olan ilişkim de bitmişti. Çok üzüldüm ama sanırım ben de hak ettiğimi yaşıyorum. Aldatmak iki yanı keskin bıçak gibi. Bu bıçağın bir yanıyla ben Serkan'ı kestim. Diğer yanıyla da kendimi. Cemil'den sonra birkaç küçük flörtüm oldu ama hiçbiri ciddi bir ilişkiye dönmedi. Aslında onları da aldattım. Haberleri bile yok hiçbir şeyden. Bundan böyle hayatımda aldatmayacağım, sonsuza kadar sadık kalacağım birini istiyorum. Yeter ki o da beni aldatmasın. Çünkü beni aldattığını anlarsam içimdeki canavarı durduramıyorum. Mutlaka aynı şekilde karşılık vermek istiyorum.

Bu hikâyeyi okuyanlar arasında beni suçlayacak olanlar da vardır elbette. Ben aldatmaya bu kadar karşıyken yaşadım. İnsan büyük konuşmamalıymış, bunu öğrendim. Yine de herkese ihanetsiz ilişkiler diliyorum. Tabii önce kendime...

Aslında Kendimi Aldattım

Adı: Esra...
Yaşı: 29...
Yaşadığı kent: İzmir...
Medeni hali: Boşanmış, bir çocuk annesi...
Mesleği: Mimar...

Esra, eşinin kendisini aldattığını öğrenince intikam almaya kalktı. Eşini, en yakın arkadaşıyla aldattı. Bunun geçici bir şey olduğunu düşündü ama yanıldı. Hiç hesaplamadığı olaylar yaşadı, hayatı altüst oldu.

Emekli memur baba ve ev hanımı annenin iki çocuğundan biriyim. Annemin dert ortağıydım hep. Küçük bir çocukken bile olgun davranırdım. Her şeyi anlamaya çalışır, yorum getirirdim. Bunda çektiğimiz para sıkıntısının da etkisi vardı. Annem bu sıkıntılarını benimle paylaşırdı. Bana "Kızım, akıllı davran. Bizim gibi sıkıntı çekme. Mutlaka üniversite oku. Eş olarak da varlıklı birini seç" derdi. Anneme hak verirdim. Mutlaka üniversiteyi kazanmalıydım. Kardeşim benim gibi değildi. O haşarıydı, olgun davranmazdı. Dünya umurunda değildi. Ailemizin çektiği sıkıntılarla hiç ilgilenmezdi. Üniversiteyi kazanmak için kendimi tamamen derslerime verdiğimden lisedeyken kimseyle flört etmedim. Erkekler bana uzaktı. Bunun eksikliğini de hissetmiyordum. Benim tuzum kuru değildi ki? Eğlenmek için vakit harcamak yerine derslerime gömülüyordum. Sonunda üniversiteyi kazandım. Artık mimarlık fakültesinde okuyacaktım. Ailem çok sevindi. Özellikle de annem... Bana sarılıp "Kızım kendini kurtardın, inşallah düzgün bir eş de bulursun" dedi.

Ailem karşı çıktı

Üniversitedeki yıllarım yine derslerle haşır neşir geçti. Birkaç küçük flörtüm oldu ama bunların hiçbiri ciddi değildi. Üniversite ortamı işte... Bazen arkadaşlar birileriyle tanıştırırdı. Bir iki ay onunla çıkar sonra ayrılırdım. Âşık olacağım kişiyi bekliyordum ben. Çünkü aşka önem veriyordum. Hayalimde beyaz atlı prens vardı. Yakışıklı, anlayışlı, başarılı, varlıklı bir erkek... Bu tanıma uygun bir erkek arıyordum. Beyaz atlı prensimi, üniversitenin son sınıfına geldiğimde buldum. Bir mimarlık bürosunda staj yapıyordum. Üniversiteyi bitirmek için bu stajı yapmam şarttı. Bir gün büroya genç bir doktor geldi. Adı Can'dı. Ondan çok hoşlanmıştım. O zaman ben 22 yaşındaydım, Can da 26. Tıp fakültesini bitirmiş, mesleğine başlamıştı. Bir süre sonra Can neredeyse her gün staj yaptığım büroya gelmeye başladı. Sürekli bir bahane bulup benimle konuşuyordu. Derken bir gün duygularını açtı... Karşılık verdim, çünkü ben de ona âşık olmuştum. İlişkimiz kısa sürede ilerledi. Evliliği düşünmeye başladık. Konuyu hemen anneme açtım. Bana her zaman destek olan, hep arkamda duran annem bu kez karşıydı, evlenmemi istemiyordu. "Tam senin istediğin gibi bir eş, neden karşı çıkıyorsun?" diye sorduğumda "Daha çok gençsin, hayatını yaşa" diye cevap verdi. Ben her zaman yumuşak başlı bir evlat olmuştum. Ama ilk kez başkaldırdım, karşı çıktım...

Kocam beni aldatıyordu

Ailemin onayı olmadan Can'la evlendik. Düğünüme benim ailemden kimse gelmedi. Bu duruma çok üzülmüştüm. Can gerçekten çok iyi bir insandı. Evliliğimiz çok iyi gidiyordu. Ailemle konuşmuyor olmam beni yıpratıyordu. Barışmak için birçok kez haber gönderdim. Kabul etmediler, inatçıydılar. Sonunda araya kıramayacakları bazı akrabalarımızı soktuk. Nihayet barışmıştık. Ama yine de aramızda bir soğukluk vardı. Benim onların sözünü dinlememiş olmamı bir türlü kabullenemiyorlardı. Ailemle ilgili bu sorunlarla boğuşurken Can'ın askerlik zamanı geldi çattı. Askerliğini kısa dönem olarak Kayseri'de yapacaktı. Bu duruma çok üzülüyordum. Zaten ailemin desteği yoktu, bir de Can askere gidince iyice yalnız kalacaktım. Can'ı askere gönderdikten sonra sıkıntımı dağıtmak için vaktimi internet başında geçirmeye başladım. Ben okulu yeni bitirdiğim için henüz bir iş bulamamıştım. Eşim de bilgisayar kullanan biriydi. Bazen MSN Messenger denilen sohbet programında doktor arkadaşlarıyla konuşurdu. Bunları bilirdim, benden saklamazdı. Hiçbir zaman onun şifresini kullanarak MSN programına girmek aklıma gelmemişti. Şifresini bilirdim. Bir akşam, öylesine eşimin şifresiyle girdim. Bir kadın aşk dolu sözler yazmaya başladı birden. Şoke oldum. Kocam beni aldatıyordu.

En yakın arkadaşıyla

Dünya başıma yıkılmıştı. Ben ne yapacaktım? Bu durumu aileme anlatamazdım. "Biz sana evlenme demiştik" diye tepki göstermelerinden korkuyordum. Bir boşluğun içindeydim. Can'dan nefret ediyordum, öfke doluydum. Bir şey yapmam gerekiyordu, bunun acısını çıkarmam gerekiyordu. Eşim Can askere giderken beni aynı hastanede çalıştığı, en yakın arkadaşı Harun'a emanet etmişti. Harun arada bir arar, bir şeye ihtiyacım olup olmadığını sorardı. Yine o aramalardan birinde Harun'a "Çok kötüyüm, bana uğrar mısın?" dedim. Can'dan intikamımı onun en yakın arkadaşıyla birlikte olarak alacaktım. Bunu becermem hiç de zor olmadı. Harun geldi, "Kendimi çok yalnız hissediyorum" diyerek ağlamaya başladım. Bana sarıldı, sonra dudaklarımız buluştu. Ardından da seviştik... Can askerde olduğu süre içerisinde Harun bana sürekli geldi. Artık bir ilişki yaşıyorduk. İntikam için başlamıştım ama Harun'a âşık olmuştum. Belki de aşk değildi bu, o boşlukta ortaya çıkan farklı bir şeydi. Ama ben Harun'suz yapamıyordum. Harun evliydi. Eşi Yeşim'i tanıyordum. Ama önceleri Yeşim'le çok samimi değildik. Daha sonra onu da bu ihanet üçgenine dahil edecektim...

O akşam yemeği

Can askerliğini bitirip döndü. Bunu kutlamak için bir akşam, ben, Can, Harun ve eşi Yeşim yemeğe çıktık. İki erkeğim de karşımdaydı. Aslında ikisini de seviyordum. Sadece Can'a beni aldattığı için kızgındım.

Bu arada Can'a ihanetini yakaladığımdan hiç bahsetmedim. Yaptıklarını bildiğimden haberi olmadı. O yemekte çok üzüldüm. Kendimden iğreniyordum. İki iyi arkadaşla birlikteydim. Bunlardan biri kocam, diğeri sevgilimdi. İkisinden de vazgeçemiyordum. Tam o sırada bir şarkı başladı. O şarkıyı hiç unutmuyorum. Teoman'ın söylediği Gönülçelen... Şarkının "Evet dedi ben de seni aldattım/ Bir kez de değil üstelik/ Çünkü beni çok kanattın/ Çok sevdiğim bir yalandın" şeklindeki sözleri sanki bizi anlatıyordu. Can döndüğü için Harun'la eskisi kadar rahat buluşamaz olmuştuk. Buna bir formül bulmalıydık. Ben de eşi Yeşim'le samimi olmaya başladım. Böylece daha rahat evlerine girip çıkabilecektim. Aslında Yeşim'i de bir arkadaş olarak çok seviyordum. Zaten yaşıttık, iyi anlaşıyorduk. Yaptığım şey adilikten başka bir şey değildi. Kendimi Harun'dan koparamıyordum ki... Harun'la onun evinde de birlikte olmaya başlamıştık. Yeşim bana güveniyordu, kocasıyla beni evde yalnız bırakıp bir yerlere gidiyordu. Biz de bu fırsatları değerlendirip sevişiyorduk.

Yeşim aldatıldığını anladı

Bu durum uzun süre böyle devam etti. Can hiçbir şey anlamadı. Ama Yeşim bir gün ağlayarak bana geldi, "Kocam beni aldatıyor" dedi. İşte foyamız ortaya çıkmıştı. Yeşim konuştukça yıkılıyordum. Kocasının birlikte olduğu kadının ben olduğumu bilmiyordu. Bir kadının varlığından şüphesi yoktu. Ama bu kadının kimliğini henüz araştırmamıştı. Onu yatıştırmaya çalıştım. Onunla birlikte ben de ağlıyordum. Onun durumuna çok üzülmüştüm. Vicdanım çok sızlıyordu. Ama bu sızlama eşimi aldattığım için değildi. Yeşim'i o halde gördüğüm içindi... Böyle bir alçaklığı artık yapmamalıydım. Yeşim gittikten sonra Harun'la konuştum. Yeşim'in bana geldiğini, aldatıldığını öğrendiğini ama bu kişinin ben olduğumu bilmediğini söyledim. Sonra da "Bu ilişkiyi bitirmeliyiz artık" dedim. Harun itiraz etmedi. Zaten olması gereken de buydu. Yaşananlar yaşanmıştı ama artık bunun bir sonu gelmeliydi.

Çocuğun babası Harun'du

Bir süre sonra hamile olduğumu öğrendiğimde başımdan aşağı kaynar sular döküldü. Bizim Can'la epeydir cinsel hayatımız yok denecek kadar azdı. İşten eve yorgun geliyor ve seks istemiyordu. Ben de zaten bu ihtiyacımı Harun'la giderdiğimden Can'ın üzerine gitmiyordum. Bu nedenle çocuğumun babası kesinlikle Harun'du. Ne yapacağımı şaşırdım. Bunu Harun'un bilmesi gerektiğini düşünüyordum. Bilecekti ama çaktırmayacaktık. Bu çocuğu doğuracaktım. Can da babası olduğunu sanacaktı. Hamile olduğumu önce Can'a söyledim. Havalara uçtu. Beni kucakladı, "Canım karıcığım, seni çok seviyorum" dedi. Bense ağlıyordum. Can, sevinçten ağladığımı sanıyordu. Vicdan azabından ölecektim. Benim göz yaşlarım bu nedenle akıyordu gözlerimden... Sıra gerçeği Harun'a söylemeye gelmişti. Karnım büyümüştü artık. Harun'u arayıp durumu anlattım. Beklediğim gibi bir tepki vermedi Harun. "Ben o çocuğu istiyorum. O çocuk benim" dedi. Rezalet çıkacaktı. Bunu anlamıştım. Yalvardım Harun'a "Bak senin de benim de evliliğimiz biter. Vazgeç bundan. Tamam, o senin çocuğun. Dilediğin zaman gelip görürsün. Ama gerçeği açıklama" dedim. Beni dinlemedi.

Hepsi beni terk etti

Hamileliğim çok sıkıntılı geçti. Yaşadığım stres nedeniyle sürekli kanama oluyordu. Hamileliğimin çoğunda yatmak zorunda kaldım. Sonunda bebeğim doğdu. Ve Harun, bebek doğar doğmaz her şeyi Can'a anlattı... Ardından dava açtı. DNA testleri, mahkemeler derken bebeğim Harun'un nüfusuna geçti. Can benden boşandı. Yeşim de Harun'u boşadı. Bense Harun'la birlikte olmak istemedim. Evet, eşimi aldatmış olabilirdim ama onu bu kadar yıkmaya hakkım yoktu. Can'a gerçeği söylediği için Harun'a çok kızgındım. Harun benimle birlikte olmak istedi ama kabul etmedim. Hatta "Çocuğu alırım senden" diyerek beni tehdit etti. Tehditlerine boyun eğmedim. Harun'u istemedim. Zaten bir süre sonra Harun başka bir şehirdeki hastaneden gelen teklifi kabul edip gitti.

Yeniden evleneceğim

Şimdi tek başıma yaşıyorum. Bebeğim dört aylık oldu. Ailemle hiç görüşmüyorum. Bu olayları duyunca beni evlatlıktan reddettiler. Hayatımda 46 yaşında Ahmet diye biri var. Yaşadığım her şeyi biliyor. Beni olduğum gibi kabul ediyor. Çocuğumu babasız büyütmek istemiyorum. Ahmet çocuğuma iyi bir baba olacak, bundan eminim. Bana evlenme teklif etti. Ben de kabul ettim. Yakında evleneceğiz. Ben mutsuz oldum ama bebeğimin çok mutlu olmasını istiyorum. Bebeğim, benim yaşadığım bu iğrençlikleri hiç bilmeyecek. Onu temiz bir dünyada büyütmek istiyorum. O, Ahmet'i babası olarak görecek. Yakında Harun'u arayıp bebeği Ahmet'in nüfusuna vermesini isteyeceğim. Zorluk çıkaracağını sanmıyorum. Bundan böyle bir daha ihanetler içinde de yer almak istemiyorum...

Aşkımdı, Eniştem Oldu

Adı: Seren...
Yaşı: 34...
Yaşadığı kent: İstanbul...
Medeni hali: Evli...
Mesleği: İşsiz...

Seren Koray'a âşıktı. Ancak Koray, Seren'i kız kardeşi Sevgi ile aldattı. Sevgi ile Koray evlendi, Seren eski aşkına enişte demeye başladı. Aralarındaki kıvılcımın ateşlenmesi fazla zaman almadı. Seren, kocası Levent'i, eniştesi Koray ile aldattı. Bu aşk canını çok yaktı, kendini dağıttı.

Orta halli bir ailenin üç kızından en büyüğüyüm. Ben Seren, ortancamız Sevgi ve en küçüğümüz Sevda... Her şeyi paylaşarak büyüdük. Aramızda ikişer yaş olduğu için sadece kardeş değil, aynı zamanda birbirimizin en iyi arkadaşıydık. Acı, tatlı, iyi, kötü her şeyi paylaştık. Birbirimize hep sahip çıktık. Aramızda bezen küçük anlaşmazlıklar olurdu ama büyümeden bitirirdik. Her şeyden önce birbirimizi severdik. Bir ailenin temeli sevgi olmalı. İşte bizi birbirimize bağlayan en önemli şey de bu sevgiydi. Annem ve babam da bizi çok severdi. Üç kız, üçümüz de güzel, akıllı ve alımlı... Bizi hiçbir şeyin ayırmayacağına dair birbirimize söz vermiştik. Aramızdaki bu bağı ne kopartabilirdi ki? Lise bittikten sonra ben ve Sevgi, üniversiteyi kazanamadık. Küçük kardeşim Sevda ise güzel bir okulu kazanabilmişti. Sevda'yı başka bir kente üniversite okuması için gönderdikten sonra Sevgi ile biz evde kaldık. Artık birbirimize daha da bağlıydık. Sevda'nın olmaması bizi birbirimize daha da yakınlaştırmıştı. Bu bağlılığı mahallenin yakışıklısı Koray bozdu.

Koray'ı parkta yakaladım

Koray, babasının ayakkabı dükkânında çalışıyordu. Çok yakışıklıydı ve benimle ilgileniyordu. Dışarı çıktığımda beni görürse mutlaka yanıma geliyor, şakalaşıyor, hatta dolmuşla bir yere gideceğim zaman işi gücü bırakıp benimle geliyordu. Kısacası bana yakın olmak için hiçbir fırsatı kaçırmıyordu. Bu davranışları beni etkiledi, onu görmeden yapamaz olmuştum. O güne kadar kardeşim Sevgi'yle her şeyi paylaşmıştım ama Koray'ı anlatmamıştım. Neden anlatmadığımı bilmiyordum, belki de kıskanıyordum. Koray'ı kimsenin bilmesini istemiyordum. Zaten ilişkimiz ilerlemişti. Koray'ın olmuştum. Evlilik hayalleri kuruyordum. Günü gelince tabii ki Koray'ı hem kardeşime hem de aileme anlatacaktım ama daha zamanı vardı. O zaman ben 28 yaşındaydım, Koray da 30. Bu arada ben bir büroda sekreter olarak çalışıyordum. Kardeşim Sevgi ise henüz iş bulamamıştı, evdeydi. Bir gün rahatsızlandım ve işten izin alıp çıktım. Kendimi iyi hissetmiyordum, bir an önce eve ulaşmak istiyordum. Mahallemizde akşam geç saatlerde geçmekten korktuğum bir park vardı. Gündüz olduğu için eve kestirmeden ulaşmak amacıyla o parktan geçtim. Bir çift dikkatimi çekti. Ben uzaktaydım. Dikkatli baktığım zaman bankta oturan erkeğin Koray olduğunu fark ettim. Yanında bereli bir kız vardı. Kızın yüzünü göremiyordum ama o bere bana hiç yabancı gelmiyordu. Koray ve kız sarmaş dolaştı, birbirlerine öpücükler veriyorlardı. İnanamadım, sevgilim beni parkta başka bir kızla aldatıyordu. Ağlayarak eve koştum. Bir an önce Sevgi'ye her şeyi anlatıp rahatlamak istiyordum.

Meğer o, kız kardeşimmiş

Sevgi evde yoktu. Benden on beş dakika sonra geldiğinde yıkıldım. Sevgi'nin başındaki bere, Koray'ın yanındaki kızın beresiyle aynıydı. Aptala döndüm, şoke oldum. Kekelemeye başladım. Sevgi, "Abla senin neyin var?" diye sordu, "Yok bir şey, hastayım, geçer" dedim. Koray denen o alçak demek hem beni, hem de kardeşimi idare ediyordu. Bir anda Sevgi, "Abla sana bir şey anlatacağım. Bizim mahalledeki Koray'ı biliyorsun. Biz onunla çıkmaya başladık" dedi. Sevgi bunu anlatırken yüzünde gülücükler vardı. Koray'ı ne kadar çok sevdiğini, aşklarının nasıl başladığını anlatmaya başladı. Koray bana uyguladığı taktiğin aynısını ona da uygulamıştı. Sürekli ilgilenmiş, onu görmek için fırsat yaratmış ve Sevgi'yi etkilemeyi başarmıştı. Sevgi'nin mutluluğuna gölge düşmesini istemediğim için gerçekleri anlatmadım, sustum.

İçim kan ağlıyordu ama Sevgi'ye bunu yapamazdım. Ertesi günü iple çektim. İş çıkışı, Koray'ın çalıştığı dükkâna gidip ona her şeyi bildiğimi söyledim. "Bunu bize nasıl yaparsın?" diye bağırdım. "İstediğimi yaparım. Kardeşinle evleneceğim. Engelleyebilirsen engelle bakalım" diyerek bana meydan okudu. Ağlayarak dükkândan çıktım. Koray'a lanetler yağdırıyor, beddualar ediyordum.

Sevgi'den uzaklaştım

İstemeden Sevgi'den uzaklaştım. Aramız eskisi gibi değildi. Çünkü kıskanıyordum. Sevgi'yi, Koray'ı elimden kapmış gibi görüyordum. Aslında onun hiçbir suçu yoktu, bunu biliyordum ama elimde değildi. Sevgi ise aşk sarhoşluğu içindeydi. Her fırsatta Koray'dan söz ediyordu. Kardeşimi çaresizlik içinde dinliyordum. Koray ve ailesi kısa süre sonra gelip Sevgi'yi istediler. Babam bu konularda her zaman bizim fikrimizi alırdı. Sevgi'ye "Kızım istiyor musun?" diye sordu. O an bir şey olsun, yer yarılsın, deprem olsun, yangın çıksın da Sevgi cevap veremesin diye dualar ettim. Tabii ki bunların hiçbiri olmadı. Sevgi babama, "Evet baba, Koray'ı çok seviyorum" dedi. Babam da, "Peki kızım, hayırlısı olsun" diyerek olaya noktayı koydu.

Hemen o gece söz kesildi ve birkaç ay sonra da düğün yapıldı. Kardeşim beyazlar içindeydi. Eşinin elini tutarak düğün salonuna girdi. Oysa Koray'ın elini tutan kişi ben olmalıydım. O gece bu beyaz gelinliği ben giymeliydim. Acılar içindeydim. Aşka olan inancımı tamamen kaybetmiştim.

Herkesi aldatıyordum

Sevgi ile Koray evlendikten sonra hayatım tamamen değişti. Ailesine bağlı, mazbut bir kızken, bambaşka biri oldum. Hayatıma çok sayıda erkek girdi çıktı. Hepsini parmağımda oynatıyordum. Aynı anda üç dört erkeği idare ediyordum. Sanki bütün erkeklerden öç alıyordum. İşin kötüsü ben Koray'a hâlâ âşıktım. Kardeşimle evliydi ama onu sevmekten vazgeçemiyordum. Bu yüzden mümkün olduğunca uzak duruyordum Koray ile Sevgi'den. Sevgi, "Abla sen bize niye hiç gelmiyorsun? Küs müyüz?" diye sitem ediyordu. Bu sorularına yanıt bile veremiyordum. Gerçekleri anlatamazdım. İşlerin çokluğundan dem vurup atlatıyordum Sevgi'yi. Koray ile yüz yüze gelmekten çekiniyordum. Kendimi tutamam, ağlarım ya da ağzımdan bir şey kaçırırım diye endişe ediyordum. İşte o günlerde hayatıma Levent girdi. Çalıştığım emlak bürosuna gelen Levent bir süre sonra beni çok beğendiğini itiraf etti. Ardından da evlilik teklifi geldi. Levent'e âşık değildim. Bunu da ona açık açık söylemiştim. "Ben seni bu halinle kabul ediyorum. Beni zamanla seversin" demişti. Bir süre sonra evlendik. Koray düğün günü bana telefon mesajı gönderdi, "Böyle yaparak ikimize de eziyet ediyorsun" diye... Şimdi sırası mıydı bu mesajın? Yine kafam karışmıştı. Zaten Koray'a zaafım vardı. Ama gururum daha önemliydi. Koray'a, "Böyle olmasını sen istedin eniştem" diye cevap gönderdim. Evet, gerçek buydu. Hâlâ âşık olsam da, sevmekten vazgeçemesem de Koray benim kardeşimin eşiydi, eniştemdi.

Eşim iyi bir insan

Ben evlendikten sonra Sevgi ve Koray'la sık sık görüşmeye başladık. Neredeyse her yere beraber gidiyorduk. Koray'la aramızda tarifi imkânsız bir gerginlik vardı. Taşıdığımız bu sır, bir araya geldiğimizde bizi gereğinden fazla sinirli yapıyordu. Biz de bu sinirliliğin acısını eşlerimizden çıkarıyorduk. Ben Levent'e resmen hayatı zindan ediyordum. Şımarıklıklarım, kaprislerim onu canından bezdirmişti. Yine de her şeyime katlanıyordu. Çünkü bana âşıktı, benim için deli oluyordu. Sevgi'ye ise acıyordum. Zavallının hiçbir şeyden haberi yoktu. Levent'in beni sevdiği gibi o da kocasını çok seviyordu. Koray ise Sevgi'yi boşlamıştı. Pek umursamıyordu. Birkaç kez bana yaklaşmaya çalıştı. Hatta bir seferinde bizim evde otururken mutfakta öpmeye bile kalkıştı. Ama izin vermedim. Çok istediğim halde vermedim. Kardeşime bunu yapamazdım.

Koray beni kandırdı

Bir gün ne yazık ki olan oldu... Koray bir fırsatını bulup beni kandırdı. Birlikte olduk. Sonsuz bir vicdan azabı duyuyordum. Hem kocamı, hem de kız kardeşimi aldatmıştım. Kendime inanamıyordum. Aslında Levent çok umurumda değildi ama Sevgi'ye bunu yapmış olmaktan dolayı bir türlü kendimi affedemiyordum. Koray ile Sevgi arasındaki sorunlar da büyümüştü. Sevgi sürekli bana geliyor, "Abla, kocam artık benimle eskisi gibi ilgilenmiyor. Hayatında başka birinin olduğunu düşünüyorum" diye ağlıyordu. Koray'ın hayatındaki o başka kişi bendim. Sevgi ağladıkça kahroluyordum. Koray'dan kesinlikle kopmam gerekiyordu. Bir gün bu konuşmayı yapmak üzere Koray'ı eve çağırdım. Geldi ve beni bir kez daha kandırdı. Yine seviştik. Beni ona çeken neydi, bilmiyorum. Koray'sız bir hayat düşünemiyordum sanki. Sevgi o günlerde bana telefon açıp "Abla ben hamileyim, inşallah bu çocuk evliliğimizi kurtarır" deyince artık gerçekten buna bir son vermenin zamanının geldiğini anladım. Kardeşim bir çocuk doğuracaktı ve o bebeğin babasız büyümesine neden olmak istemiyordum. Çünkü Koray, son zamanlarda Sevgi'den boşanmaktan söz etmeye başlamıştı.

Şehir değiştirdik

O zamanlar Bursa'da oturuyorduk. Bir akşam Levent'e, "Ben bu şehirde yaşamak istemiyorum artık. Ne olur gidelim" dedim. Levent buna çok şaşırdı. Çünkü ben aslında Bursa'yı çok severdim ve Levent de bunu bilirdi. "Nereden çıktı bu şimdi?" diye sorduğunda bir süre verecek cevap bulamadım. "Biraz değişiklik iyi gelecek bize" diyerek onu ikna ettim. Levent Bursa'da çok iyi bir işte çalışıyordu. Sırf ben istedim diye bu işini bıraktı, İstanbul'da çok daha düşük bir maaşa iş buldu. Biz de birkaç ay içinde toparlandık ve İstanbul'a taşındık. Böylece Koray'dan uzak durmayı başarabilecektim. Evet, bunu başardım. Ama neyin pahasına...

Önceleri İstanbul'da ben iş bulamadım. Evde çok sıkılıyordum. Yaz geldi, tatile gitmek istiyordum. Levent ise işe yeni girdiğinden izin alamıyordu. Ama beni hiç kırmazdı Levent. Tatile gitmek istediğimi söylediğimde karşı çıkmadı. Hemen güzel bir tatil beldesinde yerimi ayırttı ve beni gönderdi.

Tatilde yaşadıklarım

Tatilde olduğum ilk günler yalnızlık çok hoşuma gitmişti. Burada herkesten ve her şeyden uzaktaydım. Akşamları geç saatlere kadar eğlence yerlerini dolaşıyor, gündüzleri de kumsalda güneşleniyordum. Bir gece haddinden fazla içki içtim. Benimle ilgilenen bir İngiliz'e karşılık verdim. Geceyi birlikte geçirdik. Derken bu gecelerin sayısı arttı. O İngiliz gitti, yerini Alman doldurdu. Vur patlasın çal oynasın türünden bir hayat yaşıyordum. Güya on gün kalıp dönecektim ama tatilimi uzatmak istedim. Levent'i arayıp "Bana para gönder, biraz daha kalmak istiyorum" dedim. Sevgili kocam yine hayır demedi. Ben onun yerinde olsaydım, karımın bulunduğu yere gider, saçlarından sürüye sürüye eve getirirdim. Levent'in gönderdiği parayla günümü gün ediyordum. Sonunda döndüm. Bitik bir haldeydim. Tatildeyken sadece içki değil, uyuşturucu da almıştım. Bunun etkileri vücudumda görülüyordu. Çünkü ben zaten narin yapılı bir insandım. Pencere açık uyusam, ertesi gün hastalanırdım. Levent beni o halde görünce gözlerine inanamadı. "Ne oldu sana?" diye çığlık attı. Gerçekleri anlatamazdım ki... Levent'e sadece uyuşturucu aldığımı söyledim. Levent beni tedavi ettirdi. Uyuşturucudan kurtardı.

Korkularım bitmedi

Şimdi bir bebek bekliyorum. Levent mutlu. Her şeyin düzeldiğini sanıyor. Bense yine bir cendere içindeyim. Çünkü Koray aramaya başladı. Benimle olmak istediğini söylüyor. "Ne kadeşin ne de çocuğum umurumda. Ben seni istiyorum" diyor. Şimdi hamile olduğum için bunları geçiştirebiliyorum. Peki bebek doğduktan sonra ne olacak? Yine karşı koyabilir miyim? Kapılacağımdan adım gibi eminim. Çektiğim bu acıları tekrar tekrar çekeceğimden eminim. Ve belki de hem Sevgi'nin hem de kocam Levent'in hayatını mahvedeceğim. Koray'a bunu söyledim, "Beni arama, sana yalvarıyorum. Çünkü ben sana hayır diyemiyorum" dedim. Koray bu yalvarmalarıma bile aldırmıyor. "Keşke onu hiç görmeseydim" diyorum. Keşke bana yakınlaştığı zaman onu reddedebilseydim. Demek ki ben zayıf karakterli biriymişim. Kendimi yeni yeni tanıyorum. Bir insan iradesine sahip olmalı. Başka her konuda iradeliyim ama konu Koray olduğunda aynı iradeyi gösteremiyorum. İyi bir abla olamadım. Yaşadıklarımı hiç kimse bilmiyor. Küçük kardeşim Sevda üniversiteyi bitirdi. İyi bir evlilik yaptı. Bazen bu yaşadıklarımı Sevda'ya anlatmak istiyorum ama bana olan saygısının bitmesinden korkuyorum. Çünkü Sevda beni yere göğe koyamaz. Bana duyduğu hayranlığın ölçüsü yok. Gözündeki değerim bir anda düşer. Fakat bu ağır yükle de artık yaşayamıyorum. Zaten size bu yüzden yazdım. Hiç olmazsa paylaşmak için. Okuyanların benim hakkımda neler düşüneceğini az çok tahmin edebiliyorum. Bu benim yaşamak zorunda olduğum bir şeydi. Kimsenin aynı şeyleri yaşamasını istemem. Ama insanın başına gelmediği şeyler hakkında yargıda bulunması kolaydır. Bunu ben istemedim. Koray'la ben evlenmiş olabilirdim. O zaman bunların hiçbiri yaşanmayacaktı. Yaşadıklarımdan dolayı elbette pişmanım. Şimdi tek istediğim şey Koray'a karşı dayanma gücü. Tanrının bana bu gücü vermesini diliyorum...

Aldatmadan Duramayan Kadın

Adı: Tuğçe...
Yaşı: 26...
Yaşadığı kent: İstanbul...
Medeni hali: Evli, bir çocuk annesi...
Mesleği: İşsiz...

Tuğçe, bir inat uğruna evlendi. Eşini ilk kez babasının arkadaşıyla aldattı. Sonraki ilişkisi ise olaylıydı. Günübirlik ilişkilerinin hesabını ilk kez geçenlerde tuttu. Eşini tam 26 kişiyle aldatmıştı. Partnerlerini ise Reina'da, Sortie'de buluyordu.

Çocukluğum boyunca hiç maddi sıkıntı çekmedim. Babam büyük bir kumaş mağazasının sahibiydi. Şımarık bir çocuktum. Şoförlerle gezerdim. Babamın sunduğu olanakları sonuna kadar kullanırdım. Deli bir kızdım aynı zamanda. Evde herkes beni sakinleştirmeye çalışırdı ama ben kimseyi takmazdım. Kafama eseni yapmaya alışmıştım bir kere. Bir de çocukluk aşkım vardı. Aynı mahallede otururduk. Planlar yapardık, lise bitince hemen evlenecektik. Ailesi Fransa'da yaşıyordu. Biz de evlenip Fransa'ya gidecektik. Onu çok seviyordum. O ise meğerse beni aldatıyormuş... Hem de en yakın arkadaşımla... Onu arkadaşımla yakalayınca deliye döndüm. İçimde engellenemez bir intikam duygusu vardı. Sürekli gittiğim bir kafenin sahibi benimle çok ilgileniyordu. Liseyi bitirmiştim. Üç ay içinde onunla evlendim. Adı Samet'ti. Daha 17 yaşındaydım. Çocukluk aşkım da en yakın arkadaşımla evlendi ve Fransa'ya yerleşti. Evet, belki inat için evlenmiştim ama âşık olduğumu da sanmıştım. Bunun aşk olmadığını, bir inat uğruna hayatımı mahvettiğimi anladığımda evliliğim sekizinci ayını doldurmuştu. Aklım başıma gelmişti ama iş işten geçmişti. Ne yapacağımı bilmez halde ortalarda dolaşırken babamın iş arkadaşlarından birinin benimle ilgilenmeye başladığını fark ettim. Alımlı bir kızdım. Zaten herkesin dikkatini çeken bir tipim vardı. Eşimi de ilk olarak babamın arkadaşıyla aldattım.

Cinselliğe düşkünüm

Adı, Ercan'dı. Benden on bir yaş büyüktü. Bana olan ilgisi çok hoşuma gidiyordu. Bir gün beni İstanbul'un dışında bir çiftlik evine götürdü. İlk kez orada birlikte olduk. Onunla olmak hoşuma gidiyordu. Eşime zaten âşık değildim. Hatta benimle ilgilenmemesine kızıyordum. Belki biraz da bu nedenle Ercan'la birlikte oluyordum. İlişkimiz iki ay sürdü. Hatta onun evine rahat girip çıkmak için ailecek tanıştık. Yani benim eşimi de tanıdılar. Ercan da evliydi. Ben her şeyi çabuk tüketen bir tipim. Sıkıldım Ercan'dan ve ilişkimizi bitirdim. Halen ailecek görüşmemiz sürüyor. Hatta daha iki gün önce onlardaydık. Bir şey olmamış gibi davranıyoruz. O yine benimle olmak istiyor. Bense ona karşı hiçbir şey hissetmiyorum. Hatta tiksiniyorum. O ilişkim bittikten 1,5 yıl sonra oğluma hamile kaldım. Artık her şeyin durulduğunu sanıyordum. Anne olmuştum ve uslanırım diye düşünüyordum. Oğlum üç yaşına geldiğinde yine eski ben oldum. Eşim işine ve oğluna âşık bir adam. İşinden ve oğlundan, bana zaman kalmıyor. Başlarda eşimle cinsel açıdan hiçbir problemimiz yoktu. Ama hamileliğimin başlangıcıyla birlikte cinsel hayatımız da bitti. Oysa ben hem duygusal, hem de cinsel açlık çekiyordum. Cinsellik adeta yaşam sebebim. Eşimse cinselliğe hiç düşkün biri değil. Belki de benim tüm bunları yaşama nedenim cinselliğe olan düşkünlüğüm.

Para sızdırıyordu
Ercan'la ilişkimi bitirdikten sonra dört yıl boyunca hayatıma kimse girmedi. Dört yıl sonra bir akşam eve dönerken peşime birinin düştüğünü fark ettim. Beni takip ediyordu. Resmi üniforması vardı. Görevini açıklamak istemiyorum. Çok yakışıklıydı. Cesaret edip benimle konuştu. Birbirimize telefonlarımızı verdik. Sonra da görüşmeye başladık. Ben yine âşık olduğumu sanmıştım. Adı Kenan'dı. 25 yaşındaydı. İstanbul'da yalnız yaşıyordu. Sürekli buluşuyor, birlikte oluyorduk. Eşim nereye gittiğimi, kiminle olduğumu hiç sormazdı. İlişkimiz epey ilerledi. Kenan bir süre sonra benden sürekli para almaya başladı. "Çok sıkıştım, 100 milyona ihtiyacım var", "Kredi kartımın ödeme günü, param yok" gibi gerekçelerle benden epey para sızdırdı. Âşık olduğumu sanıyordum ya, babam da zengindi ya hiç yüksünmeden ona para veriyordum. Gerçi kocama da harcamalarım konusunda hesap vermek zorundaydım.

Parayı ona verebilmek için bir sürü yalan uyduruyordum. Kenan'ın eğitim için başka bir şehre gitmesi gerekiyordu. Ben de tam o dönemlerde işe başladım. Kenan gitti ve tam 13 ay boyunca cep telefonunu hiç açmadı. Sonra bir gün, ben ondan iyice umudumu kesmişken aradı. "Seni çok özledim, İstanbul'a gelip görmek istiyorum. Cuma gelip pazar döneceğim. Ama oraya gelmek için param yok. Uçak biletimi alır mısın?" dedi. Ben de o kadar çok özlemiştim ki onu bana yaptıkları umurumda bile değildi. Uçak biletini aldım. Gelir gelmez beni arayacaktı. Ama cuma gününden itibaren yine telefonunu kapadı. Kenan'a ulaşamıyordum, delirecektim. Tesadüfen pazar günü onu yolda gördüm. Beni görünce yüzünü çevirdi, tanımazlıktan geldi. Amacı beni görmek değil, İstanbul'a gelmekmiş. Belki de başkası için gelmişti ama uçak biletini bana aldırmıştı.

Şantaj yapacaktı

Kenan'ın İstanbul'da olmadığı zamanlar hayatıma birkaç kişi daha girdi. Hepsi günübirlik ilişkilerdi. Akşam yat, sabah unut cinsinden. Sonra Kenan'ın eğitimi bitti ve tekrar İstanbul'a döndü. Bir yıl sonra Kenan'ı yolda gördüm. Benimle yine konuşmadı ama yanımdan geçtikten hemen sonra telefonla aradı. "Sana borcumu ödemek istiyorum. Parayı hazırladım. Gel al" dedi. Bu arada Kenan'ın bana yaptıklarını bilen bir arkadaşım bir gece Reina çıkışı onu görmüş. Eşek sudan gelene kadar dövmüş. Ben bunu daha sonra öğrendim. Neyse, Kenan aradı diye çok sevinçliydim. Havalara uçuyordum, "Bekle, geliyorum" dedim ve o çok iyi bildiğim evine gittim. Beni salona aldı ve "Elimi yüzümü yıkayıp geliyorum" dedi. O sırada telefonum çaldı, arayan bir arkadaşımdı. Onunla konuşmaya başladım. Ben telefonla konuşmaya devam ederken Kenan banyodan salona geldi ve elimden tutarak beni yatak odasına götürdü. Onu çok özlemiştim, heyecanlıydım. Bu arada beni sürekli öpmeye çalışıyordu. Ben de "Bekle, şu konuşmam bitsin" diyordum. Yatak odasında bir çekyat vardı. Üzeri eşya doluydu. Ben telefonla konuşurken bir yandan da odaya göz gezdiriyordum. O sırada yanıp sönen kırmızı bir ışık gördüm. Bu bir kamera ışığıydı. O anda çantamı alıp evden kaçtım. Arkamdan bağırdı, telefon etti ama nafile. Biz sevişirken kameraya görüntümüzü alacak, sonra da şantajla benden para sızdıracaktı. Çok ucuz kurtulmuştum. Bir daha da Kenan'ı görmedim. Bir süre sonra sadece bir telefon görüşmesi yaptık, o kadar. O görüşmenin nedenini de anlatacağım...

Kulüplerde eğlence

Kenan'dan sonra hep günübirlik ilişkilerim oldu. Ben gece eğlenmeyi çok severim. Haftada iki gün kocama "Annemde kalacağım" diyerek evden çıkar, Reina, Sortie (Kuruçeşme'deki diğer ünlü gece kulübü) gibi kulüplere giderim. Bir arkadaş grubumuz var. Onlarla buluşur, eğleniriz. Günübirlik ilişkilerimi de hep bu kulüplerde buldum. Evli olduğumu hiç saklamadım. Ama insanlar beni böyle kabul etti. Zaten ben de gece birlikte olduklarımı bir daha hiç aramıyorum. Ben kulüplerdeyken eşim evde oturuyor. Saat 23.30 gibi ben arayıp ona "Yatıyorum, iyi geceler" derim. Sonra da eğlenmeye çıkarım. Bugüne kadar bir tek gece bile beni aramadı. Yine de beni sütten çıkmış ak kaşık sanıyor. Bana sonsuz güveni var. Neler yaptığımı bilse, herhalde kudururdu. Kenan'dan sonra uzun bir ilişkim daha oldu. Adı Faruk'tu. Lise arkadaşımdı. Yıllar sonra tekrar karşılaştık ve ilişkimiz başladı. Ne yazık ki bu da üzücü bitti. Beni 14 yıllık kız arkadaşımın kardeşiyle aldattı. Üstelik onları ben tanıştırmıştım. Sonra benimle hep barışmak istedi. "Boşan, benim ol" diyordu. Bana imam nikâhı kıymak istiyordu. Tabii ki kabul etmedim. Beni çok sevdiğini biliyorum. Bir süre önce Sortie'de doğum günümü kutladık. Kocaman bir çiçek yaptırıp geldi. Çiçeği elinden aldım ve gece boyunca yüzüne bile bakmadım.

Maddi durumum iyi değil

Benim gece eğlencelerine gittiğim yedi kişilik bir grubum var. Hepsi eskiden beri arkadaşım. Evliliğimin ilk yılları görüşmeyi kesmiştik. Ama daha sonra yeniden bir araya geldik. Bu arada maddi durumum eskisi kadar iyi değil. Ama o kulüplerde kimse bana hesap ödetmez. Maddi durumumuzun kötü olmasının sebebine gelince... Dokuz ay önce babamı kaybettim. Kanser oldu ve bütün birikimimizi onun tedavisine harcadık. Elimizde avucumuzda ne varsa hepsini verdik. Mağazamızı kaybettik. Hayat insana garip oyunlar oynayabiliyor. Babam şimdi öyle bir yerde yatıyor ki, inanılmaz... Eşimi ilk aldattığım adam, babamın arkadaşı... İşte onun çiftlik evinin duvarının bitiminde mezarlık başlıyor. Babam da o mezarlıkta... Çok büyük bir düşüş yaşadım. Bunun yarattığı zorlukları kimse anlayamaz... Bu arada Kenan beni babam öldüğünde arayıp "Başın sağolsun" dedi. Bana şantaj yapmaya kalkan, paramı sızdıran Kenan...

Son ilişkim olaylı

Bir de şimdi yaşadığım ilişkim var... Yine olaylı bir ilişki. Annemin komşusunun kardeşiyle ilişki yaşıyorum. Üç ay oldu ama biz birbirimize âşığız. Bakışmalarımız bir yıl önce başladı. Adı Mehmet. Ablasıyla yaşıyor. Bir de eniştesi vardı ama şimdi bizim yüzümüzden boşanıyorlar. Çünkü bir gün evde eniştesine basıldık. Mehmet'in ablası ilişkimizi biliyordu. Kocası da "Bunlara sen izin verdin" deyip evi terk etti. Zaten aralarında sorunlar vardı, biz de bardağı taşıran son damla olduk. Mehmet biraz deli. Ben onu bıraksam bile o beni bırakmaz. Bugünlerde annemin apartmanından taşınacaklar. Belki o zaman biraz uzak kalırız da ben de onu unuturum. Aslında Mehmet'te bir erkekte aradığım her şeyi buluyorum. Beni sahipleniyor. Bu çok önemli. Deli gibi kıskanıyor. Benim evliliğimde, ben ne istersem o oluyor. İstiyorum ki eşim bana biraz "Hayır" desin. "Şuraya gidiyorum" tamam, "Bunu istiyorum" tamam... Evet eşim beni çok seviyor ama ben bir şey hissetmiyorum. İçimde eşime karşı biraz duygu olsaydı herhalde bunları yapmazdım...

İnternet maceraları

İnternet maceralarım da var... Size ilginç gelebilir ama eşim beni bir tek internetten kıskanıyor. Geceleri internete girmeme izin vermiyor. Hayatıma giren erkeklerin sekizini internetten tanıdım. Mesela internetten tanıdığım yirmi yaşındaki bir delikanlı için eşime, anneme bin bir yalan söyleyerek Bursa'ya gittim. Bursa'nın iyi ailelerinden birinin oğluydu. Beş yıldızlı bir otelde birlikte olduk. Onun ilk birlikte olduğu kadın bendim. Büyülendi, bana tapmaya başladı. Zaten erkekler ilk yattıkları kadınlara kapılır. Bu da öyle oldu işte.

Kötü hissediyorum

Geçenlerde arkadaşlarımla tatildeyken bir oyun oynadık. Aslında her şey şakayla başlamıştı. Ama sonra iş ciddiye döndü. "Haydi, bugüne kadar kaç kişiyle birlikte olduysan yaz bakalım" dediler. Yazmaya başladım. Ve o günden sonra kendimi çok kötü hissettim. Eşimi tam 26 ayrı kişiyle defalarca aldatmışım. Üstelik bu ilişkilerimin hemen hepsi olaylı. Bu gece gezmelerini çok seviyorum. Reina'da, Sortie'de eğlenmek çok hoşuma gidiyor. Her hafta gitmezsem kendimi kötü hissediyorum. Bir gün sıkılır mıyım bundan? Bir gün "Yeter artık doydum" der miyim, bilmiyorum. Ama bunu diliyorum. İhanetlerim sırasında şans da hep benden yana oldu. Sanırım ben ihanete başladığım zaman şeytan beni koruyor. Eşimin de küçük küçük ilişkileri oluyor. Bunları ona itiraf ettiriyorum. Ama buna çok da aldırmıyorum. Bense bugüne kadar eşime hiçbir şey söylemedim. Söylemem de... Bakalım bu durum daha nereye kadar böyle devam edecek?

Düğünümde Bile Yanımdaydı

Adı: Merve...
Yaşı: 27...
Yaşadığı kent: İstanbul...
Medeni hali: Evli...
Mesleği: Mühendis...

Merve, üniversitede tanıştığı Umut'la nişanlandı. Evlenmelerine çok kısa bir süre kala eski arkadaşlarından Murat'la yakınlaştı. Aralarında aşk başladı. Merve, cesaret edip Umut'tan ayrılamadı. Şimdi 1,5 yıllık evli ve Murat'la ilişkisi devam ediyor....

Size bir aşkı anlatacağım. Hani bugünlerde pek önem verilmeyen, burun kıvrılan, zaman ayrılmayan, umursanmayan aşkı. Belki efsanelerdeki gibi değil, ama aşk bu. Belki size çok sıradan gelecek, belki "Bunun için değer mi?" diyeceksiniz ama bilin ki her aşk yaşayan için en büyük aşktır. Her aşk, âşık için efsanedir. Âşık oldu diye suçlanabilir mi insan? Âşık oldu diye yargılanabilir mi? Evli olmak aşka engel mi? Ben ne ahlaksızım, ne de toplum kurallarından habersiz. Kendimi aşka kaptırdım diye suçlayın beni, ne olacak ki?.. Aşkı hiç yaşamamış, hiç tatmamış çok insan tanıyorum. Bence asıl suçlanması gereken onlar. Böylesine yüce bir duyguyu ellerinin tersiyle ittikleri için. Ben de cesaretsizim, biliyorum. Aslında çok daha yürekli olup daha baştan bunların yaşanmasını engelleyebilirdim. Ama bazı koşullar var ki insan bunların önüne geçemiyor. Geçemiyor demek ne derece doğru bilemiyorum, aslında bazen kilitlenip kalıyor insan. Öylece durup hiçbir şey yapamıyor. Olaylar kendi kurgusu içinde akıp giderken müdahale bile edemiyor. Evlenmeden önce her şey bu kadar açıkken, eşimi aldatacağım daha baştan belliyken engelleyemedim bu evliliği. Engelleme imkânım vardı ama yapamadım, sustum sadece, durdum... Galiba en iyisi her şeyi baştan anlatmak...

İki sınıf üstümdeydi

İstanbul'un bilinen, sayılan, gıpta ile bakılan ailelerinden birinin kızıyım. Çok güzel sayılmazdım ama maddi imkânlarımız bu eksiğimi kapamama olanak sağlardı. Çok şık giyinirim. Girdiğim ortamda mutlaka kendime baktırırım. Her zaman bakımlı gezerim. Liseden beri bu hep böyle oldu. Rahat bir ortamda, baskı yapmayan bir ailede büyüdüm. İki kız kardeştik ve ikimiz de şımarıktık. Her istediğimizi çabucak elde ederdik. Bu erkekler konusunda da böyleydi. Kimi beğensek kısa süre sonra flört etmeye başlardık. Kardeşim benden daha güzeldi. Benimse sanırım havama, ukalalığıma kapılıyordu erkekler.

Lise bitti, herkesin kazanmak için çok uğraştığı bir fakülteyi ben kolaylıkla kazandım. Üniversiteye gider gitmez de yakışıklı biriyle flört etmeye başladım. Adı Metin'di. Zaten bir erkekte beni ilk çeken şey hep görünüşü oldu. Ben çok güzel olmasam da hep yakışıklı erkeklerle çıktım. Metin'le flört ediyordum ama bu ilişkiyi pek de önemsemiyordum. Zaten onun da önemsemediğini biliyordum. Bu arada benden iki üst sınıfta okuyan yine yakışıklı bir genç dikkatimi çekmişti. Onu çok beğeniyordum. Ne yapıp edip tanışmalı ve elde etmeliydim.

Herkes bizi kıskanırdı

Erkek arkadaşım olmasına rağmen adının Umut olduğunu öğrendiğim o gencin dikkatini çekmek için elimden gelen her şeyi yapıyordum. Onunla ilgili bilgi topluyordum. Okulda karşısına çıkmak için fırsat kolluyordum. Nihayet bir gün kantinde grup halinde otururken onunla tanıştım. Kısa süre sonra da çıkmaya başladık. Metin'den hemen ayrıldım. Artık o çok beğendiğim, yere göğe koyamadığım Umut'la beraberdim. Okulda herkes bizi kıskanırdı. Hatta arkamızdan "Bu çirkin kız bu çocuğu nasıl tavladı?" diye konuşurlardı. Bunlar hep benim kulağıma gelirdi. Söylenenler umurumda bile değildi. Umut'la ilişkimiz ciddiydi, evliliğe doğru gidiyordu. Okul bittikten sonra evlenecektik. Ailelerimiz de tanışmıştı. Artık her şey bu doğrultudaydı. Beş yıllık flört döneminden sonra nişanlandık. Aslında ben flört dönemimizde Umut'la pek de birbirimize göre olmadığımızı anlamıştım. Başta anlattım ya, insan bazen kaderine razı oluyor diye... Ben de kaderime razı olmuştum. Üstelik aileler de işin içine girdiği için kendimi geri dönülmez bir noktadaymışım gibi hissediyordum.

Dört ay sonra evlenecektim

Umut'a karşı eski heyecanım kalmamasına rağmen yine de mutluydum. Sonuçta her genç kızın istediği bir şeyi yaşıyordum. Bize hep öyle öğrettiler ya... Bir kız, doğar, büyür, evlenir ve ölür... Ben de evlenecektim işte, bir yuva kuracaktım. Üstelik insan olarak Umut'u çok seviyordum. İyi biriydi, başarılıydı, tuttuğunu koparan cinstendi. Daha ne ister ki bir kız? Üstelik biz Umut'la hem hayatımızı hem işimizi paylaşıyorduk. Üniversite bittikten sonra aynı kurumda, farklı bölümlerde çalışmaya başlamıştık. Her dakika birlikte olarak birbirimizi yıpratmamak için iş saatleri içinde pek bir araya gelmiyorduk. Bunu bilinçli yapıyorduk. Ayrıca ikimizin de işyerinde ayrı ayrı arkadaş grupları vardı. Kendi arkadaş gruplarımızla öğle yemeğine giderdik. Bazen de o gruptaki arkadaşlarımızla ayrı ayrı dışarıda buluşurduk. Benim grubumda üniversite yıllarımdan tanıdığım Murat adlı biri vardı. Biz yıllarca birbirimize hiç yakın olmamıştık. Murat da en az nişanlım Umut kadar yakışıklı bir gençti. Bir gün yine işyerindeki öğle yemeğinde filmlerden konuşuyorduk. Benim sinemaya özel bir ilgim var. Baktım ki Murat da benim gibi, filmlere ilgi duyuyor. Biz gruptaki diğer arkadaşlarımızı dışlayıp baş başa konuşmaya başladık. Derken bu konuşmalar filmlerden başka konulara geçti. Murat'la birlikte olmaktan, onunla konuşmaktan çok hoşlanıyordum. Nişanımın üzerinden beş ay geçmişti ve ben sadece dört ay sonra evlenecektim. Gruptan kendimizi iyice dışlamıştık. Yine grup halinde geziyorduk ama biz yalnız kalmak için hep fırsat kolluyorduk. Tehlike çanları çalmaya başlamıştı. Murat'ı istiyordum. Ona kayıtsız kalamıyordum. İtiraf etmemişti ama o da benimle aynı durumdaydı.

Birbirimize uyuyorduk

Korkunç bir durumla karşı karşıyaydım. Murat'la olan yakınlığımı nişanlım Umut'a ve gruptaki diğer arkadaşlara hissettirmemek için akla karayı seçiyordum. Yine de bazı arkadaşlarım, bizim bu samimiyetimizden şüphelenmeye başlamıştı. "Merve, Murat'la aranızda bir şey mi var?" diye soranlar bile oldu. Ben hepsini "Saçmalamayın, ben nişanlıyım. Birkaç ay sonra da evleneceğim. Üstelik Umut'u çok seviyorum" diye geçiştiriyordum. Oysa gerçek farklıydı. Benim aradığım erkek, ruhumun öbür yarısı Murat'tı. Ama bizim aramızdakilerin ortaya çıkması çok kötü sonuçlar doğururdu. Öncelikle ailemi düşünmek zorundaydım. Rezil olurlardı. Bu arada ben iş saatleri dışında ve gruptan hariç Murat'la buluşmaya başlamıştım. Cinsel anlamda ilk birlikteliğim nişanlım Umut'la olmuştu. Ama gerçek anlamda cinselliği Murat'la tattım. Her şeyimizle birbirimize çok uyuyorduk. İşyerindeki dedikodulara son vermek ve ailemi de üzmemek için Umut'la istemeye istemeye evlendim. Aklımda, kalbimde Murat'ı taşıyarak evlendim...

Murat düğünde ağladı

Size düğün günümü anlatmalıyım. Düğüne diğer arkadaşlarımla beraber Murat'ı da çağırdım. Mutlaka gelmeliydi. Çünkü gelmezse dedikodular yine ayyuka çıkacaktı. Murat geldi. Ben eğlenir gibi görünüyordum ama gözüm hep Murat'taydı. Murat ise sürekli içiyordu. O da beni izliyordu. Bu arada ben arkadaşlarımın hepsiyle dans ettim. Tabii Murat'la da... Düğün günümde Murat'ın elini tuttum, ona sarıldım. Artık düğünün sonuna geliyorduk. Büyükler evlerine gidecek, biz gençler de başka bir yere gidip eğlenceye devam edecektik. Tabii tüm arkadaş grubumuz da gelecekti. Ama Murat düğün salonundan çıkarken hüngür hüngür ağlamaya başladı. İkimizin haline ağlıyordu ama arkadaşlarımız bu durumu onun sarhoşluğuna veriyordu. Murat'ın yanına gidemiyordum. İlgilenirsem şüphe çekebilirdi. Sevdiğim adam deli gibi ağlıyordu ama ben onu teselli bile edemiyordum. Bu da benim içime bıçak saplanmasına neden oluyordu. Etrafa üzüntümü belli etmemeye çalışmak ise acımı daha da artırıyordu. Kocam Umut'un kolundaydım ve sevgilim Murat'ın ağlamasını uzaktan izliyordum. Bir yandan da çok korkuyordum. Murat o ruh haliyle ve alkolün de etkisiyle ağzından bir şey kaçırırsa mahvolurdum.

Balayında karar aldım

Sonra arkadaşlarım Murat'ı evine götürdüler. Biz de eğlenceye gittik. Aklım hep ondaydı. Gece boyunca tuvalete gitme bahanesiyle masadan kalkıyor ve Murat'a telefon ediyordum. Murat telefonda "Seni çok seviyorum Merve" deyip ağlıyordu. Sonunda ben de dayanamadım ve göz yaşlarımı bıraktım... Herkes bir kez daha şaşırdı. Neyse ki ben kolaylıkla kurtuldum şaşkın bakışlardan. "Sevinçten ağlıyorum, sevdiğim adamla bir ömür boyu yaşayacağım için çok mutluyum" dedim. Öyle kolaylıkla söylemiştim ki bu yalanı... Bir yandan da kendi kendime cesaret vermeye çalışıyordum. "Şimdi her şeyi bırakıp gitsem Murat'ın yanına ister mi beni?" diye düşünüyordum. Belki de bana biraz cesaret verseydi o gece onun yanına gidebilirdim. Evliliğim başladığı gün bitebilirdi. Kocam Umut'la ertesi gün balayı için bir tatil beldesine gittik. On günlük balayım bana zehir oldu. Çünkü sürekli Murat'ı düşünüyordum. Umut benim bu üzüntülü halime bir anlam veremiyor, evliliğin şaşkınlığına bağlıyordu. Bense bir karar vermeliydim. Balayından sonra ne olacaktı? Murat'la görüşmeye devam etmeli miydim? Bu görüşmeler mutlaka kocamı aldatmamla sonuçlanacaktı. Bunu göze alabilecek miydim? Ya her şey ortaya çıkarsa? Nihayet kararımı verdim. Evet, nişanlıyken aldatmıştım Umut'u ama evliyken bunu ona yapmayacaktım. Murat'la buluşacak, bundan sonra sadece arkadaş kalmamız gerektiğini söyleyecektim. Balayından döner dönmez Murat'ı aradım, konuşmak istediğimi söyledim. Geldi... Ve ben onu görür görmez aldığım tüm kararları unuttum...

İki gece Murat'layım

Birbirimize öyle bir sarıldık ki, sanki yıllardır hiç görüşmemiştik. Yıllardır özlemle bu anı bekliyorduk. Birbirimizden kopamadık. Aldığım kararları uygulayamadım. İşte aşk böyle bir şey... Âşıktım, hem de deli gibi. Murat da bana âşık. Bu durumda sadece aşk konuştu, biz sustuk. Bize aşkın verdiği rolleri oynamak kaldı. Umut'u da seviyorum ama bu sevgi Murat'a duyduğum gibi değil. Umut'u üzmeyi hiç istemiyorum fakat mutsuzum. Umut mutsuzluğumun farkında ve etrafımda pervane oluyor. Beni mutlu etmek için elinden gelen her şeyi yapıyor. Sırf ben mutlu olayım diye haftada iki gece tek başıma dışarı çıkmama izin veriyor. Ve ben o geceleri Murat'la geçiriyorum.

Herkes olayın farkında

Arkadaşlarım, çevremdeki herkes olayın farkında. Benim Murat'la birlikteliğimin fark edilmemesine zaten imkân yok. Biliyorlar ama kimse bunu açıkça konuşmuyor. Bizimle ilgili dedikoduları sanırım Umut da duymuştur. Ama bana o kadar güveniyor ki, inanmamıştır, konduramamıştır diye düşünüyorum. Bugüne kadar bu konuda benimle hiç konuşmadı. 1,5 yıldır evliyim. Umut da Murat da hayatımda. Bazen Umut'un yüzüne baktığımda yaptıklarımdan dolayı utanç duyuyorum. Bir gün bu gerçeği öğrenirse yıkılacağını, hayata küseceğini biliyorum. Bu yüzden onun için şimdiden üzülüyorum. Bu durum böyle nereye kadar gidecek, hiç kestiremiyorum. Ne benim, ne de Murat'ın yüreği bu ilişkiyi bitirmeye hazır değil. Çünkü ikimiz de yüreklerimizde aşk taşıyoruz. Birbirimize duyduğumuz aşkı... Aşka ömür biçerler ya, bunun doğru olmasını diliyorum. Böylece bir gün nasılsa Murat'a duyduğum aşk bitecek. Ben de kocam Umut'la olacağım...

Murat'ı asla paylaşamam

Peki ya Murat bendeki bu aşk bitmeden başkasıyla evlenmeye kalkarsa? İşte bu fikir uykularımı kaçırmaya yetiyor. Murat beni Umut'la paylaşıyor ama ben onu başkasıyla asla paylaşamam. O zaman herhalde aklımı oynatabilirim. Bu nedenle, o evlenmeden ben bu aşkı bitirmeliyim. Ama nasıl? Ne yapmalıyım da bu aşkı yok etmeliyim? Murat'a âşık olduğum için asla pişmanlık duymuyorum. Çünkü aşk dünyanın en güzel duygusu. Ben şanslıyım. Çünkü benim âşık olduğum adam da bana âşık. Ya olmasaydı? O zaman çok daha kötü olurdu... Bekleyip göreceğiz, bu ilişki nereye varacak...

İhanetten Sonra Şantaj

Adı: Türkan...
Yaşı: 32...
Yaşadığı kent: Aydın...
Medeni hali: Evli...
Mesleği: Mimar...

Türkan, "Bana adeta tapıyordu" dediği eşini internette tanıdığı Eren'le aldattı. Eren'e âşık bir başka kadın bu ilişkiyi öğrenince Türkan'a şantaj yapmaya başladı. Kâbus tam bir yıl sürdü. Bu olayı kocası öğrenmesin diye Türkan kadının her dediğini kabul etti.

"Benim başıma gelmez" demiştim. Çevremde eşlerini aldatan kadınları gördükçe kendimle gurur duymuştum. Benim eşim bana adeta tapıyordu. Hayatında sadece ben vardım. Onun için dünya benim etrafımda dönüyordu. Hem iki insan nikâh defterini imzalarken birbirlerine sadık kalacaklarına dair söz verir. Biz de öyle yapmıştık. Aldatmak için bir sebebim yoktu ki... Ne zorla evlenmiştim ne de eşim bana karşı ilgisizdi. Aksine, severek, deli gibi âşık olarak evlendim. Uğur'la üniversitede tanıştık. Birbirimizi görür görmez âşık olduk. Daha birinci sınıftaydık. Ben İzmir'den gelmiştim, o da Aydın'dan İstanbul'daki üniversiteye gelmişti. Aynı yörenin insanı olduğumuz için birbirimizle çabuk kaynaştık. Ben yurtta kalıyordum, o ise iki arkadaşıyla birlikte bir evde. Uğur'la sevgili olduktan sonra yurtta pek de fazla kalmadım. Hep onun evindeydik. Birbirimize sırılsıklam âşıktık. Derslerden fırsat buldukça güzelim İstanbul'u dolaşırdık. En sevdiğimiz yer Rumeli Hisarı'ydı. Oradaki kafelerde oturup çayımızı yudumlarken birbirimize sarılır, Boğaz'ı izlerdik. Hele yağmur da yağıyorsa bizden mutlusu olmazdı. Sarılarak birbirimizi ısıtırdık. Soğuk vücutlarımıza işlemezdi. Yüreklerimiz aşkın ateşiyle kavrulurdu. O günlerin geri gelmesi için her şeyimi verebilirim. Ama ne yazık ki ben duygularımı yitirdim. Ne yazık ki kocama layık bir eş olamadım...

Muhteşem bir evlilik

Hayatımdaki tüm ilkleri Uğur'la yaşadım. İlk öpüştüğüm, ilk seviştiğim, ilk uzun süreli ilişki kurduğum erkek oydu. Evlilik planları yapmaya başlamıştık. Benim annem de babam da öğretmendi. İkisi de özel ders verdiği için gelirimiz iyiydi. Uğur'un ailesi ise Aydın'ın ileri gelenlerindendi. Babasının çok miktarda arazisi vardı, çiftçilik yapardı. Maddi problemimiz yoktu. O yüzden evlenmek için önce iş bulmak zorunda değildik. Okulumuz biter bitmez evlenmeyi düşünüyorduk. Uğur'la aynı sınıftaydık. Okulu aynı zamanda bitirecektik. İkimiz de başarılı öğrencilerdik. Yani dört yılda okul bitecek, en fazla bir yıl içinde de evlenecektik. Her şey planladığımız gibi gitti. Okul bitti, beni gelip istediler ve nişanlandık. İki genç mimardık. Nişanlandığımda 21 yaşındaydım. Evlendiğimde de 22. Aydın'a yerleştik. Uğur'la ortak bir mimarlık bürosu. İşlerimiz de iyi gidiyordu. Uğur'un babasının çevresi genişti. Bize çok yardımcı olmuştu. Kısa sürede Aydın'ın en çok kazanan mimarları biz olmuştuk. Evimizi satın aldık, içini dayayıp döşedik. Yoğun çalışıyorduk ama mutluyduk. Birbirimize her zaman hoşgörülü davrandık. Tartışsak bile gece yatağa asla küs girmedik. Benim için hayattaki en değerli insan kocamdı. Ben de onun için öyleydim. Zaten bundan asla şüphe duymadım. Aydın'da bizim evliliğimiz herkese örnek olarak gösterildi. Mutluluğumuza nazar değecek diye ödüm kopardı. Evimizin her yerini nazar boncuklarıyla donatmıştım. Bir gün bu mutluluğun bozulmasından çok korkuyordum. Çalışıyordum ama aynı zamanda iyi bir ev kadınıydım. Evimin temizliğini, yemeği ihmal etmezdim. Aydın küçük yer, öyle dışarıda eğlenecek yer yok. Biz de arkadaşlarımızı toplar, evde güler eğlenirdik. İnsan bir evlilikten daha ne bekleyebilir ki... Yazın hafta sonları Uğur'la Kuşadası'na kaçardık. Sabahlara kadar barları dolaşıp şarkılara eşlik ederdik. En güzel otellerde kalıp kendimizi ödüllendirirdik.

İnternette tanışma

Derken hayatımıza internet girdi... Yıl 1998. Evimizde işimiz gereği bilgisayarımız vardı ama internet bağlantımız yoktu. Uğur bize faydası olacağını düşünerek internet bağlantısı aldı. Büyük bir merakla gecelerimizi internette geçirmeye başladık. Bambaşka bir dünyaydı. Mesleğimizle ilgili tüm yenilikleri takip etmeye başlamıştık. Yurtdışından bazı mimarlarla chat (sohbet) sayesinde görüş alışverişinde bulunabiliyorduk. Yıl 1999 oldu. O yıl büyük bir iş almıştık. Aydın'ın dışında büyük bir site yapılıyordu. Uğur'un şantiyede bulunması gerekiyordu. Bazı geceler eve gelemiyor, orada kalıyordu. Ben de onun olmadığı zaman sıkıntıdan internete giriyor ve chat odalarında sohbet ediyordum. Başta her şey çok masumdu. Hatta Uğur geldiğinde internette bir sürü sapıkla konuştuğumu anlatıyordum, birlikte gülüyorduk. Vedat'la o dönemde tanıştık. İnternette sürekli girdiğim sohbet odasının en popüler erkeğiydi. Komik biriydi, herkesi güldürürdü. Benimle ilgilenmeye başladığında şaşırdım. Halbuki o chat odasına takılan her kız Vedat'ın kendisiyle ilgilenmesini istiyordu. Bense onunla bir tek kelime bile konuşmamıştım. Vedat benimle havadan sudan sohbet etmeye başladı. Öyle ilginç şeyler anlatıyordu ki şaşırıyordum. Çok zekiydi, bilgiliydi, kültürlüydü. Sohbetlerimiz ilerledikçe onu özlediğimin farkına varmaya başladım. O çok sevdiğim, üzerine titrediğim kocamın şantiyede kalmasını istiyordum. Böylece Vedat'la konuşabiliyordum. Vedat İstanbul'da oturuyordu. Beni görmeye gelmek istediğini söylüyordu. Ona evli olduğumu söylememiştim. Neden sakladığımı bilmiyorum ama söyleyememiştim işte... Vedat gelmek istedikçe ben engelliyordum. Nasıl görüşürdüm ki onunla?

Vedat'la ilk görüşme
Ben de Vedat'ı merak ediyor, görmek istiyordum. Sonunda bir formül buldum. Ankara'da buluşacaktık.

Tam o dönemde Ankara'da bir fuar vardı. O fuara gitmek istiyordum. Eşim Uğur da zaten şantiyede kalıyordu. Gitmeme izin verdi. Bir gece kalıp dönecektim. Ankara'da akrabalarımız vardı. Onların yanında kalabilirdim. Vedat'a bunu söylediğimde çok sevindi. Aynı gün o da Ankara'ya gelecekti. Kalbim deli gibi atıyordu, çok heyecanlıydım. Sonunda buluştuk. Saatlerce sohbet ettik. Öyle çok güldürüyordu ki beni, kendimi çok iyi hissediyordum. Sonunda gece yarısı kalktık, beni kaldığı otele davet etti. Sohbete odasında devam edecektik. İkimiz de içkiliydik. Sohbet ederken birden kendimizi öpüşür halde bulduk. Ve o gece birlikte olduk. Hayatımda ilk kez gördüğüm bir adamla kocamı aldatmıştım. Bu olacak şey değildi. Benim hiçbir problemim yoktu ki...

Ertesi gün Aydın'a döndüm. Eşimle birlikteydik ve o bende bir tuhaflık olduğunu sezmişti. Suskundum, yüzüm asık oturuyordum. Kızgınlığım ona değil, kendimeydi. Kendimi affetmiyordum. Ama bir yandan da Vedat'ı düşünmeye devam ediyordum. Hissettiklerim aşk değildi ama farklı bir şeydi... Günlerce eşimle sevişemedim. Sonunda eşim benimle konuşmak istedi. Suçu ona attım, "Yoksun, günlerce gelmiyorsun, bu canımı sıkıyor" dedim. Bana "İstersen hemen bırakırım o işi" diye cevap verdi. Bu kadar fedakârdı kocam ama ben ona ihanet etmiştim.

Tehditler başladı

Vedat'la internette görüşmelerimiz sürüyordu. Beni bir kez daha görmek istiyordu. İstanbul'da o sohbet odasına takılanların buluşacağı bir parti düzenlemişlerdi. Beni de davet ettiler. Yine bir bahane buldum ve İstanbul'a gittim. Geceyi Vedat'ın evinde geçirdim ve ertesi gün döndüm. Kocam benim bir şeyler çevirdiğimi hissediyor ama konduramıyordu. Ben de bu durumdan nasıl kurtulacağımı bilemiyordum. Aklım iyice karışmıştı. Kocamı sevdiğimden emindim ama Vedat'la yaşadıklarımdan da vazgeçemiyordum. O günlerde cep telefonuma gelen bir mesaj hayatımı altüst etti. Mesajda "Her şeyi biliyorum. Vedat'la ilişkini bitirmezsen, kocan da her şeyi öğrenecek" yazıyordu. Beynimden vurulmuşa döndüm. Kimdi bu? Benim telefonumu nereden biliyordu? Mesaj internet üzerinden yollanmıştı. Numara yoktu. Hemen Vedat'ı aradım, "Kim bu?" diye sordum. Vedat da bilmiyordu. Mesajların ardı arkası kesilmiyordu. Küfürler, tehditler birbirini izliyordu. Çok korkmuştum. Uğur bu ilişkiyi öğrenecek diye ödüm kopuyordu. İnternete girdiğim zaman mutlaka mail kutumda ondan gelen bir tehdit mesajı oluyordu. Vedat da bu kişinin kimliğini araştırıyordu. Sonunda ortaya çıktı. Bizimle aynı sohbet odasına giren ve bir ara Vedat'la ilişki yaşayan bir kadındı bu. Vedat bu kadına ulaşamıyordu. Ama kadın bizim her yaptığımızdan haberdar oluyordu. Gece Vedat'la internette konuşuyorduk ve ertesi gün o kadın mesaj gönderip kelimesi kelimesine konuştuklarımızı bana aktarıyordu.

Kadını ikna edemedim

Hayatım cehenneme dönmüştü, bir kâbus yaşıyordum. İnternetten uzaklaştım. Vedat'la görüşmemi kestim. Bu arada kadın işi tam olarak şantaja çevirdi.

Benden para istiyordu. Birkaç kez de yolladım. Ama artık dayanacak gücüm kalmamıştı. Bu yaşadıklarımı kocama anlatmak istiyordum ama yapamıyordum. Her gece ağlıyordum. Eşimle aramdaki iletişim tamamen kopmuştu. Ben kendi derdime düşmüştüm. Vedat da ortadan kaybolmuştu. Bu belayla tek başıma boğuşmak zorundaydım. Sonunda o kadın benden tekrar para istediğinde yatırmamaya karar verdim. Yatırmayınca yine tehditlere başladı. Bana mail gönderdiği adresine ben de bir karşı mail yollayarak "Eğer ortaya çıkmazsan, bir daha benden asla para alamayacaksın" dedim. Sonunda beni normal bir telefondan aradı. Konuşmaya başladık. Ona bu yaptığının suç olduğunu söyledim. Dinlemiyordu, küfürler sallıyordu, "Bunu Vedat'ın altına yatmadan önce düşünecektin" diyordu. Onu bu şekilde ikna edemeyecektim.

Polisi devreye soktum

Uzaktan akrabamız olan bir polis vardı. Onu devreye sokmaya karar verdim. Bir gün ziyaretine gidip ona bir kadın tarafından tehdit edildiğimi söyledim. Tabii ki her şeyi anlatmadım. Kadının kocamın peşinde olduğu yalanını attım. Telefon numarasını verdim. O polis, "Ben gereğini yaparım merak etme" dedi. Gerçekten de yaptı. Telefon numarasından kadının nerede yaşadığını buldu. Kadın İstanbul'daydı. Akrabamız olan polis İstanbul'daki polis arkadaşlarını devreye soktu. Sonunda bir gün sivil polisler kadının evine gitmiş. Her şeyden haberleri olduğunu söylemiş. Buna devam ettiği takdirde başının büyük derde gireceğini anlatmışlar. Kadın korkmuş. O günden sonra da bir daha hiç aramadı, mesaj göndermedi.

Bir daha asla aldatmam

Bu olayı kazasız belasız atlattım. Sıra kocamla aramı düzeltmeye gelmişti. Uğur'u çok kırmıştım, kendimden uzaklaştırmıştım. Hatta bir ara Uğur bana "Eğer seni mutlu edecekse boşanalım" bile demişti. Zaten o hep benim mutluluğumu isterdi. Yeniden birlikte vakit geçirmeye başladık, eğlenmeye başladık. Eski halime dönmüştüm. Telefon numaramı değiştirmiştim. İnternetten uzaklaşmıştım. Beni rahatsız edecek her şeyi bir kenara atmıştım. Zaman zaman Vedat'ı düşünüyordum ama o da çabuk geçiyordu. Bu kâbusun üzerinden tam altı yıl geçti. Altı yıldır ne o kadın çıktı ortaya, ne de Vedat'la görüştüm. Kocamla mutluyum. Bir küçük macera az daha hayatımı berbat ediyordu. Aldatma denen olayın bu kadar büyük sorunlara yol açabileceğini elbette bilmiyordum. Yaşadıklarımdan öğrendiğim bir şey var. Hiç kimseyi aldatmayacaksın. Aldatmak iki ucu keskin bir bıçak gibi. Gün geliyor, gelip insanın kendisine saplanıyor.

Uğur bu aralar bir bebek istiyor. Yakında hamile kalacağım. Ve hayatımın sonuna kadar eşimle, çocuğumla mutlu yaşayacağım.